NHK

連続テレビ小説

らんまん 下

作 長田育恵

ノベライズ 中川千英子

NHK出版

NHK 連続テレビ小説

らんまん 下

目次

万太郎の祖母
槙野タキ（松坂慶子）

万太郎の母
槙野ヒサ（広末涼子）

寿恵子の母
西村まつ（牧瀬里穂）

寿恵子の叔母・まつの妹
笠崎みえ（宮澤エマ）

主人公
槙野万太郎（神木隆之介）

ヒロイン
槙野寿恵子（浜辺美波）

万太郎の姉
槙野 綾（佐久間由衣）

綾の夫
槙野竹雄（志尊 淳）

万太郎の学友
広瀬佑一郎（中村 蒼）

高知の遍路宿「角屋」の息子
山元虎鉄（寺田 心／濱田龍臣）

十徳長屋の人々

元彰義隊
倉木隼人（大東駿介）

隼人の妻
倉木えい（成海璃子）

小料理屋の女中
宇佐美ゆう（山谷花純）

十徳長屋の差配人
江口りん（安藤玉恵）

東大の留年生
堀井丈之助（山脇辰哉）

棒手振り
及川福治（池田鉄洋）

噺家
牛久亭九兵衛（住田 隆）

主な登場人物関係図

東大研究室の人々

- 教授　田邊彰久（要潤）
- 田邊の妻　田邊聡子（中田青渚）
- 助教授　徳永政市（田中哲司）
- 学生　波多野泰久（前原滉）
- 講師　大窪昭三郎（今野浩喜）
- 学生　藤丸次郎（前原瑞樹）
- 画工　野宮朔太郎（亀田佳明）

大畑印刷所の人々

- 印刷所の主人　大畑義平（奥田瑛二）
- 義平の妻　大畑イチ（鶴田真由）
- 義平とイチの娘　大畑佳代（田村芽実）
- 画工　岩下定春（河井克夫）
- 印刷工　前田孝二郎（阿部亮平）
- 印刷工　宮本晋平（山根和馬）

夫婦関係 ‖
親子関係 |

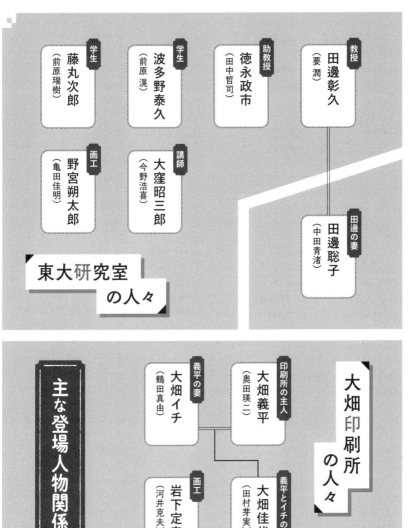

装丁　小田切信二
キービジュアル提供　ＮＨＫ

第14章　ホウライシダ

九月のある日、槙野万太郎《まきのまんたろう》と妻の寿恵子《すえこ》は、土佐《とさ》の佐川《さかわ》村から東京に戻ってきた。万太郎の祖母・タキの法要を済ませてきた二人は、これから根津《ねづ》の十徳《じっとく》長屋で暮らしていく。結婚前は万太郎が世話係の竹雄《たけお》と暮らしていた二間続きの住まいで、新婚生活を始めるのだ。

東京に戻った翌日から寿恵子は早起きし、井戸端で洗濯を始めた。そこに、長屋の差配人《さはいにん》・江口《えぐち》りんと、住人の倉木《くらき》えいも洗濯にやって来た。

「お寿恵ちゃん早いね。今日ぐらいゆっくりしたらいいのに」

りんに言われて寿恵子が答える。

「でも竹雄さんから申し送りがあったので。お日さまがなくなっちゃうって」

路地裏にある十徳長屋は、日が当たる時間が限られている。朝早くから干さなくては洗濯物が乾かないと、竹雄に教わったのだ。

寿恵子とりん、えいが洗濯をしながら流行歌を歌っていると、長屋の住人たちが次々に現れ、一緒に歌い出した。最後に万太郎も加わり、皆で楽しく歌い終えると、寿恵子は一旦家に戻り、万太郎の弁当を持ってきた。

「はいっ、万太郎さん！　おにぎりです！」

「ありがとう。……まだあったかいき」

仲むつまじい二人に当てられて、小料理屋の女中・宇佐美《うさみ》ゆうが言う。

「はぁ、あっつい。まだ夏だね！」

「ほんなら！　行ってきます！」

皆に見送られて、万太郎は東京大学へ向かった。


久しぶりに東京大学植物学教室に入っていくと、見慣れない学生が二人いた。新二年生の山根《やまね》宏則《ひろのり》と澤口晋介《さわぐちしんすけ》だ。万太郎が名乗ると、二人は目を丸くした。

「あなたが！　先輩方から聞きました！　ロシアの植物学者に認められたすごい方がいらっしゃると」

万太郎と親しい波多野泰久《はたのやすひさ》と藤丸次郎《ふじまるじろう》は四年生になっており、万太郎との再会を喜んだ。

「いやもう、万さんが所帯持ちになったとはなあ」

「それより乾燥中の標本！　ありゃどうしたがじゃ、すごい量じゃ」

植物の乾燥場に大量の標本があるのを見て、万太郎は驚いていた。波多野たちによると、夏に田邊彰久《たなべあきひさ》教授に駆り出され、信州から津軽までの採集旅行に行ってきたという。

「教授がロシアに送った戸隠草《とがくしそう》、マキシモヴィッチ博士から、新種認定のためにはもっと標本を送れって言われたろう？」

日本では、新種と思《おぼ》しき植物を見つけても、比較のための標本の数が足りないので正確な検定ができない。そこでロシアのマキシモヴィッチ博士に送って問い合わせることになっており、田邊は戸隠草を送っていた。マキシモヴィッチ博士からの返事には、新種として正式に学会で発表するために、追加で花の標本を送ってくるようにと書かれていた。そこで田邊は大規模な採集旅行を行ったのだ。しかし、花が咲いた戸隠草を見つけることはできなかったという。

「仕方ないから株だけ持って帰ってきて、小石川《こいしかわ》植物園に植えたんだよ」

「ちゃんと根付いたらえいけんど。咲くまで時がかかるかもしれんき」

採集旅行で成果を得られなかったため、田邊は次号の『植物学雑誌』で「今後の植物学の発展のため、各々《おのおの》地域の植物を採集し、東京大学に送られたし」と呼びかけるのだという。大学所蔵の標本を一気に増やして、自ら新種認定ができるようにしようというわけだ。

「いや、すごいき。戸隠草が教授に火をつけたがじゃのう」

「誰でも変わるさ。──もうじき。あと少しで。あと花が咲きさえすれば、自分の名前が世界に刻まれる。そういう際《きわ》に立ったんだからなあ」

「何より、マルバマンネングサの誰かさんに後れをとるわけにいかないだろ？」

田邊がロシアに戸隠草を送った際、万太郎は土佐で採集したマルバマンネングサの標本を送った。こちらは新種と認められ、マキシモヴィッチ博士によって「セドゥム・マキノイ」と学名が付けられた。大学に籍もなく留学経験もない万太郎の快挙は話題を呼び、文部省から植物学教室に万太郎について問い合わせが来ていたという。

そんな話をするうちに田邊の講義の時間になり、波多野と藤丸は出て行った。実験室に一人残った万太郎は、持参した野冊《やさつ》から、故郷で採集した標本の一つを取り出した。小さな妖精を思わせるその植物と森の奥で出会ったとき、万太郎はこう語りかけた。

「やあ。おまん、誰じゃ？　おまん、見たことないき。ひょっとして新種じゃないかえ？」

標本を見ていると愛しさがこみあげ、万太郎は優しくその植物をなでた。

「——大それた……望みながか……？　わしじゃち……渡しとうないき。……今度こそ、わしが名付け親になって、おまんのことを自分で世界に知らせたい」


万太郎が標本の検定作業をしていると、助教授の徳永政市《とくながせいいち》と講師の大窪昭三郎《おおくぼしょうざぶろう》が実験室に入ってきた。小石川植物園から、教材用の植物を運んできたのだ。挨拶《あいさつ》を済ませて検定作業に戻ろうとすると、田邊の声が聞こえてきた。

「Now let's look at them under the microscope.」（では顕微鏡を用いて見てみよう）

学生たちを引き連れて現れた田邊は、万太郎に目を留めた。

「ああ、教授、申し訳ありません。片付けますき」

「いい。顕微鏡を用意して講義室へ」

学生たちにそう言い渡すと、田邊は万太郎に尋ねてきた。

「——Mr. Makino. Have you found anything in Tosa?」（土佐では何か見つけてきたのか？）

「Yes, I have. I've found some interesting plants.」（はい。実に興味深い植物を見つけてまいりました）

「どれ、出してみろ……」

徳永に言われたが、万太郎は講義の邪魔になるのであとで、と答えた。

「いや、今は俺と大窪君は空いている。いいから見せろ」

するど、田邊の声が響いた。

「No, no yet! Don't show them now.」（だめだ、出してはいけない）

そして田邊は、万太郎を見据えて笑みを浮かべた。

「Mr. Makino. 講義の邪魔だ。今は出すな。君が採集した植物は、今後、私がいちばん最初に見よう。今夜それを持って、私の家に来なさい」

「――え」

「And... congratulations to you, Mr. Makino. きみの結婚の祝いもしようじゃないか」


その晩、万太郎は寿恵子を連れて田邊の家へ向かった。大学の面々によれば、教授が結婚祝いのために植物学教室の者を自宅に招くのは異例のことだという。戸惑いを覚えながら田邊邸に着くと、門柱のそばにシダ植物が植えられていた。

「どうしてこんなところに？　このホウライシダはもっと西のほうに多うて、湿った崖らあが好きなががじゃ」

「じゃあ教授がお植えになったんでしょ――ねえ汚れる」

万太郎が這いつくばって観察を始めたため、寿恵子は慌てていた。

「植えたゆうことは……教授は、シダがお好きながか！　いやあ、教授にお好きな植物があるらあ、これまでちっとも知らんかったのう！」

声が響いたのか、玄関が開き、女中が姿を現した。

「お入りください。旦那様がお待ちでございます」

邸内に入ると、奥から田邊の子どもたちが駆け出してきた。

「これ、いけません！　お客様です」

二人の子どもたちを叱っているのは、田邊の妻だ。まだ若く、寿恵子と変わらない年齢に見える。喧嘩《けんか》する子どもたちをなだめようと、妻は必死な様子だ。

「お願い。静かにして。静かに」

そこに、田邊が現れた。

「何を騒いでる？　失礼、槙野君こちらへ」


座敷に入ると、万太郎は田邊に寿恵子を紹介した。

「お招きありがとうございます。こちらが妻でございます」

「……寿恵子と申します」

すると田邊は、ただならぬ様子で寿恵子を見つめていた。

「西村《にしむら》寿恵子さんか。新橋料亭『巳佐登《みさと》』の女将《おかみ》の姪——そうだったな？」

なぜそこまで知っているのかと万太郎たちが驚いていると、田邊は笑いながら続けた。

「高藤《たかとう》邸に菓子を持ってきたとき、私も居合わせた。あなたが持参した菓子を褒め、舞踏練習会にあなたを薦めたのは私だ。あの高藤雅修《まさなり》の元から鮮やかに去ったあなたが、なぜ槙野君とここにいる？」

「私が大学に出入りを許してもろうて、下宿から大学までの間に寿恵子さんの白梅堂《はくばいどう》がございまして。最初は……菓子を買うだけでしたけんど、西洋音楽の会で再会いたしまして」

「あれは、私が君を誘った――すると私が君たちを結びつけていたのか。――まったく。高藤さんに顔向けできんな。あの場で、あなたに去られた高藤さんがどれほど悲嘆にくれたか」

寿恵子は実業家の高藤から求婚されていたが、玉の輿《こし》を捨てて万太郎と生きる道を選んだ。

「やっと謎が解けた。武家の出とはいえ妾腹《しょうふく》の娘であるあなたが、今を時めく高藤雅修にあれだけの勇気を出せたのは……槙野君がいたからなのか」

そして田邊は、寿恵子から万太郎へと視線を移した。

「つまり君は相手がどれほどの地位にあろうとも――奪うものは奪う。そういうことだな」

「――そんなつもりは……」

言いかけた万太郎の言葉を、田邊は笑顔でさえぎった。

「いや失敬。冷めてしまうな。――おい、始めてくれ」

田邊は女中に声をかけ、万太郎と寿恵子は複雑な思いで料理を食べはじめた。

食事を終えると、田邊の妻が緊張した様子で茶を出しに来た。

「こちらは私の妻、聡子《さとこ》だ。聡子、私はこれから槙野君と大事な話がある。おまえは寿恵子さんにダンスを教えていただきなさい。寿恵子さん。心構えを話してくださるだけで構いません。聡子を鹿鳴館《ろくめいかん》に同伴したいのだが、これは内気で、あなたのように堂々とは振る舞えないのでね」

寿恵子が戸惑っているうちに、田邊は聡子に命じた。

「聡子。おまえからもお願いしなさい」

「──寿恵子さま、わ、わたくしとお話しいただけないでしょうか」

「もちろんでございます。わたくしでよろしければ」


妻同士で聡子の部屋に移動しても聡子の緊張は解けなかった。寿恵子は、黙り込んだままの聡子に話しかけてみた。

「あの……すてきな帯ですね。歯朶紋《しだもん》でございますか」

「……先生、旦那様の気に入りで……」

会話を続けていくと、聡子は少しずつ笑顔を見せはじめた。

「あの……こんなこと申してはいけないのかもしれませんけれど、お子様がもう二人もいらっしゃるのですね」

「それは──前の奥様の。先生は奥様を去年の暮れに亡くされまして」

最初は「旦那様」と言い直していたが、聡子は田邊を「先生」と呼んでいるようだ。

「父が判事なのですけれど、先生と政府のお仕事でよくご一緒していて。お忙しい先生がお一人では何かとご不便だろうと……私が……参ることに……。お茶の水の高等女学校を途中でよして、今年の五月に、こちらに参りました」

「……それは……でもお子様方がお小さいから、聡子さまがいらして喜んだでしょう？」

「いいえ。私は……。前の奥様はお美しくて、ピアノも嗜《たしな》まれて、英語もお分かりになったそうです。でも私は……。子どもたちも私のことは……母とは呼んでくれなくて」

悲し気な表情に胸を突かれ、寿恵子は聡子に寄り添った。

「ごめんなさい。お客様に。先生に言わないでもらえますか」

「もちろんです」

「……こうしていると女学校の友達を思い出します」

「私は学校には行っていないんです。ですから、年の近いお友達もあまりいなくて……」

するとと聡子が愛らしい笑顔を浮かべた。

「では、あの——お友達になってくださいませんか」

「ええ。うれしい」


その頃座敷では、田邊が万太郎の持参した標本を見て、感嘆のため息をついていた。標本を万太郎に返すと、田邊は庭に茂るシダ植物を眺めた。

「……君は本物のようだ。……どれだけ綿密に計画し、採集旅行に出掛けても、巡り合える者と合えない者とがいる。だが、君が不憫だ……」

「なぜです」

「君は巡り合える。それでも決して、自分の手では発表できない。すでに植物学雑誌にも意見が来ているよ。君は植物学会の会員でもない。大学の教員でも学生でもない。一体なぜ、君の物を雑誌に載せたんだとね」

「あれは……私が創刊しましたき」

「違うよ。私が、許したんだよ。」

「……はい――そうです……お許しくださったき……雑誌がどう出来たからあどうでもえいがです。けんど、植物の学会ゆうからには、植物に真剣に打ちこんじゅう人間が加わってもおかしゅうないでしょう」

「日本でただ一つの権威ある学会だからね。素人のClub《クラブ》ではないんだよ。君はなんの身分もない。その辺の風呂屋でわめいている連中と同じだよ。彼らがいくら吠えようが国政は動かんだろう?」

「ほんならどうしたら!」

「方法は二つ。大学予備門に四年間通い、その後、東京大学を受験しなさい。それが嫌なら、今すぐ留学してきなさい」

「ひとの一生には限りがあります。ほんじゃけんど日本国中に、世界中に数え切れんほどの植物があるゆうに――どうして遠回りする時間があるがでしょう! 教授はおっしゃるじゃないですか。At the heart of the matter, only one thing is important. ――核心はただ一つ! わしの人生は、植物に打ち込むと決めました。それ以外に時間を使う暇はありませんき!」

「非効率だ。君は、我《が》を張って直進しようとするあまり、岩に穴を開けなければならない。迂回すればすんなり登れるのにね。世間は単純だ。学歴さえあればいいんだ。私ならさっさとやり直すがね」

「……その間にも、誰か他の人らあが新種をどんどん見つけるでしょう。世界中が進んでいくでしょう!」

「おかしいねえ。君は植物が好きなんだろう？　ならば遠くから喝采を送ればいいじゃないか」

確かにその通りかもしれない。だが万太郎は、どうしても頷くことができなかった。

「嫌だ嫌だばかりではどうしようもないだろう？　では、最後の提案だ。私の物になりなさい」

「……どういう意味ですか」

「君を、私専属のPlant hunter《プラントハンター》として雇おう。イギリスの王立植物園であるキューガーデン、世界最大の園芸商ヴィーチ商会も優秀なPlant hunterを世界各地に派遣して、珍しい植物や新種を発見させている」

「……私も、教授のために、新種を発見してこいと？」

笑みを浮かべて田邊は答える。

「君には、生まれながらにその才がある。もちろん、生活も保障しよう。君は植物のことだけ考えていればいいんだ。実際に新種を見つけてくれれば、その都度、報奨金も」

「待って――待ってください教授、発表はどうなるがですか」

「もちろん私がする。ああでも君を疎《おろそ》かにするつもりはないよ。マキシモヴィッチも、開国直後に来日したとはいえ、ロシア人がなぜあんなに日本の植物を手に入れられたと思う？　助手がいたからだ。彼の手足となって植物を採集してきたのは長之助《ちょうのすけ》という百姓だった。だからマキシモヴィッチは彼に敬意を表して、学名にもよくチョウノスケと名を入れている。私が発表するときにも、マキノイと入れてあげよう。Mr. Makino. どうだ？」

万太郎は標本を見つめていたが、やがて顔を上げ、ニコリと笑った。

「困りますき、教授。わし、草花が好きで、ただ草花に会いとうて野山に出かけゆうだけですき、教授のために探すゆうがは……違いますき。たとえば、この子は……。暗い洞穴を抜けた先、緑が滴るような森にひっそり咲いちょりました。木漏れ日の中、こんまいけんど、すっくと伸びちょって、そりゃあ清々《すがすが》しかった」

出会った時の光景と胸の高鳴りがよみがえり、万太郎は迷わず答えた。

「この子はわしが見つけました。この子のことが大好きですき、この子のこと、知りとうてたまりません。ほんじゃき……誰にも渡せません。一度出会《でお》うてしもうた子を他の人に渡すらあ、出来んき。寿恵子さんを誰にも渡せんがと同じことです」

「――植物だろう。人間とは違う」

「突き詰めたら、どんな違いがありますろうか？　出会うて。ときめいて。知りたい思う気持ちが湧いてきますし、植物も人も、与えられた場所で懸命に生きちょります。同じ生命《いのち》ですき」

「話にならんな。つまり、私の物にはならんと？」

「申し訳ありません。……教授が、東京大学への出入りをお許しくださったご恩は忘れてはおりません。これからも植物学のために一心に働きますき」

「――後悔するぞ。なんの身分もない。なんの保証もない。小学校も出とらん虫けらが、何を言おうが無駄だ。おまえは私にすがるしかない！」

「それでもやってみますき！」

田邊邸からの帰り道、寿恵子は、夜空を見上げている万太郎に語りかけた。

「楽しい夜でしたねえ。お聡さんおかわいらしくて。万太郎さんは、教授とどんなお話しなさったの？」

「うん……」

答える代わりに万太郎は寿恵子を抱きしめた。

「ちょっ……⁈　え⁈」

「――寿恵チャン」

その硬い声から、寿恵子は万太郎の緊張を感じ取り、穏やかに問いかけた。

「……なあに。万チャン」

「……わしのう、岩に穴を開けながら進むしかないがじゃと」

「……岩に穴は、大変ですねえ」

「ほんじゃけんど、どうしても……どうしても、心にうそはつけんかった……」

「知ってます。あなたはわがままですから」

そう言って寿恵子は万太郎の腕を離れ、背筋を伸ばした。

「では鶴嘴《つるはし》がいりますね。岩に穴を開けるんでしょ？　私もダンスで鍛えたし、力はあるんですよ。倉木さんにもお頼みしましょうか。福治《ふくじ》さんにも。牛久《うしく》さん、はおじいちゃんか」

胆の据わった寿恵子の返答に胸を打たれ、万太郎はすぐには言葉が出なかった。

「一人でやらなくたっていいんでしょ？」

「……寿恵チャンはすごいのう」

「竹雄さんからの申し送り、その二。万太郎さんは笑ってないと力が出ないって。どんなお話をなさったか知りませんけど――まあ、やってみましょうよ。やってみたら案外……岩に見えても、かるやきかもしれませんよ」

二人で笑い合っていると、万太郎の中に情熱が湧きあがってきた。

「ほんまに、寿恵ちゃんはすごい。おかげで元気出たき。帰ろう。一刻も早う帰りたい……」

熱のこもった目を向けられ、寿恵子の心臓が跳ね上がった。

「わ、私も……早く帰りたいです……！」

万太郎は、寿恵子の手を取り駆け出した。


帰宅すると万太郎は、大切な標本を手に自宅の研究部屋に入った。いつか、この植物を新種だと発表する日に向けて、今できることから始めよう。そう思い、情熱の赴くまま植物画を描き始めた。すると、研究部屋の隣の母屋にいる寿恵子が壁に開いた大きな穴から顔を出してきた。

「万太郎さん……お休みにならないんですか？」

「寿恵ちゃんのおかげで、やる気が満ちあふれちゅうき。ありがとう！」

寿恵子は、母屋に引っ込むしかなかった。「一刻も早く帰りたい」のは、二人きりになるためだと思っていた寿恵子は、恥ずかしいやら腹立たしいやらで、布団の上を転げ回った。

「……もうっ……」


翌日、万太郎のもとに来客があった。佐川の名教館《めいこうかん》時代の学友・広瀬佑一郎《ひろせゆういちろう》だ。万太郎から結婚を知らせる手紙を受け取り、訪ねてきたのだ。

再会を喜び、万太郎は佑一郎を研究部屋のほうに招き入れた。

「寿恵子さん、初めまして」

茶を出しに来た寿恵子に挨拶をすると、佑一郎は研究部屋の中を見回した。

「とても新婚の家に見えんのぅ……。こんな男のところに来て、苦労するがじゃないですろうか」

心配そうな佑一郎に、寿恵子はこう答えた。

「そこなんですよ。……望むところです」

その決意に感じ入って、佑一郎は居住まいを正した。

「寿恵子さん。幼なじみとして心から御礼申し上げますき。かたじけない」

「あの、いいえ――頑張ります」

寿恵子と佑一郎が頭を下げ合うのを見て、万太郎が呑気な声で言う。

「まあまあ二人とも。硬いき～」

「おまんが言うな！　まあ、竹雄がおらんなっても、大丈夫そうじゃのう。これで憂いがのうなった」

「なんじゃその口ぶり……。永《なが》の別れみたいに」

「ほんまに永の別れになるかもしれんきのう。おまんの顔を見ちょきたかった」

佑一郎はアメリカに留学するのだという。佐川を出た後、佑一郎は札幌農学校で土木学を学んだ。没落した武家の息子だったため、官費で通える学校を選んだのだ。卒業後は北海道で開拓使に勤め、その後は東京の工部省に異動して上野から高崎に鉄道を敷く仕事をしていた。今回の留学は、札幌農学校時代に教わったアメリカ人教師から声をかけられ、決めたのだという。

「その先生が今はお帰りになっちょって手紙をくれたがよ。――アメリカには、あの広大な国土の三分の一を占める流域を持つ、ミシシッピゆうものすごい川がある。その川を、アメリカは国を挙げて、治水工事を始めるそうじゃ。先生が、日本も水害の多い国やききっと勉強になるろうと……俺を技師のひとりに推薦してくださったがじゃ」

「――それで行くがか。佑一郎くん、ミシシッピ川を相手にするがか」

「おう！」

その時、万太郎の脳裏に、少年時代に見た土佐の仁淀川《によどがわ》の景色が浮かんだ。名教館の恩師・池《いけ》田蘭光《だらんこう》と佑一郎と共に自然の中を旅した折、悠々と流れる仁淀川を眺めて蘭光は語った。

「今はこんなに穏やかじゃけんど、一度暴れたら、土地も人も飲みこむ。自然の力は人よりも大きい。人はそれを封じ込むことは出来ん」

「……共に生きるには、どうしたらえいがでしょう？」

蘭光にそう尋ねていた佑一郎が、今、大志を胸にアメリカに向かおうとしている。熱い思いがこみ上げ、万太郎は佑一郎を抱きしめた。

「仁淀川から、ミシシッピ川に行くがじゃのう……。金色の道じゃのう！　祐一郎くん！　まっすぐ進んじゅう！　ほんまにすごいき！」

「おまんじゃち進んじゅうじゃろうが！」

「いいや。わしはまだ……わしは……。もう、わしのことはえいがじゃ。祝いをせんと！」

その後三人は、佑一郎が結婚祝いにと持参した総菜や菓子を食卓に並べて楽しい宴を開いた。

帰宅する佑一郎を、万太郎は見送りに出た。夕暮れの根津を歩きながら、万太郎は田邊邸での出来事を打ち明けた。

「わしがどんなに植物を発見しようとも自分じゃ発表できんそうじゃ。……虫けらじゃ言われたき」

「学校を出ちゃあせん者は皆、虫けらながか？　そんなこと言えるほうが、よっぽど恐ろしいがのう。……鉄道の建設工事じゃ、俺ら一握りの学校出が設計をしゆうけんど、働き手は皆、安い前金でクニを出て、家族に金を送ろうとしゆう人ばっかりじゃ。ことに北海道じゃ、そりゃあ苛烈じゃった。冷とうて硬い土をモッコで運ぶ。肩の皮が何遍も裂《さ》けて爛《ただ》れちゅう人も――逃げようとして鞭《むち》で打たれる人もおった。そんな人らを前に、俺ら若造が先生と呼ばれて……正直怖ぅてたまらんかった。ただ、この人らに恥じん仕事をせんといかんと……」

佑一郎の苦悩を感じ取り、万太郎は深くうなずいた。

「それに、学校でなんぼ学んで図面を引いたち、実際は、土を掘り起こすこと一つとったち親方らに頼らんといかん。教授が言うところの、虫けらあが……この国を変える底力を持っちゅうがじゃ。鉄道を敷き、川を治め、下水道を作る。人の命を守りゆう。まったく。その教授、普請《ふしん》場《ば》に放りこんじゃりたいのう！」

万太郎は思わず笑ったが、すぐに表情を引き締めた。

「――けんどのう、植物学においては教授の言うことも、一理あるがじゃ。まずこの日本に、植物学を志す人がほんまに少ない。その中で、今はとにかく東京大学の植物学教室に日本じゅうの標本を集めようとしゆうがじゃ。ほんじゃき、その東京大学に出入りせんとどうにもならん。今のわしは、ただ教授の恩情で出入りさせてもろうちょるだけじゃき――教授の言うことも、まあ、分かるがじゃ……」

話し続けるうちに、二人は分かれ道に差しかかった。

「わしは、どうしたらえいがじゃろうのう……」

「こっちじゃ」

佑一郎が一方の道を指した。路肩にカタバミが咲いている。

「……うん。カタバミが咲いちゅうき」

「博物館があるきのう。万太郎、最初に上京したときも、博物館の先生方を頼って来たがじゃろう？　聞いてみたらえい。本当に、自分じゃ何も発表できんがかと。万太郎には教授がすべてじゃないじゃろう？　訪ねていく先があるゆうことも、自分の財産《たから》じゃき」

「本当にそうじゃ……！　佑一郎くん。おまん、いつじゃち佑一郎くんじゃのう！」

「何言いゆうがじゃ。あたりまえじゃろ。そういうあけすけなとこ、おまんやち弱虫万太郎のまんまじゃろうが」

日暮れが近づき、二人の前に続く道は夕日を受けて金色に輝いている。

「ほんなら！　佑一郎くん、行ってらっしゃい！」

旅立ちの道へと向かう佑一郎を、万太郎は手を振って見送った。

翌日、万太郎は早速博物館を訪ねた。ここで植物学者の野田基善《のだもとよし》が田邊宛ての紹介状を書いてくれたことが、東大植物学教室に出入りできるようになったきっかけだった。だがこの日、野田は出張中で、植物学者の里中芳生《さとなかよしお》が、来客中にもかかわらず応対してくれた。

「やあ、久しぶりだねえ！　ちょうどよかったよ。いつか君たちを引き合わせたいと思っていたんだ。君たちはUnique《ユニーク》だからね」

万太郎より一足早く里中を訪ねてきていたのは、同年代と思しき青年だった。その青年は、目の前にいるのがマルバマンネングサを発見した槙野万太郎だと知り、驚いていた。

「こちらは伊藤孝光《いとうたかみつ》くん。あの伊藤先生のお孫さんだよ」

「伊藤先生ゆうがは……もしかしてシーボルトの助手を務めた、アノ伊藤圭介翁《けいすけおう》でございますか?!」

「そうとも！　シーボルトの愛弟子、伊藤圭介先生だ！」

今度は万太郎が驚く番だ。孝光と握手をして、万太郎は大はしゃぎした。

「こりゃもう間接的にシーボルトに触ったがと同じじゃないでしょうか？」

祖父に直々に育てられたという孝光は、自身もまた植物学者なのだという。

「ほんなら孝光さんもやっぱり東京大学に？」

「ハ？　なんであんなとこ行くんです？　泥棒教授がいるのに」

冷たく言い放つ孝光を里中がたしなめる。

「言い過ぎだよ。田邊教授が悪いのではないからね」

「ああ、ですね、教授だけじゃない、マキシモヴィッチが世界一の間抜けですから」

「植物の検定は容易《たやす》いことじゃない。それはきみも分かっているだろう？」

たまらず万太郎は口を挟んだ。

「――あの、戸隠草のことでしょうか？　教授の戸隠草に何かあるがですか？」

『教授の戸隠草』ではない。あんたも泥棒の手先ですか。不愉快なので帰ります。今日は留学の挨拶に来ただけですから。野田先生にもどうぞよろしく」

去りかけた孝光に、里中が言い聞かせる。

「早まるなよ。間違いがあれば世界中の学者が協力して正していけばいい。我々には言葉と理性がある。感情の奴隷になってはいけないよ」

「だがあれは！　祖父と叔父と私――三代で追いかけてきた花です。奪われていいものではない！」

「分かるがね……あえて言うが、かわいい、一輪の花じゃないか。きみはこれからせっかくケンブリッジに留学するんだろう？　切り替えて視野を広げて」

里中の言葉を聞き終えずに、孝光は立ち去った。

「なんでしょうか……今のお話は……」

万太郎が問うと、里中は事情を語り出した。戸隠草は、元はと言えば孝光の叔父が採集した植物だったという。それを伊藤家が研究し、既存のミヤオソウ属に分類して名前を付け、マキシモヴィッチ博士に標本を送っていた。ところがマキシモヴィッチ博士は田邊から届いた新たな標本を見て、既存の属には当てはまらない、新属ではないかと研究を始めた。そして田邊に対して開花した標本も送るようにと求めてきた。

「もし標本が揃《そろ》い、博士が新属と発表すれば、前に伊藤家が提唱した名は改められることになる」

「ほんなら逆に、伊藤家の皆さんが、ご自分たちで検《あらた》め、もういっぺん発表し直したら……」

里中は胸に抱いたサボテンに向かって語りかける。

「可憐《かれん》な花を巡って、人間が争っているね」

「……このことを教授は？」

「知っているのではないかね？　内心はきっと気を揉んでいると思うよ。ところで、きみの用事はなんだった？」

学歴のない自分が植物学者として認められ、自ら新種発表ができるようになるには、どうすればよいか？　万太郎はその答えを求めてやって来た。万太郎にとっては難題だったが、いざ里中に尋ねてみると、あっさりと答えが示された。

「本を出せばいい。植物学に携わる誰もが認める本を出すんだ。きみの知見、発見を、存分に披露する本だ。そうすれば皆、君を認めるよ」

万太郎は気がはやるあまり胸に痛みを覚えながら帰宅した。時刻はもう遅く、寝間着に着替えた寿恵子が茶を入れてくれた。

「ありがとう！　ほんならわし、研究してくるき」

「待ってください。――万太郎さん、お願いがあります。夜のご研究を控えてくださいませんか」

「いや、夜は周りも静まって、考えが深まるき」

「竹雄さんからの申し送り、その三。あなたは放っておくと眠る時間も削るから、気をつけるようにって。……あなたは家族思いじゃありません。机で寝てはお身体《からだ》が休まりません」

前の晩も万太郎は布団に入らず、夜を徹して研究に励むうちに机に伏して眠っていた。

「身体を壊してからでは遅いんです。ずっとずっと、私より長生きしてもらわないと困るのに」

「それは嫌じゃ。……寿恵ちゃんに長生きしてもらわんと」

「じゃあ、あなたがお布団で寝てくれなきゃ、私、井戸端で寝ますよ！」

「いかん！　馬鹿《ばか》」

「馬鹿って言った！　ほら――お互い元気で長生きしないといけないじゃないですか！　お願いです。夜通し続けるのだけはやめてください。このお茶はお渡ししますが、明日の朝はここで寝ていて。おやすみなさいませ」

言い終えると寿恵子は、敷いてあった布団にもぐり込んだ。泣き出しそうなので万太郎に背を向けると、背後から声がした。

「……そうじゃのう。寿恵ちゃんの言う通りじゃ。二人とも元気で長生きしたいき」

「……そうですよ。一昨日《おととい》も昨日も、おやすみなさいを言っても振り返ってもくださらなかった」

「お願いじゃ。もう一遍、言うてくれんか。これからは、どんなに忙しゅうてもきっと振り返るき」

振り向くと、万太郎が優しい眼差しをこちらに向けていた。

「……おやすみなさい……」

言ったとたんに涙がにじんだ。その涙を、万太郎がそっと指で拭った。

「……おやすみ」


翌朝、布団の中で目を開けた寿恵子は、万太郎の声を耳にした。

「おはよう」

ぐっすり眠っていた寿恵子は、まだ夢見心地だ。

「……おはようございます――あれ、万太郎さん……？」

「寿恵ちゃんは睫毛《まつげ》が長いがじゃのう。生え際もかわいいし、産毛《うぶげ》も朝日に透けちゅう」

寝顔を見られていたと気づいて、恥ずかしさのあまり寿恵子は頭まで布団を被った。

「――ぎゃー⁉」

「どうした⁈」

「知りません！　人のこと草花みたいに観察しないでください！」

「なんぼ見よったち飽きんき」

「見てたんなら起こしてください！」

万太郎は〝観察〟を続けようとし、寿恵子は顔を隠そうと必死だ。刺し込む朝日の中、二人の幸せな攻防が続いた。

第15章　ヤマトグサ

ある朝、万太郎は寿恵子に新種の可能性がある植物の標本を見せた。

「土佐で見つけた子じゃ。これが雄しべで、風の力で受粉しゆう植物ながじゃ。森の奥深くでひっそり生きて、優しい風が吹くがを待つ。この子が新種じゃゆうがは、今はわしの勘で言いゆうだけじゃき、これから研究して解き明かさんといかん。そうして、今度こそ、わしがこの子の名付け親になって世界へ向けて発表したいき」

「またロシアのお方が名付け親になっては悔しいですものね！」

だが万太郎が名付け親になるには、まず学者として植物学の世界で認められる必要がある。

「そこでじゃ――本を出す。寿恵ちゃんと約束した図鑑！　八犬伝方式で、とにかく出し始めるき！」

万太郎の決意を聞いた寿恵子は、協力すると力強く答えた。

「ほんなら……一冊目に何を出すかじゃ。ここからは新種の発表も見据えた時間との戦いじゃき。もったいぶっちゅうわけにはいかん。わしの一番の得意をとにかくつぎ込む！」

「一番の得意というと……」

　ここで二人の声が揃った。

「植物画！」

　図鑑は一般に、説明文が書かれた本篇と、図篇の二部構成になっている。だが万太郎はまず、図篇だけを出版しようと考えていた。

「名付けて、『日本植物志図譜《ずふ》』！　まるまる一冊が図譜らあ、日本初じゃき、植物学の本としても新しさを出せる」

「すばらしいと思います！　図譜なら子どもたちでも分かりますね！」

「ついては──帰れんようになる」

　万太郎は図譜の印刷を大畑《おおはた》印刷所に依頼し、石版に図を描く作業は自ら行うつもりだ。大畑印刷所には石版印刷機が一台しかないので、万太郎が自由に使えるのは就業時間後の夜間だけだろう。そのため、夜はずっと印刷所に詰めて作業するしかない。

「昼間は大学で、この子を解き明かすための研究をする。もちろん図譜のための下絵もようけ描かんといかん」

「そしたら……いつ眠るの？　身体《からだ》を壊しては」

「そんなことはえいき！　人生で頑張らんといかん時があるとしたら、それが今ながじゃ。しんどいがは百も承知じゃけんど、何ちゃあ言わんと、やらせてほしいき。寿恵ちゃん、頼む！」

「……分かり……ました」

「ありがとう。わし頑張るき！　ともかく版元探して──大畑の大将にも話してくるき」

万太郎は勢い込んで出かけていったが、寿恵子はやり場のない不安を抱えていた。

その頃東大では、田邊が理学部の部会を終えて講義に向かおうとしていた。

「今日の部会も長引きましたね」

声を掛けてきたのは、動物学教授の美作秀吉《みまさかしゅうきち》だ。

「本当に我らが青長屋《あおながや》はウンザリしますね」

美作が言う〝青長屋〟とは理学部の教室がある大学の別館のことだ。本館とは離れており、外壁に青いペンキが塗られていることから青長屋と呼ばれている。

「いずれ移転も必要だと兄に話しているんですが。国から金を出させるにはとにかく業績をと」

美作は前年留学から帰国し、動物学初の日本人教授に就任した。彼の兄は数学科の教授で、将来の東大総長と目されている。

「……そちらの動物学は、臨海実験所の建設が認められたとか」

「ええ。海洋生物における新発見が続きましてね。実験所ができたら、牡蠣《かき》やアコヤガイの養殖にも乗り出します。成功すれば我が国に多大な利益をもたらしますよ」

話をするうちに、二人は青長屋に着いた。

「そうだ田邊さん、お伝えしたいことが。お茶の水の高等女学校の件です。あなたが女子の教育にも大変な関心をお持ちで、校長就任にも前向きだと伺っていたんですが——政府のお仕事もお有りでしょう？　校長の話、私に回ってきまして。兄の勧めもあり、仕方なくお引き受けしたんですよ」

「そうですか」

「この国の女子などたかが知れてますし、校長なんて面倒なんですがね――聞けば、あなたの今の奥方は、つい五月までうちの生徒だったとか。どうです？　我が女生徒を妻にした感想は。教育の成果はいかがです？」

美作の見下した物言いに、田邊は歯がみをする思いだった。

その後、田邊は教授室に大窪を呼びつけて詰問した。

「いつになったら花が咲くんだ?!」

夏の採集旅行で持ち帰った戸隠草の株を、田邊は小石川植物園に植えた。それが花を咲かせれば、新種を発見した研究者として名を残すことができる。

「……植物園からは何も言ってきません。園丁の話では、何年か掛かると」

「小石川植物園には伊藤圭介翁がいるだろう。戸隠草を秘匿しているかもしれん」

「伊藤先生はもう八〇歳近いお年ですし、滅多に植物園にはおいでになりません」

「だいたい――元はといえば、君の落ち度だろう。夏の採集旅行、日程も採集地も現地の案内人も、手配は君じゃないか。わざわざこの身を空けて赴いたのに、大失態だろう。君はもっと自分の責任を自覚したまえ」

「……申し訳ありません」

講師の立場では、そう答えるしかない。そんな大窪に、田邊は追い打ちをかけた。

「口先だけの下衆《げす》な連中ばかりだ」

万太郎が飛び出していった後、どうしても不安が消えない寿恵子は、家の掃除に取り掛かった。母屋と研究部屋を拭き掃除して磨き上げたがまだ気持ちは晴れず、今度は井戸端で洗濯を始めた。

「お寿恵ちゃん。ちょいと！　それ、もう洗えてるんじゃないか？」

洗濯物をこすり続けている寿恵子に、長屋の住人で棒手振《ぼてふ》りの及川《おいかわ》福治が声をかけてきた。

「どうした？　万ちゃんとなんかあったか？」

寿恵子は、すがる思いで福治に事情を打ち明けた。

「万太郎さん、日本中の植物を全部乗せた図鑑を作るって言ってるんです。私、それを承知で一緒になりました。十の力を百にもできるような――八犬伝の犬士たちみたいに、二人でいるから強くなれるような――そうなれたらって」

これは長くなりそうだと思い、福治は寿恵子のそばに腰を下ろした。

「うぬぼれでした……いざ暮らしてみたら、身体壊したらどうしようとか、ちゃんと寝なきゃとか、そんなことばっかり……足を引っ張りたいわけじゃないんです。背中も押したいんです。万太郎さん、私にはちゃんと話してくれてます。私が飲み込めるように。じゃあ、私には何が出来るんだろうって」

「やってるだろ？　洗濯料理に掃除。暮らしに心配がねえから、頑張れるんだぞ？」

「けど、これじゃ足りない。私、あんな大きなひとの妻になったんですから」

「なあ、お寿恵ちゃん。一つだけ頼んどくよ。……別に万ちゃんなんて立派な奴じゃねえからよ。ただ好きなものがあって、それしか見てねえ、それだけなんだからさ。お寿恵ちゃんが無理すんなよ」

そう言われても……と戸惑う寿恵子に、福治は自分の過去を話して聞かせた。

「俺の女房も――この長屋に来る前は女房がいたんだけどよ……ほんとによく出来た女だったよ。俺のことな、いつまでも棒手振りじゃダメだ、自分の店を持てっつって――内職して働きにも出てなぁ。俺ァ、こんでも棒手振りが好きで、常連のじいさんやばあさんもいたし、このままでいいって言ってたんだが、どうも、がっかりさせちまってなァ。男作って、逃げちまった。小春《こはる》も置いてよ」

「……そんな……」

「怒るっつうより、ああ俺が、そうさせちまったんだなぁってなぁ……小春にはかわいそうだが、追いかけられなかった。俺も……女房に毎日ガッカリされるっつうのは……キツかったしなぁ。身の丈に合わねえ望みは、不幸になる。俺ァそう思うよ。別にその図鑑が、日本中の植物なんて大それたもんじゃなくて、このへんの……根津の図鑑になったっていいんだよ。頑張ってそうなったんなら、それでいいじゃねえか。万ちゃんはやりてぇやりてぇ馬鹿で、ありゃそれ以外言わねえ生き物だから――お寿恵ちゃんが丸ごと全部、真に受けたらいけねえよ」

思いのこもった福治の言葉を、寿恵子はかみしめた。

「無茶しねえで、身の丈を見てやれよ」

「……はい……」

万太郎が久しぶりに大畑印刷所を訪ねると、従業員が増え、以前にも増して活気があふれていた。印刷工の宮本晋平《みやもとしんぺい》と前田孝二郎《まえだこうじろう》、画工の岩下定春《いわしたさだはる》も忙しそうだ。社長の大畑義平《ぎへい》によると、石版印刷の技術があるおかげで、政府の刊行物、書籍、チラシ等の注文が殺到しているいう。

座敷に招き入れられた万太郎は、大畑と妻のイチに、図鑑の出版を決めたことを告げた。一般に売れるような本ではないため、どの出版社からも出版費用を自己負担するよう言われたが、それでも万太郎は諦めるつもりはない。

「ほんで、今日は肝心の図譜を作るご相談ながですが……大変お忙しそうですけんど」

「見てのとおりのありさまでよ……近頃じゃ人手も増やして夜通しやっててよ。好きに使わせてやりてぇが、印刷機がいつ空くか――」

そこに、大畑夫妻の娘の佳代《かよ》が寿恵子を連れて現れた。

「表にお寿恵さんいらしてたんだけど……」

「寿恵ちゃん？　……どうしたが？」

突然やって来た訳も言わず、寿恵子は作業場で石版印刷の工程を観察し始めた。

「印刷機自体は……思ったより小さいんですね。一畳くらい？　……石に直接絵を描かれてる」

「水と油が反発する性質を使うて、筆遣いをそのまま印刷できる。そこが石版印刷のすごいとこじゃき」

「……つまり本当に……他の人が描くってわけにはいかないんですね……」

そうつぶやき、寿恵子はまた作業場を見渡した。

大畑印刷所では、夜の作業の後は夜食が振る舞われる。この日もイチがうどんとそばを用意し、万太郎と寿恵子も交えて座敷でにぎやかに食事をした。

その後、万太郎と寿恵子、大畑とイチが残ると、寿恵子は改まった調子で話し出した。

「今日は突然押しかけて、申し訳ありませんでした。石版印刷のこと、万太郎さんがなさりたいこと、この目で見てみたくて」

「……みんなあ楽しそうじゃったろ？　大畑印刷所に来ると元気出るき」

「元気ねえと石版なんて持てねぇからなあ」

大畑が言うと、イチも明るく答えた。

「むさい男どもの相手もできないしねえ」

皆で声を上げて笑い、茶をすすっていると、突如寿恵子が深いため息を吐いた。

「——ハァァァァ……」

何事かと驚く万太郎たちに向かって、寿恵子は毅然と話し出した。

「——万太郎さん。大将。ご相談がございます」

「お……おう、俺ら仲人《なこうど》だからな。親みたいなもんだ。なんでも言ってみろ」

「身の丈に合わない望みは不幸になると言われました。でも、万太郎さんの図鑑、やっぱり見てみたいんです。私も一緒にかなえたい。石版印刷機を買うことはできませんでしょうか！」

「買う？　石版印刷機を？　買う？　寿恵ちゃん、何言いゆう」

「万太郎さん、一冊目を出した後も、続けて出していかれるのでしょう？　しかも、本を出す速さも大事なんでしょう？　大畑印刷所の空き時間を使わせてもらうっていうのは待てないと思います。万太郎さんは自分で描いて印刷しないとなりませんから、よその印刷所に頼むことも出来ません。だったら、いっそ買いたいです。万太郎さんの石版印刷機」

万太郎は絶句しているが、寿恵子の勢いは止まらない。

「それに、うちに印刷機があれば、研究も印刷もその場で出来ます。身体は楽になりますし、少しでも時間ができれば、その分、ちょっとでも眠れると思うんです。身の丈に合わない買い物だっていうのは分かります。だけど、私」

「わしも欲しいき」

ようやく万太郎も思いを口にした。

「寿恵ちゃんが許してくれるがやったら。わしも……欲しゅうてたまらんき。いつでも好きに使える印刷機があったら、うちで下絵を集中して描いて、筆遣いそのまんま、すぐ石版に描ける。けんど——石版印刷機はドイツから持ってこんといかんですよねえ」

大畑に問うと、意外な言葉が返ってきた。

「いや、少し前から国産の印刷機が出て来てる。だが石はうちは未だに取り寄せてる」

「印刷機は幾らあったら買えるがやろう？」

「まあ、国産っつっても、石と合わせて千円は見ておかねえと」

「千円、出せます」

耳を疑う万太郎たちに向かって、寿恵子はきっぱりと言う。

「峰屋が万太郎さんのために持たせてくださったお金が千円あるんです。それを使えば買えます」

寿恵子は以前この金の使い道を万太郎に相談した。だが例のごとく万太郎は、研究に夢中で聞き流していたのだ。

「このお金を使えばもう後はなくなります。この先きっとすごく苦しくなる。けど今、万太郎さんに入り用なら」

寿恵子は万太郎の返事を待った。心を決め、万太郎は寿恵子に向かって手を付いた。

「今、仕事に入り用じゃ。これからもずっと使うていく。買わせてほしい……！」

「はい！」

「ありがとう……」


後日万太郎と寿恵子は、長屋の井戸端でりんに相談を持ちかけた。話を聞くと、りんは大声を上げた。

「えー！　壁をぶち抜く？」

万太郎たちは、石版印刷機を自宅の研究部屋に置きたいと考えていた。印刷の作業をするには水場に近いほうがいい。研究部屋の掃き出し窓を開けると、ちょうど井戸端につながるのだ。だがそうなると、万太郎の本や標本が研究部屋に入りきらなくなる。そこで、母屋と研究部屋の間の壁を取り払い、二間を一部屋にしてしまおうと思いついた。

「差配人としてはいいんだよ？　ただ人生の先輩としては、やめとけ」

りんが言うと、そばで聞いていた小説家志望の住人・堀《ほり》井丈之助《いじょうのすけ》が話に加わってきた。

「なんで。もう穴開いてるって！」

「そんでもちょっとでも壁があるってのが肝心なんだよ。万ちゃんの狸の穴がね、どんどんどんどん、ドンドンこっちまで来て、二間まるごと狸御殿になっちまうんだよ？　しかもこういうお人は勝手に片付けたら文句言うしね」

「それ！　散らかす人が文句言うなってね！」

居合わせたえいが、りんに同調すると、えいの夫の車夫・倉木隼人《はやと》が怒鳴《どな》りつけた。

「ゴチャゴチャうるせえ！　その印刷機、もう買っちまったんだろ？　じゃあもう四の五の言わず、ぶち抜くしかねえだろ」

だが、そう簡単な話ではない。石版を磨くには粒子の大きさが違う何種類もの砂を使うため、砂置き場も必要だ。家の中に砂を置くなんて……とりんとえいが言うと、倉木がまた怒鳴った。

「だからうるッせえよ！　そんならそこらへん――庇《ひさし》でも張り出して下に砂置き場と洗い場。そんなら雨の日でも働けるし」

万太郎たちは感激して倉木にまとわりついた。その傍らで寿恵子とりんは冷静に家賃の交渉をし、庇を張り出す分を上乗せし、三部屋分でひと月一円五〇銭ということにまとまった。


夕方、福治が仕事から帰ると、倉木が、万太郎と丈之助に手伝わせて庇を作るための測量を行っていた。

「何事だい？」

驚く福治に、寿恵子が駆け寄った。

「あの……身の丈に合わない買い物をしました。けど、福治さんが教えてくださったことも、よくよく分かってはいるんです……。ごめんなさい。……とにかく、やってみます」

「何謝るんだよ……俺なんか別に……。そんなもう、二人がいいんだからいいんだよ……」

思いが伝わったと、寿恵子がホッとしていると、波多野と藤丸が万太郎を訪ねてきた。と思いきや、意外な人物も一緒だ。

「……大窪さん……」

万太郎は波多野、藤丸、大窪を研究部屋に招き入れた。大窪は驚きの表情で室内を見回している。

「……おまえは……ずっと……こんなところで……」

「確かに狭いですけんど、わしにはえい部屋です。まあ、狭いなりに精一杯やりゆうがです」

「――標本を見せてくれ」

しぼり出すように大窪は言い、万太郎は新種の可能性がある標本と、写生した絵を手渡した。

「大窪さんは植物学雑誌に『まめづたらん』の原稿を書かれちょりましたね。この子もマメヅタランのように、分布や生育の場が限られちゅうと思うがです。どう思われます？」

その問いには答えず、大窪は標本を置いた。

「――槙野。俺は……口先だけの下衆《げす》だと言われた」

「え……？」

それが誰の言葉なのか、波多野と藤丸も察しが付き、黙って大窪を見つめた。

「開花した一輪さえ見つけることが出来ず、金を払い、案内人を雇っても成果を上げられず――

いくら野山を歩いても、俺の目には何も映らん。おまえのようになれないから」

　そう言って大窪は、濡れた目で万太郎をにらんだ。

「槙野……この植物が新種なら、自分で発表するのか？　この手で発表したいと思うちょります」

「はい。研究を続けて、確証を得られたら、この手で発表したいと思うちょります」

　すると大窪は、万太郎に向かって手を付いた。

「……手伝わせてくれ。このとおりだ。俺を研究に参加させてくれないか」

「お手をあげてください。そんな――かしこまらんでも皆ぁでやったら」

　言いかけた万太郎の言葉を、波多野がさえぎる。

「いや――万さん。大事な局面だ。金が動く。大窪さんと共同で研究するなら、つまり実質的には大学植物学教室と共同で研究するということだろう。これが新種だった暁には、大学の実績となる。万さん一人の功績ではなくなる」

　藤丸も、大窪の申し出を聞いて疑念を持たずにいられなかった。

「大窪さん。もしかして、田邊教授の差し金じゃないですか？　教授の命令で俺たちについてきて……万さんに取り入って……」

「違う！　信じてもらえんかもしれんが……俺は……今初めて植物学を学びたいと……」

「ハ？　何を言ってるんです？　初めてって――だって大窪さんもう助教授に」

　詰め寄る藤丸を、万太郎が止めた。

「大窪さん、ここはわしの家ですき。ここで聞いたことは誰にも言いません。なんでも言うてください。あなたを信じるか、それから決めますき」

そう促されて、大窪は長年抱えてきた苦しみを語り出した。

「……植物学に来たことを、ずっと恥じていたんだ。……俺の父は旗本の出で、その後、東京府知事となり、今は元老院の議官だ」

名家の三男である大窪は留学から帰国後、就職先が決まらず父の使い走りをしていたという。

「父が勝《かつ》先生に頼みこんでくれて、ようやく植物学教室の御用掛《ごようがかり》に採用された」

「勝先生」とは、勝海舟《かいしゅう》のことだと大窪は言い、万太郎たちを驚かせた。

「植物学なぞ……聞いたこともなかった……屈辱だと思った。……でも勝先生の顔に泥を塗れば、父に今度こそ見限られる。だからこそ必死にやってきたんだ。植物園に通い、覚えろと言われたものは頭に叩き込んだ。毎日断崖絶壁にいる心持ちで、この仕事は決して失敗できない、田邊教授にも気に入られなくてはならないと。なのに、おまえが来たせいで……」

「……わしが何かしたがですか」

「おまえは、ただ草花が好きだと笑った……そんな人間は、一人もいなかったんだ。――田邊教授でさえ、留学先で、新しい学問だからと植物学を選んだだけだ。新しい学問なら、世に出られる。皆それだけだった」

波多野も藤丸も、その言葉を否定することはできなかった。

「俺だって必死にやった。この夏の採集旅行が失敗できないことも分かってた。俺なりにできることは全部やった。でも失敗した。俺の失態だと言われた。だがおまえは飄々《ひょうひょう》と見つけてくる。ただ好きだから。おまえが現れて、皆が気づき始めた。このままじゃ誰もおまえには勝てない」

大窪が語る無念に、波多野も胸を痛め、藤丸は涙している。

「だから……好きになりたい。おまえが植物に抱く心を——おまえが何を見てどこが好きなのか、傍《そば》にいて知りたい。田邊教授も助教授も関係ない。誓って、誰にも頼まれてない。——ただもう俺は他にどうしようもない。好きになるしか道がないんだ……」

黙って聞いていた万太郎は、大窪を見据えて答えた。

「——それは違いますき。大窪さんがマメヅタランを好きじゃないとしたら、なんであんな原稿が書けるがですか？　マメヅタランは生きる場所を懸命に探して岩の上に着生する。そこに、心が動いたきですろう？　徳永助教授も植物が出てくる和歌がお好きですし、田邊教授もシダ植物が。藤丸はスッポンタケが大好きですし、波多野も——わしには見えん、植物のもっと奥まで、目を凝らそうとしちょります。どうしてここへ来たかより、それでも皆ぁ今ここにおって——今日も植物学を生きゆう。それでえいがじゃと思います」

大窪は黙って、万太郎の言葉をかみしめている。

「そりゃあ自然が相手ですき、ちっぽけな人間には分からんこともあります。けんどそれは人間の失態でもなんでもない——自然の奥深さですき。大窪さん。わし、草花が嫌いな人と共同で研究をするがはお断りですけんど……大窪さんやったら歓迎です」

「……いいのか」

「物事を筋立てて考えていかれるところ、何より疑《うたぐ》り深いところ——わしは思いつきが先走って、これはきっとコウやと決めつけるところがありますき。新種の研究には、大窪さんの疑り深さが大変ありがたいですき。来てくださってうれしい。本当にそう思います。ですきもう、ご自分を責めんとってください」

「槙野……」

それ以上は言葉にならず、大窪は黙って頭を下げた。

後日大窪と万太郎は徳永に、共同研究を認めてほしいと頼みに行った。徳永は二人に許可を与え、しっかりやるようにと大窪を励ました。

この件を徳永が田邊に報告すると、田邊は激昂した。

「徳永くん！　君こそが、小学校中退の人間は出入りさせるなと言っていた張本人だろう！　学歴もない。留学もしていない。ただの素人だ。植物学会も彼のことは認めていない。そんな人間におもねって門戸を開いてやるのか?!」

「逆です。教授。……情けを受けたのは、こちらです。槙野は、これが植物学教室の実績となってもいいと譲ってくれたんです。自分が求めるのは名付け親であること。それだけでいいと。この研究に関わらなければ、我が教室は何も実績を出せないことになる」

「そんなことはない、私の戸隠草が」

「花は咲かなかった！　今、私達がすべきことは、槙野に礼をいうことですよ」

それ以上、田邊に反論の余地はなかった。

万太郎と大窪はまず、採集した植物の特徴を洗い出した。葉は茜草《あかねぐさ》科の植物に似ており、採集時の匂いも茜草科のハシカグサに似ていた。だが花は茜草科のものとはまったく違い、雄しべが二十から二十五本もある。雄花と雌花が同じ株の中についているのも特徴的だ。

リンネの『Species Plantarum《スピーシーズ　プランタールム》』という本には、雄しべの数で植物を分類した図が載っている。それを調べると、一つの株に雄花と雌花がつく植物「Monoecia《モノエシア》」のページに、ナラ、クルミなど、該当するものが記載されていた。その中で雄しべが多いものを書きだし、さらにそのリストから既知の植物を消していくと、『Theligonum《セリゴナム》』なる植物だけが残った。

「このセリゴナムがどんな植物かを確かめんといけません。大学の蔵書の中に、セリゴナムの文献はありますか？」

「……我が東京大学は多額の国費を使って、とにかく本を揃えてきた。本こそが、この教室最大の財産だ。あるに違いない……！」

「では、手はじめに……東大にあるすべての本から、このTheligonumを拾い出しましょう！同じもんが載ってないことを証明せんと！」

それから二人は、膨大な量の書籍をひたすら調べた。大晦日《おおみそか》もページをめくり続けていると、万太郎がバイロンの著書『The Natural History of Plants』にセリゴナムの植物画が載っているのを見つけた。残念ながら全体図でなく部分図だが、今の二人には貴重な資料だ。

「バイロンさん、ありがとうございます！」

声を合わせて礼を言っていると、鐘の音が響いてきた。

「あッ?!　エッ?!　除夜の鐘?!」

そんな時間かと驚き、万太郎は慌てて帰宅した。一人で年越しをさせてしまった寿恵子に土下座をしたが、年越しそばを用意していた寿恵子は万太郎の顔を見ようとしない。

「すまん！　寿恵ちゃん！　ほんまに気づかんかったがじゃ！　すまんき！」

その時、万太郎の腹の虫が盛大に鳴り、寿恵子が笑い出した。

「さ、食べましょう。元旦になっちゃう！」


年が明けると大窪が、シブソープの著書『Flora Graeca《フローラ グレーカ》』に手がかりがありそうだと突き止めた。「フローラ・グレーカ」とはギリシャの植物相のことだ。東京大学が誇る資料の中には、『Flora Graeca』も揃っていた。万太郎と大窪はその中に、『Theligonum cynocrambe《セリゴナム キノクランベ》』の植物画を見つけた。今度は部分図ではなく、全体が描かれている。

「……うぉぉぉぉお！」

二人は雄たけびをあげた。万太郎が見つけた植物を、ここに描かれた図説と比較して違いを探し出せば、新種だと証明されるのだ。

徳永や学生たちが見守る中、万太郎たちは最後の検証を始めた。まずは大窪がセリゴナム・キノクランベの特徴を述べる。

「雄花の花被片《かひへん》は二枚」

続いて万太郎が、自分が描いた植物画を確認した。

「こちらは三枚！　花被片は三枚ですき。雌花に毛があります」

「こっちはない。柱頭《ちゅうとう》もだいぶ細いな」

「こちらの柱頭は太いです――これは明らかに違う植物ではないですろうか！」

万太郎が叫ぶと、徳永が穏やかに告げた。

「それだけ違いがあるならば……別の植物だろう」

万太郎と大窪が見つめ合う。二人は、二か月にわたる苦闘をようやく乗りこえたのだ。

「やりましたね。大窪さん！」

「――うおおー！」

大窪は男泣きしている。波多野は二人を称え、藤丸も徳永も、もらい泣きしていた。

「新種発見じゃき！」


その声を、田邊は教授室で聞いていた。教室の騒ぎを聞きながら、田邊は一人、椅子に沈んだ。


翌二月には万太郎の家に国産の石版印刷機が届いた。長屋の住人たちの手も借りて壁が壊され、倉木が棟梁役になって庇が取り付けられた。すべての作業と印刷機の設置が終わると、万太郎は掃き出し窓を開けた。井戸端に長屋の面々がそろっている。笑顔の一同に向かって、万太郎は万感の思いで礼を述べた。

「皆さん、本当にありがとうございます。皆さんのおかげでこうして石版印刷機を迎えることができましたき。――わし、やりますき！」


万太郎は、印刷機が届くまでの間に下絵を準備し、『日本植物志図譜　第一集』の内容を決めていた。植物の全体図だけでなく部分図も載せて、印刷部数は三百冊。そう決めて最初に取り掛かったのは、高知の横倉山《よこぐらやま》で採集したジョウロウホトトギスの図だ。印刷後は紙を干さなければならず、その作業は寿恵子が担当した。部屋中に紐を張り巡らせ、寿恵子は踏み台に上っては印刷済みの紙を干していった。万太郎は一切の妥協を許さず、刷り上がった紙にほんのわずかな汚れがあるだけでも反故紙《ほごがみ》にした。

さらに万太郎は、新種の発表のために大窪と論文も書き進めていた。

「おい。この子の和名はどうする？」

大窪が尋ねると、万太郎は最初から決めてあると答えた。

「ヤマトグサ。――この子には万葉の心がある。それに、日本人が日本の植物学雑誌に新種じゃと最初に発表する植物ですき。ちなんだ名ァにしとうて」

「ヤマトグサか。……ヤマトグサ」

その名を口にすると、日頃しかめ面ばかりの大窪の顔に笑みが広がった。

三月のある日、寿恵子は根津の中尾《なかお》質店を訪ねた。ダンスレッスンを受けていた頃に着ていたドレスやブラウスを質入れするためだ。期待した程の額にはならず、がっかりして帰ろうとしていると、えいが冬物を質入れに来た。

「お寿恵ちゃん……お金、足りないのかい？」

「……版元が先払いしろって。すぐに百円払わないとならなくて。もっと家に何かないか探してみます」

その日の夜も、万太郎と寿恵子は印刷作業を続けていた。踏み台に上がり、紙を干す作業を繰り返すうちに、寿恵子はふいに気分が悪くなってうずくまってしまう。

「ごめんなさい……目眩《めまい》がして……」

「横になったほうがえい。ずっと手伝うてくれゆうき」

「……なんで？　私、干してるだけなのに……万太郎さんのほうが大変なのに……」

そう言って寿恵子は泣き出した。

「疲れちゅうがじゃ。出版社に払う金も都合してくれちゅうがじゃろう？」

「……でも足りないんです……明日また質屋に行きます……」

「寿恵ちゃん——すーちゃん。今日はもうお休み」

「……嫌です！　手伝えます！」

そこに、倉木とえいが訪ねてきた。泣いている寿恵子に、えいが語りかける。

「……ごめんね。余計なお世話をしにきたよ……」

倉木は万太郎に向かって金の包みを差し出した。

「おまえも、おまえの戦をしてるんだろ？　これを。……使ってくれ。……百円入っている」

「……倉木さん……これはあの時の……」

万太郎と倉木が出会った日、やさぐれていた倉木は万太郎のトランクを盗み、中身の標本を燃やそうとした。それを止めようと、万太郎は標本を百円で買い取った。倉木は、あの時万太郎から渡された金の包みをそのまま返しにきたのだ。

「施しじゃねえぞ。おまえが戦えるようにこの金を渡すんだ。——俺も救われたから」

「……ありがとうございます。倉木さん。おえいさん。使わせていただきます」

万太郎と大窪は、共同研究の成果を植物学雑誌の新刊に発表した。刷り上がった雑誌を植物学教室に届けに行くと、徳永、藤丸、波多野が待ちかまえていた。

徳永はページを開き、感慨深げに読み上げた。

「新種ヤマトグサ。——学名『Theligonum《セリゴナム》 japonicum《ヤポニクム》 Okubo《オオクボ》 et《エ》 Makino《マキノ》』……イラクサ科ヤマトグサ属に分類される多年草」

名付け親と発表者として、大窪と万太郎の名が並んでいる。日本人が日本の雑誌で新種の学名を発表した。万太郎と大窪は、植物学史上初の快挙を成し遂げたのだ。


同じ頃十徳長屋では、寿恵子が住人たちに『日本植物志図譜　第一集』を披露していた。その出来栄えに皆が感激し、りんがお祝いをしようと言い出した。

「さっき米炊いたからさ、万ちゃん帰ってくるまでに、ちらし寿司作ろうよ」

いざ皆で作り出すと、寿恵子は炊きたてのご飯の匂いを嗅いで吐きそうになった。井戸端にしゃがみ込んだ寿恵子に、えいが寄り添った。

「お寿恵ちゃん、もしかしてさ……」


この時、もうひとつ植物学史上に刻まれる事件が起こっていた。ケンブリッジ大学に留学中の伊藤孝光が、戸隠草を新属『Ranzania《ランザニア》 T.《ティー》 Itô《イトウ》』としてイギリスの雑誌『Journal of Botany』に発表したのだ。これにより、田邊の名を冠したマキシモヴィッチ博士の学名は発表できなくなった。

田邊は、嵐のような怒りと絶望で目が眩《くら》む思いだった。

万太郎が大学から帰ると、寿恵子が長屋の木戸の前でまっていた。

「おかえりなさい。皆さん、どうでした？」

「すごいき。皆ぁビックリしてのう！　ようけ評判聞いてきたで！」

「万太郎さん。私もお話があるんです」

そう言って寿恵子は万太郎に耳打ちをした。このところ体調が優れなかったのは、飛びきり幸せな変化が寿恵子の身に起きたからだった。それを知った万太郎の胸には喜びが湧き上がり、涙があふれてきた。

第16章　コオロギラン

万太郎と波多野が実験室にいると、藤丸がイギリスの雑誌『Journal of Botany』を手に駆けこんできた。最新号には、ケンブリッジ大学に留学中の伊藤孝光の論文が掲載されている。わくわくして読み始めた三人は、孝光が戸隠草を新種として発表したことを知り、衝撃を受けた。そこに、大窪と徳永も孝光の論文を読み終えてやって来た。

「やられたな。こんな手があったなんて」

シーボルトの愛弟子である伊藤圭介の孫・孝光が田邊に先手を打ったことに、大窪たちも驚いていた。仮に日本で発表すれば何かと差しさわりがある。孝光はこのために留学したのだろう。

「――この戸隠草の新属名ですが、『Ranzania T. Itô』――このランザニアって……」

波多野の疑問に、大窪と徳永が答える。

「旧幕時代の本草《ほんぞう》学者、小野蘭山《おのらんざん》だろ？」

「その本草学の大家、蘭山の名を冠し、イトウが発表する。まさに伊藤家の執念だな」

田邊が重ねてきた努力が水の泡になったということだ。万太郎はとっさに教授室に向かおうとしたが、大窪と徳永に止められた。

「行ってどうする⁈　かわいそうとでも言うのか？」

「これが学者の世界だ。新種の発表は一刻を争う。一手負ければそれで終わりだ。……まあ、よかったよ。おまえたちが先にヤマトグサを発表してくれていた。おかげでうちは面目が保てる」

「助教授。……そんなが……運がよかっただけですき」

「万さん。運も、大事なんだと思うよ。教授には運がなかった」

波多野はそう言ったが、藤丸はこの事態を受け入れられなかった。

「仕方なかったで済ませるんですか？　津軽まで採集旅行して、花咲くの待って、一生懸命やって――それ全部、無駄に終わって。こんな執念深い人たちが世界中にひしめいてて……運が悪かったで済まされて……研究って、それに立ち向かうことですか？」

胃の痛みを覚えながら藤丸は問いかけた。

「やられたらやり返すしかねえだろ。うちだって次の新種見つけるしかないんだよ！」

大窪が声を荒らげると、波多野も自分の考えを語った。

「――俺は伊藤さんも馬鹿だと思うよ。こんなやり方したら、先なんてないだろ。たとえ帰国したって、植物学のめぼしいところはどこも受け入れないでしょう。伊藤さんを受け入れたら、東京大学に敵対するってことですよ。伊藤さん、ケンブリッジまで行ったあげく、家に閉じこもるか、せいぜいどこか遠くの中学に勤めるか……」

「それでもいいって思ったんだろ！　そんなことより伊藤家の名誉だ。一生を棒に振ってでも、戸隠草に伊藤家の名を刻みたかったんだろ！」

大窪は孝光の行動に理解を示したが、やはり藤丸は納得できない。

「そこまでして新種発表とか名付けとか……競わなきゃならないんですか。誰が発表したって花は花じゃないですか」

「おまえは別に、世界を相手にしてないだろ」

「けどここにいちゃ、そうも言えないじゃないですか！　万さんと大窪さんは日本の雑誌に発表しましたけど、あの雑誌だって元は牛鍋屋《ぎゅうなべ》ではしゃいでただけなんですよ。なのにいつのまにか学会誌だし――ここだってもう、世界の最前線じゃないですか！　俺は別に……そんな争いしたくないっていうか……。どんなに研究したって明日すべてが無駄になるかもしれない！　こんなの……心が保つんですか……？」

沈黙が流れ、藤丸は出て行こうとする。すると、徳永が藤丸の背中に向かって言った。

「やるんだよ、それでも。ここはそういう場所だ。一人一人が、自分と戦う戦場《いくさば》なんだ。他人がどんな成果を出そうが、心を揺らさず、自分の研究をするしかあるまい。藤丸。論文は書き上げろよ。じゃなきゃ落第だぞ」

返事をせずに、藤丸は出て行った。

「……あいつは……精神が弱すぎます」

大窪の言葉に、波多野も同意した。

「そのとおりです。藤丸は弱い。だから変わらないと。俺たちはもう四年。卒業したら、学者として巣立つことになる。こんなの、研究してたらあることなんですよ――慣れないと」

「けんど……」

言いかけた万太郎の言葉を、波多野がさえぎった。

「誰だって怖いに決まってる！　でもそれでやめたら、掛けてきた時間まで否定することになる！　だったら競い続けるほうがましだろう?!」

万太郎は反論できない。波多野は顕微鏡を取り出し、自分の研究に戻った。

藤丸の言葉が胸に刺さり、万太郎の心は沈んでいた。その晩帰宅すると、家は暗く、静まり帰っていた。

「寿恵ちゃん……？」

明かりをつけると寿恵子が横になっていた。

「寿恵ちゃん?!　大丈夫かえ？」

体に触れると、眠り込んでいた寿恵子が目を開けた。

「……眠くて……寝ても寝ても……」

つわりで眠気がひどく、食事もとっていないのだという。

「ゆうべも食べちゃあせんかったろう？　水飲むかえ？」

だが、水を飲んだだけでも吐きたくなると言って寿恵子は拒んだ。

「……万太郎さんのごはん……おゆうさんが……そこに……」

寿恵子が指さす先に、ゆうが差し入れてくれた食事があった。

「寿恵ちゃんが食べたいもんは？　なんでもえいき」

「……かるやき……文太《ぶんた》さんの……」

そう言いながら寿恵子はまた、眠りに引きずり込まれた。

七輪と調理道具を持って井戸端に出てみたが、万太郎にはかるやきの作り方が分からない。りんが通りかかったので尋ねたが、菓子は作ったことがないという。

「一度屋台で見たのは……砂糖と水と、あと何か入れてたね。白い粉だね。パラッとやってかき混ぜると、なぜか膨らんでたんだよ。あれは忍術だったねえ……」

これから家主に家賃を納めに行くとりんが言うので、万太郎は礼を言って見送った。そこに、牛久が厠《かわや》へ行こうと家から出てきた。

「牛久さん！　知っちょりますか。まるで忍術のような白い粉」

「待て待て。そりゃあ伊賀者《いがもの》か甲賀者《こうがもの》、どちらの話じゃ？」

「分かりません！　そこが大事ながですか？」

そんなことを言い合っていると、意外な人物の声がした。

「何やってんのさ？」

「藤丸……?!」

万太郎はその後、藤丸と一緒に馬鈴薯《ばれいしょ》を買いに行った。つわりがひどいならかるやきより芋《いも》を油で揚げたものがいいと藤丸が言うからだ。

「とりあえずこれは試す価値があるよ。義理の姉さんがこればっかり食べてたんだ」

藤丸の指示どおり万太郎は鍋や油を用意し、芋を切った。藤丸が手際よく芋を揚げていると、丈之助が銭湯から帰って来た。

「藤丸がいる〜。何作ってんの？」

「そろそろかな……芋が揚がったら、塩をバラリと」

おいしそうに揚がった芋を、三人は味見した。

「なにこれ、うんまッ！　うまいもの番付、牛鍋が大関なら、関脇に躍り出たよ」

さらに芋に手を伸ばそうとする丈之助を、藤丸が慌てて止めた。


万太郎と丈之助は、熱々の芋を寿恵子に持って行った。

「……藤丸さん、すみません、寝ていて」

「ううん――義理の姉もそうだったよ。あのね、これ、どうかな？　義理の姉さんはつわりのときも食べられたから。コレばっかり食べて――ある日突然、普通の食事に戻ってた」

また吐いてしまうのではないかと不安がる寿恵子に、万太郎は箸を渡した。

「……ちょっとだけ食べてみい」

恐る恐る口に入れる寿恵子を、万太郎たちはじっと見守った。

「……食べられます。……おいしいです……ありがとうございます……！」

「塩振ってるから食べ過ぎもよくないけど、何も食べないよりはいいと思う。万さんも作れるよね」

「うん。覚えたき。さ、もう一つ」

芋を食べ終えて寿恵子が眠りにつくと、万太郎は藤丸に礼を言った。

「おまんが来てくれて助かった……わし、こんなときどうしたらえいか――本当にありがとう」

「よかった。俺に出来ること、一つくらいあって」

「何言いゆうがじゃ。おまんは優しいき。誰よりも優しいき」


万太郎たちが井戸端に出ると、丈之助と福治、ゆうが、丈之助が揚げた芋を食べていた。

「ご相伴《しょうばん》、いただいてるよー」

「おゆうさん、わしにもお裾分けありがとうございます」

万太郎はゆうに、差し入れの食事の礼を言った。

「うん。つわりの時期は作るのがつらいからねえ。私も豆腐ばかり食べてたなあ」

「……おゆう、子どももいたのか」

福治が意外そうにつぶやいた。

ゆうは万太郎に茶を渡し、藤丸、丈之助、福治と酒を注《つ》ぎ合った。

すると藤丸は、万太郎に向かって切り出した。

「俺、決めたことがあって……今夜は万さんにそれを言いに来た。大学、辞めようかなって」

「なんで？　四年じゃのに？　あと論文だけながじゃろう⁈」

退学することを、藤丸は以前から考えていたのだという。

「論文も進んでないしね。……最初から別に研究がしたかったわけでもないし……学者だなんて。俺がいちばん、そんなんじゃないって分かってる。だから辞める」

丈之助は、落第して自由な時間を持ってはどうかと提案したが、藤丸は聞き入れない。

「そもそも……もう大学に行きたくないんですよ。あの場所は、戦場だそうです。俺がのんびりしてる間に、いつのまにか、そんな場所になっちゃってた。波多野はもう一生を研究に捧げると決めてる。大窪さんも、万さんと研究して明らかに変わったの分かります。俺だけなんにもなくて……下級生にも示しがつかないし……だから辞める。いないほうがみんなのためだよ」

「——大っ嫌い。その言い草」

言い放ったのは、ゆうだ。

「あのねえ。無駄だよ？　いなくなったほうがいい理由なんて、かき集めても無駄。だって報われやしないもの。いなくなったほうがいい理由、百個見つけて——これでいいって言い聞かせても、結局忘れられない。つらいままだよ」

藤丸は、黙ってゆうの話を聞いている。

「あたし、離縁されたとき、子ども置いて来たよ。裕福な商家であの子は跡取り。大事に育ててもらえる。旦那にはもう次のひとがいたから、新しいおっかさんもいる。あたしが引き取ったって女手ひとつで大変だし——置いて来たほうがいい理由、三百個くらいあったよ、それでも、あたし痛いままだよ。だから……あんたも腹くくりな。とどまってもつらい。逃げても痛い——どっちにしろ引き受けるんだよ」

切ない過去を語るゆうを案じて、福治がそっと背中に触れた。

「理由かき集めてるくらいなら、絶対後悔する」

「そんなこと言われたって！　じゃあどうしたらいいんだよ！　辞めたら勘当される。大学どころか親も失うよ！　けど俺——窒息するんだ。これ以上あそこにいたら息の仕方も分かんなくなりそうで……。——万さん、助けてよ……」

万太郎は、藤丸に腕を伸ばして抱きとめた。

「——すまん。わし、知らんかったき。おまんのつらさ、分かっちゃあせんかった」

「分かんなくてあたりまえだよ、万さん運がいいもんね。全部うまくいくもんね。運が悪い人間のことなんて分かんないよね」

「違う！　わしは今、運が悪い誰かのことらあ言うちゃあせん。……藤丸次郎のことを言いゆうがじゃ！　草花とおんなじじゃ。優しい人楽しい人いっぱいおる。ほんでも同じ人は一人もおらんき。中でも藤丸は人の痛みがよう分かる。分かりすぎるがじゃ。その分、競い合いは性に合わんし——息が吸えんようになる。それが藤丸次郎の特性ながじゃ」

「……特性……？」

「ああ。知れたきには探したらえい。この世でただ一つ、藤丸の特性に合《お》うたやりかたを。……ひとまず、徹底的に誰もおらんところを探したら、競い合いは生まれんき」

つまりは、最初の一人になればいいということだ。これには丈之助が異を唱えた。

「無理でしょ?!　万ちゃん、すごいこと言ってるよ？」

「けんど丈之助さんじゃち、言文一致の小説の最初の一人になりましたろう？」

「そりゃまあ、御座候《ござそうろう》じゃ、俺の情熱は伝えられなかったからねえ」

「そこながじゃ。自分の特性を徹底的に見ゆうほうが、人とはかぶらん道が見つかるかもしれんき。——大学を休んだら落ち着いて探せるじゃろう？　弱さじゃちようよう知ったら強みになるき。ほら、ヤブジラミじゃちめんどくさがりじゃき、自分で種子を飛ばさんと、ひっつけて運ばせるじゃろう？」

「だとしたら、藤丸くん。休んでも、逃げるんじゃないね――探しに行くんだね」

穏やかな口調でゆうが藤丸に語りかけた。

「逃げるのと探しに行くのって、離れるのは同じだけど、大違いじゃない？　少なくとも後悔はしないで済む」

その言葉に、福治もうなずく。

「そうだよな。万ちゃん、サラッと大変なこと言いやがるし――俺なんかいっそ休むほうが面倒くせえが」

皆の話を聞くうちに、張りつめていた藤丸の心はほぐれていった。

「……それでも今は……離れたい」

万太郎がうなずくと、藤丸は小声でつぶやいた。

「そっか。これが俺の特性なのか……」


帰宅する藤丸を、万太郎は長屋の木戸まで見送った。

「……藤丸。ほんまはわしこそ、おまんの言葉が刺さったき。なんでそうまでして――名付けを競い合うがか。わしこそが名付け親になりとうてなりとうて……執着しちゅう人間じゃき……」

「……確かにね。けど俺、万さんのことは好きだ。……万さんにとっての名付けが、伊藤家の孫と同じとは思いたくない」

「……」

「……じゃあこういうのどう？　今度は、俺に万さんを観察させてくれない？」

翌日藤丸は教授室を訪ね、田邊に、休学すると申し出た。

「ひとまず槙野さんに、植物採集旅行に連れて行ってほしいと願い出ました」

「また槙野か。誰も彼も……おまえも新種を？」

「いいえ。私はただ……植物採集をしている槙野万太郎を観察しようと思って。そうしてるうちに何か見つかるかもしれないので」

そこに万太郎が郵便物を届けに来た。

藤丸は立ち去り、万太郎は田邊に郵便物を手渡した。ふと田邊の机を見ると、『日本植物志図譜　第一集』が置かれていた。

「読んだぞ。――見事な出来だった。今この日本で、ここまで描けるのはおまえだけだろう。いや世界にも……これほどの人間がいるかどうか」

「……ありがとうございます……！」

「おまえは、この図譜で、植物学会をこじ開け、自ら植物学者の名乗りを上げた。……刊行は大変だったのだろう？　ヤマトグサの発表に間に合わせて」

「……はい。印刷所が空くがを待てんき、自宅に石版印刷機を購入しました。部屋が手狭やき、家の壁も壊しましたき」

「滅茶苦茶だな。それほど私には頼りたくなかったか？　戸隠草はさぞ愉快だったろう？　おまえは、伊藤家の孫と留学前に会っていたそうだな。戸隠草のことも話す機会があったはずだ」

「それは……っ。なんちゃあ……教授を裏切るようなことはしちゃあしません！」

「裏切るも何も、そもそもおまえは、私の物にはならないのだろう？　言っておくが、戸隠草なぞどうでもいい。こんなことで私は傷つかない！」

「……分かっちょります……！」

田邊はしばし万太郎を見つめると、視線を外した。

「残念だ。槙野万太郎。この先は望みどおり——おまえを一学者として認めよう」

そう言うと田邊は、執務を再開し、もう顔を上げることはなかった。

万太郎は、田邊にすがることも寄り添うこともできず、教授室を後にした。


七月、万太郎は寿恵子と共に『日本植物志図譜　第二集』の発刊準備に取り組んでいた。妊娠七か月目に入った寿恵子はおなかが大きく膨らみ、刷り上がった図を干すのも一苦労だが、つわりは無事に治まっていた。

藤丸も、万太郎の発刊準備を手伝っている。第二集の刊行後に二人は採集旅行に行くのだ。

「……寿恵ちゃん、ほんまに平気かえ？」

万太郎は身重《みおも》の寿恵子を置いていくのが心配だが、当の寿恵子は笑顔で答える。

「はい。いってらしてください。体調はもう大丈夫ですし、季節を逃したら一年取り返しがつかないでしょ？　三冊目を出すのにも植物採集が必要ですし、一冊目の売り上げ、持って行ってください。この二冊目を出せばまたお金は入るでしょう？」

「――何かあったら、みえおばさんを頼りよ」

「……おばさん、そろそろ許してくれるかな。幸せですって言いに行かなきゃ」


『日本植物志図譜　第二集』を刊行すると、万太郎は植物学教室で披露した。徳永、大窪、波多野、そして二年生の山根と澤口がページをめくる間、万太郎は緊張して皆の反応を見つめた。

「おい、この図、仮名や漢数字しかない。これでは外国の人が見るときに不便じゃないか？」

徳永から指摘を受け、万太郎は反省した。

「そのとおりですき。ローマ字やローマ数字を使うべきでした。次回から気をつけますき」

「気をつけろ。これで、文章の本編も揃えば、完全なものになるんだからな」

「――ありがとうございます！」

山根と澤口は図譜の出来栄えに驚嘆し、波多野も感動した様子で絵をなでていた。

「波多野、どうじゃ？　藤丸も手伝うてくれたき」

「うん――すごいね」


その後、万太郎が青長屋を去ろうとしていると波多野が追ってきた。

「万さん！」

「波多野。じき卒業じゃのう。おめでとう。大窪さんも助教授になっておまんが助手。二人とも立派になりゆう」

「こっちはいいから、藤丸のこと、よろしくな。たとえ大学へ戻らなくても……友達だって伝えてくれ」

「何言いゆうがじゃ波多野！　植物採集から帰ってきたら三人で牛鍋屋じゃき」

いつものように笑い合い、はしゃぎ合っていても、波多野は切なかった。三人は、各々の道を歩み始めたのだ。


寿恵子に見送られ、万太郎は植物採集とタキの墓参りの旅に出た。

万太郎が東京にいない間にも、『日本植物志図譜』は植物学会を大きく動かし始めていた。

博物館の里中と野田は、ヤマザクラのページを見て感嘆した。万太郎が描く図は正確で、分類学上必要な部分を解剖して明瞭に描いている。さらに芽吹きから満開まで、ヤマザクラが生きる時間全てが表されていた。

野田は万太郎が初めて訪ねてきた日を思い返して涙し、里中は図譜を百冊購入すると決めた。

「博物の学者と、外国にも送ろう。日本でもこんなの出たよって」


その頃、東大植物学教室では、画工の野宮朔太郎《のみやさくたろう》が田邊から、今後は万太郎の図譜と同等の植物画を描くようにと命じられていた。

「槙野の植物画を、我々は見た。少なくとも今植物学に携わる全員がこの植物画を見ただろう。つまりこれが、今後の植物画の水準となる」

「ですが教授……この眼差《まなざ》しは画家のものではありません。すべての部分を解剖し、精緻に観察し、脳内で精密に組み上げ、石版の上で再現してみせています。学者の眼《め》で描かれたものです」

「なら選べ。私が今後求めるのは、この域の植物画を描く人間だ。自分がそうなれないというなら、仕事は終わりだ。福井に帰れ」

「……ですが、父はもう動けず、子どももこちらの学校に」

「それは君の事情だろう？　私は仕事の話をしている。もう一度言う。今後求めるのは、この域の植物画を描く人間だ」


藤丸が万太郎の採集旅行に同行して以来、波多野は植物学教室で孤独をかみしめていた。この日もウサギ小屋でえさやりをしながら、藤丸の姿を思い返していた。

波多野がウサギ小屋を出ると、野宮がやって来た。

「波多野くん。あの……きみに頼みが……」

言いよどむ野宮は、普段と様子が違う。

「……顕微鏡で植物を観察する方法を教えてくれませんか」

「顕微鏡？　お仕事ですか？　ちょうど午後は二年の実習を指導するので、一緒にどうです？」

「いや――だめです……それじゃ足りない。きみはよく顕微鏡を覗《のぞ》いていますよね。あれは一体、何を見ているんですか？」

「俺は――今は、見えないってことを見ています。見えるものを見ていると、その先にもっと見えないものもあるはずだってことが気になってくるんです。たとえば受粉。受粉してから植物の中で何が起こっているのか。まだ分かってないことだらけなんです。そういうこともこの目で見てみたい」

「そんなのは……見えないでしょう？　人間の赤ん坊も母親の胎内で育ちます。十月十日《とつきとおか》生まれてくるまでは、胎内で何が起こっているのかを見ることはできません」

「でも俺たちは知っている。見えなくても――そこで偉大な何かが起こっていると。俺はそういう……肉眼では見えないけれど――いのちを司る仕組みを見たいと思っているです。一生を賭けてでも。……一生はおおげさですね。こんなだから藤丸はついていけないって思ったんでしょう」

「いいえ。もしもそんなものが見えるのだとしたら、一生を賭けても惜しくはないでしょう。この世にはおとぎばなしがいくつもありますが――かぐや姫の宝や不老不死の薬より、私は……いのちの源を見られるほうがずっといい。その源を、いつか描いてみたい」

田邊に命じられたからではない。野宮自身の心が、それを求めはじめていた。

「じゃあ……俺と組みませんか。俺は野宮さんに植物を見る目を教えます。代わりに、野宮さんは俺の手になってください。俺が発表する時には顕微鏡の奥の奥まで正確に写した植物画が必要なんです。そんなもの写真では撮れない。それに、肉眼で見えないものは、万さんにも描けない」

「――槙野さんにも？」

「あなたが俺と来てくれませんか」

「私でいいんですか。私は……今でさえ、槙野さんのような精緻な絵が描けません」

「今はでしょう？　俺だって今はまだ見えない。だけどいつかたどり着きたいって思ってくださるなら……」

波多野は野宮に手を差し出す。その手を、野宮はしっかりと握り返した。

「ああ、いい日だな。さっきまで淋《さみ》しすぎて死にそうだったのに」

笑みをうかべた波多野に、野宮も笑顔で答える。

「そうなんですか？　俺も割と死にそうな気分でしたよ」

「あ、野宮さん、いま俺って言った」


万太郎が旅立って三週間が過ぎ、暦は八月になった。万太郎の帰りは九月になる予定だ。図譜の三冊目ではより珍しい植物を取り上げるために、各地を巡って採集をしなければならないのだ。

快晴の朝、寿恵子は井戸端で洗濯をしながら、りんとえいにその話をした。

「九月に戻ってきてくれるなら、この子もまだ九か月目ですし」

それを聞くなり、りんたちが声を揃えた。

「ちょっと！」

十月十日とは言うが、赤ん坊は早く生まれることもある。実際えいの息子の健作《けんさく》は九か月に入った頃に生まれてきた。

「しゃれになんないよ。万ちゃんに今すぐ帰って来いって伝えるにはどうしたらいいわけ？」

りんに問われて、寿恵子は万太郎から言われたことをそのまま答えた。

「自分は草花の精だから、そのへんの草花に言ってもらったら聞こえるって」

りんは呆《あき》れて腹を立てかけたが、なんとかこらえて井戸端のコヒルガオに語りかけた。

「ちょいと万太郎さん？　あんたせめてお盆終わったらまっすぐ帰って来なさいよ。分かったかい、このボケ！　おたんこなす！　すっとこどっこいめ！」

結局怒り始めたりんを、かのと健作が驚きの顔で見つめていた。

「……さはいにんさん？」

「……お花に悪口。めっ！」

「ゴメンナサイ」


この日、旅先の万太郎から寿恵子に、大量の郵便物が届いた。採集した標本の束だ。植物を反故紙に挟んだだけの状態で、採集地などは走り書きされている。寿恵子はこれらを一人で乾燥させ、整理しなければならないのだ。

「標本の乾燥は……きれいに押し直す……吸い取り紙を毎日取り替える……」

動揺しながら手順を思い返していると、標本束が崩れた。

「ああもう〜！」

慌てて整えようとした時、自分宛ての手紙が挟まれているのに気づいた。

『槙野寿恵子さまへ　お身体に触りはないですろうか？　あなたは頑張りすぎるところがあるき、心配です。わしは、今日も草花の中におります。ほんでも朝露が葉に光るたんび、綿毛が空へ舞うたんびに……寿恵ちゃんと、生まれてくる子のことを思い浮かべてしまうがじゃ。わしらが「万太郎」「寿恵子」と名付けてもろうたように、わしらの大事な子にも、えい名をつけちゃりたい。思いつくたんび書き送ります。最初に思いついた名はスミレ。きれいな名じゃろう？　この名をつけたら、日なたが大好きな、皆ぁに愛される子になるがじゃろうのう』

その後寿恵子は家財道具を質入れしたり、イチの紹介でマッチに商品札を貼る内職をしたりして何とか生計を立てた。万太郎夫妻に関わる人々は皆、寿恵子の身体を案じ、なにくれとなく気遣いをしてくれる。慌ただしい日々の中で、寿恵子は万太郎の手紙に返事を書いた。

『万太郎さま。私は植物学者の妻になると決めてあなたと一緒になりましたので、この淋しさも覚悟していたのですけれど。覚悟なんて、ちっとも出来なかったみたいです。今じゃ少し、心細い。名付けのお手紙、うれしいです』

『ナズナもえいのう。秋に芽生えて寒い冬にも緑の葉をつけて越冬する。シャラシャラかわいらしいうえに、たくましい。春の七草として、人の暮らしにも寄り添うてきた子じゃき』

『ユキノシタのユキはどうじゃろう？　日陰に咲く花で岩場にも生える。美しい葉と白い花、遠目にも楚々《そそ》とした美人じゃ』

男の子だったら？　と寿恵子は返事を書いた。

『イカリゆう名はどうじゃろう？　もちろん怒っちゅう意味のイカリじゃのうて、イカリソウのイカリ。花の形が船の碇《いかり》に似いちゅうき、この呼び名になったき。その子はきっと、嵐の中でも船をつなぎ止めゆうように、人の心もつないでいく子になる。どうじゃろう、わくわくせんかえ？』

九月のある日、寿恵子は内職で仕上げたマッチ箱を納品した。気づけば夏は去り、長屋の木戸に飾られたススキが風に揺れている。

「そっか。じきお月見……」

ススキに手を伸ばそうとした時、寿恵子はかすかな痛みを覚えた。

「あ？　……痛……あれ……痛い……」

痛みはどんどん激しくなり、寿恵子はその場にしゃがみ込んだ。そこに、倉木が帰って来た。

「――おい、どうした？　大丈夫か?!」


すぐに寿恵子は布団に寝かされ、りんが付き添った。えいは倉木に産婆を呼びに行かせ、ゆうは福治に湯をたっぷり沸かすように言って、小春と一緒に握り飯を用意した。

寿恵子は布団の中で泣き出していた。

「痛いのかい」

りんが尋ねると、寿恵子は首を振る。

「違うの……ありがたくて……！」

「持ちつ持たれつだよ。うちの長屋に住人が増えるんだからね！」

えいも寿恵子のそばについて励ました。

「泣くのは早いよ。波が収まったら、今のうちに腹ごしらえするからね」

「はい……っ」


万太郎は寿恵子への手紙に、たくさんの名前を書いてきていた。

『「スギナ」……「リンドウ」……「レンゲ」……「ムラサキ」……「キキョウ」……「ハコベ」……「キンレイカ」――寿恵ちゃん。赤ちゃん。どうか無事で。早う二人に会いたいき』

だが、万太郎はまだ帰って来ていない。

この日すっかり夜が更けても、寿恵子はいのちを生み出すための激痛に耐えていた。

「はい、イキんで！」

産婆に言われて、寿恵子は懸命に力を込める。

「ンーッ！」

「もう一度いくよ――イキんで！」

この段になると倉木と福治にできることはなく、二人は所在なく木戸の前にいた。

すると、暗闇の中に明かりが見えてきた。万太郎だ。泥だらけで大荷物を抱えた万太郎が駆けてくる。

「馬鹿野郎！　早く来いッ！」

そのまま万太郎は家の前に駆けつけ、寿恵子に呼びかけた。

「寿恵ちゃん、帰ってきたき！　大丈夫かえ?!　頑張ってくれ――寿恵ちゃん……！」

万太郎はひたすら寿恵子と我が子の無事を祈り続けた。

やがて、万太郎の耳に元気な赤ん坊の声が聞こえた。戸が開き、中に入っていくと、寿恵子の腕にかわいらしい赤ん坊がいた。寿恵子は、涙まじりの笑顔を万太郎に向けた。

「……万ちゃん……」

「……寿恵ちゃん……！」

駆け寄ろうとした万太郎は、りんに叱られた。

「こら、泥だらけの人は、まず洗っておいで」


翌日、万太郎は赤ん坊の小さな手に触れながら言った。

「こんまいのう……双葉みたいな手じゃ。寿恵ちゃん、本当にありがとう。よう頑張ってくれた。これ……赤ちゃんのために採ってきたがじゃ」

万太郎は、小さな鉢に入れた、小さな小さな花を見せた。

「ランの仲間じゃ。ものすごう珍しい。きっと新種じゃ。こんなにこんまかったち、すべてが備わっちゅうがじゃ。生きる力が詰まっちゅう。こんまかったち大きな――強いいのちじゃ」

「じゃあ、この子の名前は？　すてきな名前、たくさん送ってくれましたけど」

「……こうして会うと、あんまり愛おしすぎて、とても一つには決められんき――」

それでも寿恵子は、万太郎の答えを待った。

「――園子《そのこ》。この子の人生にありとあらゆる草花が咲き誇るように」

「……園子。……園ちゃん。いい名前ですね……」

第17章　ムジナモ

ある晩、田邊は自宅の座敷で手紙を読んでいた。

「森有礼《もりありのり》さま。政府のお仕事でございますか」

ブランデーを持ってきた妻の聡子が、封筒の差出人名を見て尋ねてきた。

「ああ。国語の問題について進めよと。外国を学ぶには英語が必要だが、今はその英語を、日本語で正確に置き換えられずにいるんだ。森さんは、ならばいっそ日本語を捨て、国語としては英語を採用するべきだと考えている」

外国人にとっても日本語は難しい。またヨーロッパではタイプライターが広まっているが、仮名と漢字を使う日本語はタイプすることができない。

「だから私は、日本語の音《おん》はそのままに、仮名と漢字をやめることを提案している。かわりにローマ字を使えばいい。それなら外国人も日本語が分かるし、日本人もタイプライターを使える。そして日本人がローマ字に慣れたら、いつかは森さんの目指すところへも届くかもしれない。森さんには、早急に『羅馬字会《ローマじかい》』を設立すると伝えよう。私が幹事になり運動を広める」

それを聞くと、聡子は居住まいを正して手を付いた。

「……旦那様ほどご立派なお方はいらっしゃいません。聡子は、旦那様にお仕えできて、幸せにございます」

返事の代わりに田邊は、グラスにブランデーを注いで聡子に勧めた。

「……たまにはいいだろう?」

聡子はためらいながら一口飲み、むせてしまった。

「カハッ――なんですこれ」

笑いながら田邊が見ていると、聡子は二口目を口にした。

「……ンッ……喉《のど》がッ……アツイ。香りがすごい……!」

案外聡子は酒に強いようだ。意外な発見を田邊は楽しんでいた。

二人は並んで中庭を眺めた。虫の音が響き、シダが月光を浴びている。ふいに聡子は、万太郎と寿恵子が訪ねてきた夜を思い起こした。

「また会いたいです。お寿恵さんに。槙野さんと遊びに来てくださらないかしら」

屈託のないその言葉で、田邊の顔から笑みが消えた。

「……聡子。槙野はもう二度とここへは来ない」

どうして、と言いかけたが、聡子は言葉を呑《の》み込んだ。これ以上、田邊の心に立ち入ることはできないと思ったのだ。

「……そうなのですね……。――お仕事の邪魔を。失礼いたしました」

聡子は去り、田邊は一人、グラスを傾けた。

採集旅行から戻った万太郎は、藤丸、波多野と三人で、牛鍋屋で宴を開いた。

グツグツと煮える牛鍋を前に、箸を構えて万太郎が言う。

「そんなら！　波多野の卒業と助手就任を祝うて！」

「赤ちゃん誕生と採集旅行おかえりを祝って！」

波多野も明るい声で続き、最後は藤丸が締めくくった。

「まあ……いつもの顔ぶれを祝って！」

「いただきまぁす！」

三人とも夢中で食べ続け、少しおなかが落ち着いたところで、波多野が切り出した。

「それで、藤丸は？　旅して、何か見つけたのか？」

「うん。……なんだか分からないものを見つけた」

「なにそれ」

「森の奥に朽ち木があって、そこに黄色い菌がはびこっちょったがじゃ」

万太郎が言うと、藤丸が続けた。

「暗い森に黄色い菌。ちょっとゾッとするようでさ。しかも次の日見たら違う場所にあるし。さらに次の日にはキノコみたいな形になって胞子を飛ばすし！」

「動くのなら動物の仲間？　でも胞子を飛ばすならキノコの仲間？　それって動物と植物の両方の性質を持つってこと？」

「な、面白いだろ？　分からなすぎて持って帰ってきた。今は、形を変える菌だから変形菌って呼んでる」

その正体を調べるために、藤丸は大学に戻るという。

「……ウサギも待ってるしね」

「ウサギだけじゃないよ！」

「波多野、淋しかった？」

「なんだよ！　出掛けてほんとよかったな！　万さんも新種見つけてきたし、……あれ？　ってことはどうなるんだ？　万さんがその子を見つけた時、藤丸もいたんだろ？　二人が同時に見つけたってこと？　発見者は？」

すると藤丸は、深刻な口調で語りだした。

「ありのままを話す。横倉山で見つけたんだけど、昼メシ時《どき》……。握り飯を食ってた。その時！　万さんがフッと下を見て」

万太郎は「おっ。誰じゃ？」と変形菌に語りかけたという。相手が摩訶《まか》不思議な菌でも、いつもと変わらぬ親し気な口調だった。

「え。そんな感じ？」

「そうなの！　ほんとに！　おにぎり食べててさ、フッと見たらもう見つけてる！　教授の採集旅行とまるで違った。万さんは肩の力抜けてるのにフイッと見つけていくんだよ」

「なんとのう呼ばれるきのう」

「よく分かったよ。万さんにとっての名付けは、教授や伊藤家の孫とは性質がまるで違う。実績や家の名誉を宣言するためじゃない。万さんは、ただ愛したいだけなんだ。だから、もうどうだっていいんだよ。誰に何思われようが。小学校中退のくせに図々しいとか傲慢とか野心家とか」

遠慮のない藤丸の言葉に万太郎は笑い出し、波多野も藤丸に続いた。

「運がいいだけの田舎者」

「お調子者。ボンボン。身の程知らず！」

二人の言いたい放題はまだまだ続き、楽しい夜は更けていった。


満腹で牛鍋屋を出ると、万太郎たちは腹ごなしに散歩をした。月明かりの下を歩きながら、波多野がしみじみと言う。

「……改めて思ったよ。俺も、めちゃくちゃ運がよかったんだなって。万さんと出会えなければ、俺はきっと植物学がこんなに楽しくなかったし、頑張れてなかった」

「本当にそう。万さんが大学に来てくれてよかった」

「……そうじゃのう。あの時、教授がわしの出入りを許してくれんかったら、今のわしはなかったき。――わし、一生かかったち返せん恩が教授にあるき。ほんじゃき、わしの全部を込めて植物学に尽くすがじゃ。それがきっと、いちばんのご恩返しになるき」


佐川の竹雄と綾《あや》のもとに、万太郎から手紙が届いた。万太郎と寿恵子は慣れない子育てに戸惑うこともあるが、親子三人の生活に幸せを感じていると綴《つづ》られていた。

『わし、頑張りますき。これからはますます旺盛に仕事をします。お二人に園子をお見せできる日を楽しみにしちょります』

「――よかったねえ。おばぁちゃんにも会わせたかった」

「万太郎、お盆のときもすぐ横倉山に行っちょったき、大奥様は呆れちゅうでしょうけんど」

「呆れすぎて、笑いゆうかもしれんね」

タキの墓参りのために帰省した際、万太郎は『日本植物志図譜　第一集・第二集』を竹雄に渡していった。竹雄はその二冊を持って来て見事な図譜を眺めた。

「……ほんまに、もう千円使い切ったと聞いたときは、どうしようかと思いましたけんど」

「万太郎は、精一杯やりゆうね。ねえ竹雄？　うちもいろいろ厳しいけんど……精一杯やりたいがよ。……私らぁもつくろうか。新しい酒」

峰屋が一五〇年護《まも》り続けてきた『峰乃月《みねのつき》』はもちろん大切だ。だが、それにしがみついているだけではいけないと綾は考えていた。

「今の世に生きる、私らぁの酒も造ってみたいがよ。シンと澄み切った上品な峰乃月とは別の――明るうて爽やかで……青空みたいな酒」

「どんな酒かちっとも分からん」

率直な感想を聞いて笑う綾に、竹雄は続けた。

「けんど……分かるき。わしらは時代の変わり目に生まれついた。今、ここに吹きゆう風は、ご先祖の誰ひとり知らん風ながじゃ。――新しい酒を試すがは、うもういかんことじゃちある。それに、一年で出来るとは限らん。何年か掛かるかもしれん。造石税《ぞうこくぜい》は仕込んだ時点で決まるき、世に出せん酒を試したら、その分苦しゅうなる。それでもえいかえ？」

「……うん。滅ぶためじゃない、私は峰屋の末永い弥栄《いやさか》を祈って造りたいき」

「よし。分かった。わしにも飲ませてくれ。あなたのとびっきりの酒！」

五月になり、生後八か月を迎えた園子はすくすくと育っていた。寿恵子は万太郎と協力して子育てと仕事に励み、万太郎は『日本植物志図譜　第三集』の刊行に取りかかっていた。

ある日、万太郎が印刷作業をしていると、倉木と福治が掃き出し窓から顔を出した。万太郎は印刷できたばかりの植物画を二人に見せた。

「この子の和名はコオロギラン……今回の目玉ですき！」

それは、藤丸との採集旅行で見つけた小さなランだ。標本と植物画をロシアに送ったところ、マキシモヴィッチ博士が新種と認め、「Stigmatodactylus《スティグマトダクティルス》 sikokianus《シコキアヌス》 Maxim.《マキシモヴィッチ》」という学名で発表した。

「シコキアヌスはわしが四国の土佐で見つけたき、四国にちなんでつけてくださいました」

「なんで。おまえが見つけたんだろ？　ロシア人に取られてるじゃねえか」

倉木の疑問に万太郎が答える。

「今の日本じゃ容易に検定できませんき、これは仕方ありません。ランの種類は一万種以上はありそうですきね。これほどこんまいランは世界でも珍しいき、博士もびっくりされて！」

そこに、ゆうもやって来た。

「精が出るね。悪いんだけど、お三方、お出かけしない？」

言われるままついていった万太郎たちは、ゆうと同じ小料理屋で働く女性の引っ越しの手伝いをさせられた。ただ働きだったが、昼食をごちそうになり、いらないものは売っていいと言われたので、桶や雑貨をもらってきた。それらを大八車に乗せて小岩《こいわ》の池のほとりを歩いていると、万太郎が辺りの植物を採集し始めた。

「わし、夢でした！　長屋の皆さんと一緒に植物採集に来たい思いよって……！　かないましたき！」

万太郎ははしゃいで植物の香りを嗅《か》いだり話しかけたりし、倉木たちは一休みしようと腰を下ろした。三人で万太郎の様子を眺めるうちに、福治がつぶやいた。

「……これまでも、あんな顔で植物採集してたんだな。……あんなに楽しそうでよ……万ちゃんは、恐ろしくならないのかねぇ」

「どういう意味だよ」

倉木もゆうも、不思議そうに福治を見ている。

「いや……俺は……もう癖だな、こういういい時っつうの？　楽しけりゃ楽しいだけ……どっか怖くなるからさ。いいことがあった分、良くねえことも起こるぞって」

「あいつはなんも考えてねえよ。頭の中が花畑なんだ」

そう言って倉木が寝転んだところに、万太郎が駆けよってきた。

「倉木さんッ！　ヤナギ！　ヤナギに実がついちょります！　枝が池の上に張り出しちゅうき、わしじゃ届かんき。ねえ倉木さん！」

「ああもう……どこだよ！」

うるさそうにしながらも倉木は万太郎について行った。

福治は、ゆうと二人になると、しみじみと言った。

「――うん。万ちゃんにとっちゃ、今目の前に植物が待ってる。それだけなんだよな」

「……分かるよ、あたしだって、いいことが続きすぎると怖いもん。今日なんて、こんな青空で池のほとり――いかにもいい日だ。けど、あたしたちも変わったんだよ。うちの長屋、クサ長屋なんて惨《みじ》めったらしく呼ばれてたのに。みんな、よく笑うようになったと思わない？」

「まあ、壁壊すとか、とんでもないしな」

「かわいい住人ちゃんも増えたしね。あたしたちにとって『楽しい』は、もう特別なことじゃなくなった。これが日常茶飯事になったのよ。だから楽しむこと、もう怖がらなくていいのよ。たとえ悪いことが起こっても、その先で、きっとまた笑えるんだから」

「……そんならよ……俺も、望んだっていいのかねえ」

「望みって？」

「俺、前にお寿恵ちゃんに言ったんだよ。――『身の丈に合わねえ望みは不幸になる』って。俺だって昔は……夢だの望みだの、しこたま持ってた。けど女房が男と出ていっちまって。そういうの、もう全部捨てた。全部いらねえから、小春だけ無事に育ちゃいいって。けど、万ちゃんとこにお寿恵ちゃんが来て、お園ちゃんも生まれて――そんなん見てると、俺もそわそわして来ちまって。小春を育て上げるだけじゃ足りねえ――うんと幸せにしてやりてえって。あいつもいつか誰かを好いて、好かれて――そんなことが起こったら。その時にはきっと、俺はちゃんと金を持たせて、笑って送り出してやりてえ」

「そりゃあ……たいした野望だね。それ以上の望みはないや。――私にも子どもがいるって言ったよね。あの子は産まれて間もなかったから、私のことは、覚えてもいない。でも子どもの幸せは……願いたいよ。離れたって。あの子が幸せなら……私の人生、上出来だよ」

「俺も。小春がうんと幸せになりゃあ、人生上等すぎて、釣りがくらぁな」

「じゃあ、あんたが願うなら、あたしも願っていいことにする」

それを聞いて、福治は急に弱気になった。

「なんだそれ……背負《しょ》わすなよ……俺は……ダメなんだ……望みすぎるとろくなことねえんだよ……犬の落とし物踏むしよ……鳥にもよく落とされるしよ……」

それでもゆうは、期待のこもった目で福治を見つめ、次の言葉を待った。

柳の下では万太郎と倉木が柳の実を採《と》ろうと四苦八苦している。万太郎は楽しくてたまらないという様子だ。その顔を見ていると、自然と福治は吹っ切れた。

「ああもう……人生上等、目指しちまうか」

その決意に、ゆうもうなずいた。

「せえの！」

万太郎の声が聞こえたので目をやると、倉木が柳の下に腰を落として立ち、膝の上に万太郎を乗せて体を支えている。

「もう少しです！」

「早くしろォ……ッ！」

懸命に伸ばした万太郎の手が、何とか柳の実に届いた。

「採ったぁ！　やりましたき！　ありがとうございます！」

大喜びしたかと思えば、万太郎はぬかるみで足を滑らせてバシャンと池に落ちた。

「おいっ！」

「万ちゃんッ⁉」

倉木らが慌てていると、万太郎は池の中で顔を上げた。

「たまげたき……！」

顔を拭った瞬間、万太郎の目が見知らぬ植物を捉えた。ムジナの尾を思わせるような水草がぷかりと浮かんでいる。

「――おまんは……誰じゃあ⁈」


その頃田邊は、大学の教授室で海外の植物学者たちからの手紙に目を通していた。

『博物館から槙野万太郎が書いた本が送られてきた。槙野万太郎は、君の研究所の所属なのか？』

『彼の著作を今後も送ってほしい』

『槙野万太郎とは何者だ？』

どの手紙にも、万太郎のことが書かれている。

「失礼いたします。野宮です」

野宮は次号の植物学雑誌に載せる植物画を持ってきた。波多野に教わって顕微鏡を使い始めたことで、野宮の絵は変わり始めていた。

「……いくらか良くなったようだな。野宮、もっと腕を磨け。槙野を超えろ。この教室の植物画家はおまえなんだ」

「……はい」

「下がっていい」

野宮は去りかけたが足を止め、田邊の方へ向き直った。

「私の意見なぞ、おこがましいのですが……槙野さんと並び、互いに学んではいけませんか」

「……何を。誰がおまえに西洋美術を学ばせてきた？　しかもおまえは元々、中学の図画教師だった。教える側の人間だった。それに比べて槙野は正式な教育も受けていない。そんな相手に」

「絵に経歴は関わりがありません。植物の研究が進めば、その分、植物画家も必要になります。現に、この植物学教室も変わり始めています。波多野さんは受精によって起こる植物の内部変化を知りたいと研究されています。藤丸さんは、今は変形菌。微生物を食べる植物の生態……ともに肉眼では見えないものの研究です。その研究には顕微鏡の奥の世界を精密に描ける植物画家が必要です。そんな画家は今の日本にはいない。――私が描きたいのです……」

「だからなんだ。描けばいいだろう？」

「植物画家にもおのおの得意があります。……教授の植物分類学には、実際の植物をまるごと理解し、的確に描写した植物画が必要です――事実として、私よりも槙野さんのほうが優れています」

「……では福井に帰れ！」

「この教室には今、私と槙野さん、二人の植物画家が必要なんです！　私も精一杯精進します。その上で、槙野さんを、この教室の植物画家として雇っていただけないでしょうか」

「――無理だ。大学では雇えん。あれの学歴は小学校中退だ」

「でしたら、教授に個人的に雇っていただくわけには」

「すでに断られた」

「――それは、植物画家としてですか？」

「……話は仕舞《しま》いだ。くだらん話でいらだたせるな」

「お待ちください。植物画家として、槇野さんに声を掛けてやっていただけませんか！　槇野さんは愚かだったんです。身分を得られる。給金をいただける。正式にここの人間になれる！　それはあの人の望みでしょうに！　……あの人は裏表のない、無邪気で――無知な人なんです。私も教師をしていたので分かります。……そういう子ほどかわいい……」

ともすればその言葉にうなずいてしまいそうで、田邊は黙り込む。

「どうか教授の温情で、あと一度だけ、槇野さんに声を掛けてやっていただけませんか。今度は植物学者として」

そう言い残して野宮は去った。

自分に従わない者は排除すればいい。そう分かっていながら田邊は懊悩《おうのう》していた。万太郎はもはや世界の植物学界から注目される人物だ。そして、田邊の心からも消し去ることのできない存在となってしまった。


池に落ちて泥まみれで帰宅した万太郎は、親子三人で銭湯に行った。その帰り道、家族そろって根津の神社の石段に腰かけ、初夏の夜風に当たった。

「――ねえ、万ちゃん。お話があるんですが……。今日、印刷用の紙のお金、お支払いしてきたんですが。大きくて、いい紙でしょう——高くて」

「……金がないがか？」

「本を出せば売り上げで版元へは払えますけど、売り上げの残りはインキや紙を買うとなくなってしまいます。生活のお金、内職じゃ心許《こころもと》なくて」

「本の評判は上々じゃけんど。まあ、そのうち版元が出してくれるようになるじゃろう。なんとかなるき！」

「——なんとか……したいなぁ！　万太郎さん、ちょっと遠出すればすぐ誰か見つけてくるでしょ。季節ごとに旅にも行かせてあげたい。本もたくさん出したいのに」

寿恵子が立ち上がると、腕の中で園子が泣き出した。

「ああ、ごめんね。眠いね。おうち帰ろう」

「すまんのう。わしが大学や博物館で雇うてもらえたらいちばんえいがじゃけんど。……小学校も出ちゃあせんき、大学もお役所もわしを雇わん」

「承知の上です。だけど……万ちゃんが何か植物学のお仕事に就《つ》けたらいいのにね」

万太郎の脳裏には、田邊から自分専属のプラントハンターになるようにと持ちかけられた時のことがよぎっていた。

長屋に帰り、寿恵子と園子が眠った後、万太郎は水草の観察を続けた。

「……やっぱりおまんは、根がないのう。養分はどこから摂《と》っちゅうがじゃろうか？　光合成だけで大きゅうなっちゅうがか？　水草のことらぁは……」

調べようにも、十分な参考書籍がなかった。

「やっぱり大学じゃないと本が足りんのう……」

その時、園子が夜泣きを始めた。泣き声で寿恵子も目を覚ましたが、万太郎が世話を引き受けた。

「大丈夫じゃ。おしめは濡れちゃあせんようじゃき。わしがみる……」

園子を抱いて机に戻ると、万太郎は水草を見せた。

「……ほうら。フサフサしちょってムジナの尾っぽみたいじゃのう？　ムジナモゆうて呼ぼうか」

何としてもこの子を守りたい。そんな思いがこみ上げ、万太郎は園子に頬を寄せた。


翌日、万太郎は水草を桶に入れて大学に持っていった。

「なにこれ！　かわいい……ッ！　愛くるしい！　こういうの好き！」

「どこで見つけたんだ？」

興味津々な藤丸と波多野と共に、山根と澤口も桶を覗き込んでいる。

そこに、小石川植物園から届いた植物を持って徳永と大窪がやって来た。

「なんだこれは……浮いている？　根がないのか？　輪っかから放射状に葉が生えてる。水車のようだな」

「葉の先には触手みたいなものも出てる。根がなくて養分はどうしてるんだ？」

二人にあれこれ尋ねられても、万太郎にもまだ分からない。そこに、田邊が現れた。

「What are they doing? It's already time for my lecture.」(何をしている？　とっくに講義の時間だ)

慌てて学生たちが講義の準備を始めると、田邊は万太郎に近づいてきて、水草を観察した。

「……心当たりがある……。ダーウィンの『Insectivorous Plants《インセクティヴォラス　プランツ》』を」

万太郎は急いでその本を書棚から取り出し、田邊に渡した。

「これだ。Aldrovanda vesiculosa.《アルドロヴァンダ　ヴェシクローサ》茅膏菜科《いしもちそう》の多年草の水生植物。一属一種の食虫植物だ」

「……教授……ありがとうございます！　私ではまったく分かりませんでした……！」

新種ではないが、これは貴重な発見だと田邊は言う。

「このアルドロヴァンダ・ヴェシクローサは、かのダーウィンを魅了した植物だ。進化論を研究する過程でかなり詳しく研究されているが、この植物が世界で初めて発見されたのはインド。それからヨーロッパの一部とオーストラリアでしか発見されていない。それがこの日本でも発見されたとなると、大いなる発見だ。報告すれば、世界中が驚くことになる」

息を呑む万太郎に、田邊は告げる。

「論文を書け」

「私が。……書いてもよろしいがでしょうか……」

「見つけた者が報告する。当然だろう。論文には植物図もつけろ。……アルドロヴァンダ・ヴェシクローサの植物画は見たことがない。日本での発見報告と植物画——これが揃えば、世界中の植物学者が必ず注目するだろう。槙野。植物画を描け！」

田邊の眼差しを、万太郎は真っすぐに受け止めた。

「はい。描きます！　……本当にありがとうございます。……心から、お礼申し上げます！　渾《こん》身《しん》の力で描かせていただきます。教えてくださり、ありがとうございます！」

講義に向かう田邊を見送った後も、万太郎は震えるような心持ちだった。そんな万太郎に、徳永が言い添えた。

「いいか。教授がおまえに、世界への花道《はなみち》を掛けてくださった。この感謝を、忘れるなよ」

「はい……もちろんです！」


八月のある日、徳永は教授室を訪ね、ドイツ留学を決めたことを田邊に報告した。

「今、この国の植物学の夜明けは終わり、すでに日は昇りはじめました。正直、このままでは私が、我が国の植物学の水準に追いつけなくなる。ですから」

「……遅いくらいだ。さっさと行っておいで」

「ありがとうございます。十二月に発《た》とうと思います。あとのことは大窪助教授、波多野助手に引き継ぎます」

「分かった。留学から戻れば、きみも教授だな」

「――努力いたします」

その時、中庭から万太郎の声が聞こえてきた。

「ムジナモが開花したき！」

窓から見ると、万太郎が波多野、藤丸と水桶を囲んで大喜びしている。

「ムジナモが開花するとは……どこにも……」

そんなことはダーウィンの研究書にも書かれていなかったため、徳永は戸惑っている。田邊は静かな声で告げた。

「これまでの発見地では、気候か環境の原因で、蕾が開かなかったのかもしれん」

「では……ムジナモの花は世界の誰も知らない——ありえなかったはずの花……?!」

「ああ。槙野は、咲かない花さえも咲かせてみせた……」


ムジナモが開花してから四か月が過ぎ、十二月になった。寿恵子はおなかに第二子を授かり、一歳三か月になった園子は歩き始めている。

ある日寿恵子は、万太郎の仕事をじゃましないようにと気遣い、園子をおぶって外に出た。神社の前で女学生たちとすれ違うと、寿恵子はふと聡子を思い出した。聡子は、寿恵子といると女学校時代を思い出すと言っていた。

その足で寿恵子は田邊の家に向かった。家の前に着くと気後れし、帰りかけたが、買い物帰りの田邊家の女中に声を掛けられたので、聡子に会いに来たことを告げた。

聡子が自室から廊下に出ると、買い物から戻った女中が、槙野寿恵子という人が訪ねてきたと言う。聡子は急いで表に出たが、すでに寿恵子の姿はなかった。

その頃田邊邸には森有礼が訪ねて来ていた。聡子が茶を出しに座敷に行くと、田邊は森のために祝いの膳を用意するよう言った。間もなく太政官に代わって内閣が成立し、森は初代文部大臣になるのだという。

「それは。おめでとう存じます」

「私が大臣になれば、田邊くんにも関わりが出てくるで。密談しにきたとじゃ。こん男は、こげな顔をしちょっが、実に痛快でな。昔、私がアメリカに赴任する際に、外務省の役人として随行したとじゃ。そのくせアメリカに着くなり、勉強を始めて、役人の身分を捨てて、コーネル大学に入学しよった。日本人で初めてな」

「その節はご迷惑を」

「すごかどが？　こん男はアメリカに渡るためだけに私を利用したとじゃ。あまりに面白くて、大学費用もこちら持ち、国費の留学生っちゅうことにしてやった。君は、自分こそが日本を目覚めさせる、天下第一の学者になるち、よう言うちょったなぁ」

「……若かったので」

「うんにゃ。将来、右腕とするなら、そいぐらいの男でなかと困るち思った」

森は愉快そうに語ると、聡子に尋ねた。

「ワインはあっどかい？　まずは乾杯じゃ」

「はい。ただいま」


十二月下旬には伊藤博文《いとうひろぶみ》が日本の初代内閣総理大臣に就任し、森有礼が文部大臣となった。それに伴い、東大動物学教授・美作秀吉はお茶の水の高等女学校校長を罷免《ひめん》され、代わりに田邊が校長となった。

徳永は予定どおりドイツへ旅立ち、大窪が助教授となって、植物学教室には学生が増えていた。

万太郎はといえば、次号の植物学雑誌の発刊に向けて、ムジナモの植物画の石版印刷に励んでいた。放射状に伸びる輪生《りんせい》の葉や、夏の日中にわずか一時間だけ開花する小さな花を、万太郎は懸命に石版に描き続けた。そうしながら、植物学教室を初めて訪れた日からの出来事を思い返していた。当初は万太郎を見下し、不審な目を向けていた教室の面々は、今では植物学という新たな学問の道を切り拓く仲間だ。今、自分が存分に研究に励めるのは、彼ら一人一人と出会えたおかげだと、万太郎は痛感していた。

植物学雑誌の最新号が発刊され、青長屋の実験室に教室の面々が集まった。各自がムジナモの植物画のページを開くと、花の拡大図や種子の断面等を含む、七十七もの図が載っていた。その見事な出来栄えに、誰もが感嘆していた。

「ねえ……友達だから言うんじゃないよ。こんな植物画が描けるの、槙野万太郎だけだよ」

藤丸の言葉に波多野も深くうなずいた。二人の目に涙がにじむのを見て、万太郎は胸が熱くなった。

その時、論文に目を通していた田邊が口を開いた。

「槙野。……おまえは、自分の手柄だけを誇っているのだな」

「――え？」

田邊が言わんとすることをいち早く理解したのは、大窪だった。

「――おい。教授の名前は?!　徳永さんも言ったはずだ。教授への感謝を忘れるなと」

「はい。感謝しちゅうき懸命に描いて」

「馬鹿！　おまえが見つけたムジナモがアルドロヴァンダ・ヴェシクローサであると突き止めたのは教授だ。だがおまえは、自分が見つけたという報告しか書いていない。いかに貴重なものを見つけても、なんであるか分からなければ報告は書けなかったはずだ！　当然、教授と共著の形にしなければならなかった！」

驚きのあまり、万太郎は言葉が出ない。代わりに大窪が田邊に詫《わ》びた。

「教授、申し訳ありません。事務局長としての私の落ち度です。今号はすべて破棄し、新たに刷り直します。槙野、とにかく教授の名だ。共著の形に改めろ」

「――もういい」

そう告げると、田邊は声を上げて笑いだした。誰もが田邊の反応に戸惑っている。

「……何を期待したんだか……」

やがて田邊は真顔に戻り、万太郎をじっと見据えた。

「Mr. Makino. 今後、我が東京大学植物学教室への出入りを禁ずる」

第18章　ヒメスミレ

田邊から東京大学への出入り禁止を言い渡された万太郎は呆然《ぼうぜん》とするばかりだった。すると、大窪が万太郎の頭を押さえつけて怒鳴《どな》った。

「謝れ！　槙野！」

「――論文はすぐに書き直します。廃棄する雑誌、刷り直しも弁償いたします。申し訳ありませんでした！」

「教授！　槙野もこうして頭を下げております。次こそは私も指導いたしますから」

「なぜ指導を？　学生でもないのに？」

「ですが……ッ」

大窪が口ごもると、波多野と藤丸も何とか田邊を取りなそうとした。

「教授、牧野さんはこれまでずっと、献身的に教室に尽くしてきました」

「標本の検定も槙野さんが頑張って」

「自分が使うためにな」

田邊は冷たく言い放つ。東京大学開学から五年の間に、田邊は自ら指揮を取り、三千種類の植物標本を集めた。多額の国費を使い、世界各国から書籍を取り寄せることができたのも、コーネル大学留学によって培われた自分の知識とコネクションがあってこそだと田邊は言う。

「それもすべて、この東京大学に植物学研究の礎《いしずえ》を築くため！　君は、土足で入ってきた泥棒だよ。大学のものを好き勝手に使い、自分の本まで刊行した。他に言いようがないだろう？」

「……どうして……どうして……そこまで……？　初めて来たとき、教授はおっしゃいました。……『核心は、ただ一つ』。……私は、植物学を裏切っては」

「この過ちこそが君だろう？　傲慢で不遜。手柄ばかりを主張する。世界に向けて吠《ほ》えたいのだろう？『Here I am! MAKINO is right here!』」

「教授！　……わしを、憎まれゆうがですか？」

「自惚《うぬぼ》れるな。憎む価値もない」

「……お願いです……失礼はすべて詫びます！　出入りを禁じられたら、研究を続けることができませんき！　私はただ植物学を」

「もういい。終わったんだよ。Mr. MAKINO. 君には何度も忠告してきた。聞かなかったのは君なんだ。私の人生で、君に関わる時間は終わった」

田邊は大きく窓を開け、教室内の空気を入れ替えた。そして、爽やかな笑みを浮かべた。

「――So, gentlemen, let's begin the botany lesson today!」（さあ、諸君、今日も植物学を始めよう！）

山根や澤口を引き連れて田邊は講義室へ向かおうとした。が、ふいに足を止めた。

「ああ、Mr. MAKINO. 忘れ物だよ。去る前に、君の土佐植物目録と標本五百点を大学に寄贈してくれ。元々、この教室に四国の標本がなかったから、出入りを許しただけだろう？　君は、この教室のものを使って本まで出したのだから、清算しなければ」

大学を去ることなど、万太郎には到底考えられない。茫然自失のまま帰宅すると、寿恵子が屈託なく尋ねてきた。

「雑誌どうでしたか？　ムジナモちゃん！　教授、喜んでくださったでしょう？」

「――いや……教授が……大学への出入りを禁ずると。それだけじゃない、土佐の植物目録と標本五百点、寄贈しろゆうて」

混乱のあまり、寿恵子はすぐには言葉が出なかった。

「……え？　どうして？」

「論文が気に食わんかったみたいじゃ。――書き直すき……」

「書き直せば、取り消していただけるの？　ムジナモがダメだったの？」

「分からん！　分からんき！」

その声に驚いて、園子がグズり出した。

「……すまん……わしにも分からんがじゃ」

寿恵子に背を向け、万太郎は机に向かった。そこには、ムジナモの部分図の下絵が何枚も散らばっている。絵に触れていると、寿恵子は園子をおんぶ紐で背負い、出かける支度を始めた。

「どこ行くがじゃ？」

「教授のお宅です。お聡さんに会いに行くの！　だって万太郎さん、一生懸命やってきました！」

「そうやち！　そんなこと教授には関係ないき！」

「どうして?!　教授、私達を招いてくださった。結婚のお祝いもしてくださった！　万太郎さんをかわいがってくださってたでしょ?!　高藤さまの音楽会だって、教授が万太郎さんを連れてきてくださったんでしょ？　普通、気に入らない相手を音楽会に連れていきませんよ。教授と万太郎さんのつながりが、こんな――これで終わりじゃないでしょう?!　何か考えがおありなのよ。私が聞いてくる！」

「火に油を注ぐだけじゃ！　ともかく、論文はわしの過ちじゃ。書き直すき……」

「――なんで？　万太郎さん頑張ってるのに……一生懸命……頑張ってるのに……」

万太郎は、泣きじゃくる寿恵子と園子を抱きしめた。今、万太郎にできることはそれだけだった。


四月になると、文部大臣・森有礼の号令のもと、東京大学は、帝国大学に改められた。同時に理学部は帝国大学理科大学となり、田邊がその初代教頭に就任した。

万太郎はその後、ムジナモ発見の論文を書き直した。発見の経緯を誠実に伝え、『日本植物学雑誌』も刷り直した。それでも田邊は、万太郎の出入り禁止を解くことはなかった。

藤丸と波多野は万太郎の家を訪ねてきて、頭を下げた。

「ごめん。万さん。俺たちも必死に嘆願したんだ……！」

「教授は、決めたことは覆《くつがえ》さないと。力になれなくて申し訳ない……！」

「波多野。藤丸。ありがとう。わしのために」

そう言って万太郎は、力なくほほえんだ。

「わし、何をしたがじゃろうか？　どうして、そこまで憎まれるがじゃろう……？」

万太郎は、直談判をしようと田邊の家を訪ねた。大学からの帰りを待つつもりで、月明かりの下、門前のシダ植物に話しかけていると玄関が開いた。田邊は、自宅を訪ねてきた森有礼を見送ろうとしていた。森は、万太郎に気づいて田邊に尋ねる。

「君の学生か？　熱心じゃな」

そして万太郎にも声を掛けてきた。

「Learn a lot from your professor.」（教授からよく学ぶように）

「Yes. I'd really want to learn...!」（はい、学びたいです……！）

「見送りはここでよか」

森が去って二人になったところで、万太郎は改めて田邊に許しを請うた。

「……教授、雑誌は改めました。……お許しください」

「二度と来るな」

自宅に戻ろうとする田邊の背中に、万太郎は語りかける。

「植物学者同士、話しませんか？　私は大学の標本と書籍を使わせていただき、本を出しました。それは志《こころざし》あってのこと。いつか植物図鑑を刊行するためです。日本の植物すべてを図におこした植物志ですき。それができたら、きっと他の研究の土台にもなります」

「……面白いことを言う」

「教授。この日本に、植物学ゆう学問を持ち帰ってくださったがは、あなたです。この国の植物学！　わしは、共に歩むためにここにおりますき！　どうか、お許しください……！」

決死の思いの万太郎に、田邊は静かに答えた。

「話は分かった。だが、私はもう、持たざるものは数えない。せっかく生きている。なら、この手に持つものを愛そうと思ってね。生憎《あいにく》、私は多くのものを持っている。大学にも、全国の同志諸君から植物標本が続々届いている。日本の各地を網羅する日も近い」

「ええ、ですき」

「許さないよ」

「――教授！　わしは何ちゃあ持っちょりません！　地位も身分も！　ただ、好きゆう想いだけですき！」

「『だから植物に愛される』？　すごいな。君は。どこまでも人を傷つけてくる」

「……何を……」

田邊の言う意味が、万太郎には理解できない。

「理由がほしいか？　――私も図鑑を作ることにしたのだよ。大学の総力を挙げて、日本中の植物すべてを網羅した植物志を刊行する。そうだな。『日本植物図解』とでもしようか。君の仕事とぶつかるね？　だから大学への出入りを禁ずる。書籍も標本も一切使わせない。君が刊行を諦め、私に尽くすなら、考えてもいいが」

絶句した万太郎に背を向け、田邊は家へと戻っていった。

その後、田邊は座敷からシダの茂る庭を眺め、ブランデーを飲んだ。気づけば瓶が空になっている。

「おい。誰か」

声を掛けると、聡子が来た。

「――旦那様、今夜はもう……。森さまともお飲みになっていらしたのに」

「いいから聡子、持ってきなさい。これは祝杯だよ」

「……祝杯？」

「ああ。今夜、私の魂は自由になった。You see... My soul is free. It will never be bound to anyone anymore!」（私の魂は自由だ。決して誰にも縛られない！）

田邊は笑っている。だが聡子は、夫の笑顔から深い悲しみを感じ取っていた。


万太郎はその晩、家に帰らなかった。待ちつづけた寿恵子は、夜が明けると園子を連れて長屋の木戸まで出た。すると、魂を抜かれたような様子の万太郎が歩いてくるのが見えた。

「寿恵ちゃん。……すまん、一晩中、歩きよった……」

田邊からどんな仕打ちを受けたのかを察し、寿恵子は、冷え切った万太郎の身体を抱きしめた。

「――万太郎さんは終わらない。終わるもんですか！」

その時、園子が何かを見つけて手を伸ばした。

「あう」

見れば、朝の光の中に小さなスミレが咲いている。愛らしい花を見て、園子は笑っていた。

「……見つけてくれたがかえ？」

万太郎は身をかがめ、園子と同じ目の高さでスミレを見つめた。

「……そうじゃのう……どんな時も花は咲いちゅう」

愛する娘が、それに気づかせてくれた。万太郎は園子を抱きしめて言った。

「園ちゃんと寿恵ちゃん。――わしにはいつやち、こんなにきれいな花が咲いちゅうがじゃ」

ある日、寿恵子が買い物に出かけている間、万太郎は一人で園子の面倒を見ていた。茶碗を倒したり反故紙を破いたりと元気いっぱいの園子を抱き上げると、万太郎は茶碗に活けた小さなスミレを見せた。

「この子は園ちゃんみたいにかわいいき、ヒメスミレゆうて呼ぼうか」

言いながら万太郎が筆を動かしスミレを描くと、その筆先を園子が目で追っていた。

「お！　描いてみるかえ？」

筆を持たせると、園子は自由に線や点を描きはじめた。

「おお園ちゃん！　植物画じゃ！」

そこに寿恵子が帰ってきた。すっかりおなかが大きくなり、荷物を置くのにも一苦労している。

「よいしょと。万ちゃんが園ちゃん見ててくれたから、助かりました」

「……今、園ちゃんが植物画を描いたがじゃ。ほら、見てみいや」

絵を見せると、寿恵子は目を丸くした。

「この線……茎？　すごくないですか、描けてますよね？」

「じゃろう？　この点々、花じゃき」

「園ちゃん、天才！」

喜ぶ寿恵子と上機嫌の園子を見ていると、万太郎は胸の中の憂いが晴れていく気がした。

だが依然として万太郎は、窮地に立たされたままだ。何とか野田と里中の力を借りられないかと、万太郎は博物館を訪ねた。

「わしはもう、どうしたらえいか分かりません。お二人から、教授に取りなしていただけないでしょうか」

「田邊さんが、大学で植物図鑑を刊行すると言うなら難しいな。それは国費を使って大学の事業を進める、そういうことになるからね。うかつに内容も漏らせなくなる」

里中が苦渋の表情で答えると、野田も同意した。

「大学の人間ではない槙野くんが出入りするのは、難しいな」

「ほんなら――ほんなら……！　厚かましいお願いですけんど、こちらで研究させていただけないでしょうか！　こちらの標本の検定はなんぼでもやりますき、通わせていただけないでしょうか！」

「――申し訳ない。大学と博物館は協力関係にある」

里中にそう言われると、万太郎はもう食い下がることはできなかった。

「そうですね……甘えてしまいました。お邪魔いたしました」

頭を下げ、立ち去りかけたところで、野田に呼び止められた。

「槙野くん！　……ほんとうにね、君が好きだよ。君は小学生の頃に私たちが手掛けた画を見て、この道に進んでくれたんだ。愛しいに決まってる……。だから……友人として言わせてくれ。君の才能を認める人は他にもいる。君の植物画がいかに正確で信頼できるか。検定の目の確かさ。フィールドワーカーとしての強さ。君を高く評価している人がいる。ロシアのマキシモヴィッチ博士。君と別れるのは淋しいが、こと学者同士として言えば、世界はつながってる。君は若い。いくらでも出て行ける」

実は万太郎自身も、マキシモヴィッチを頼ってロシアに行くという考えが頭に浮かんではいた。

「……ほんでも、妻が身重で。幼い娘もおりますき。――先生方。お心、誠にありがとうございました」

博物館を出て空を見上げると、名教館の恩師・池田蘭光の教えが脳裏に浮かんだ。

「心が震える先に金色の道がある。その道を歩いて行ったらえい」

幼い日、神社で出会った〝天狗〟も忘れられない言葉をくれた。

「己の心と命を燃やして、何か一つ、事を為すためにここにおるがじゃ」

これらの言葉を胸に、万太郎は進むべき道を決めてきた。だが今は、途方に暮れるばかりだ。

「……どうしたらえいがじゃ……」

帰宅すると寿恵子が園子の面倒を見ながら内職に励んでいた。

「寿恵ちゃん……すまん。どうにもならん」

「そうですか。でもね、万太郎さん。いいことがありましたよ。万太郎さんがきっと今、とってもうれしいもの！」

そう言って寿恵子は万太郎に封筒を差し出した。マキシモヴィッチ博士からの手紙だ。

「出掛けてすぐに届いたんですよ！」

ところが万太郎は受け取った封筒を開けようとしない。寿恵子が鋏《はさみ》を渡すと、ようやく開封して手紙を読み始めた。

「……去年、ムジナモの花の標本や植物画を送っちょったき、その礼状じゃ——とてつものう褒めてくださっちゅう。ムジナモの花の解剖図は、世界中の植物学者にBig Impact——大変な驚きを与えるじゃろうゆうて。早速、ドイツの植物分類学者、エングラー博士にも連絡してくださったそうじゃ。おかげで、博士が編集するドイツの文献に、わしのムジナモの図が載るそうじゃ！——『このムジナモの植物画でMantaro MAKINOの名は、世界中の植物学者たちに轟《とどろ》くやろう』」

「——万ちゃん！　万ちゃん！　すごいですね。ロシアの先生も、ドイツの先生もこんなに褒めてくださってる！　万太郎さん！」

寿恵子は喜びを爆発させたが、万太郎は葛藤していた。これ以上、寿恵子に苦労は掛けられない。そう分かっていても、気持ちを抑えきれない。

「——ああ、いかん……もう……いかんちや……。申し訳ない」

ついに万太郎は、手をついて寿恵子に本心を告げた。

「──ロシアへ行きたい！　マキシモヴィッチ博士の元で研究したいがじゃ！　博士のところにはアジアの植物標本がようけ集められちゅう。けんど日本人は誰も博士の元へ行っちゃあせん。教授はアメリカ、伊藤孝光くんはイギリス。徳永助教授はドイツ。ロシアには誰も行っちゃあせんがじゃ！」

「……ロシア……」

寿恵子がつぶやくと、万太郎は我に返った。身重の妻と幼い娘。目の前の現実を考えれば無謀としか言えない。口にしたばかりの決意が揺らぎ出したとき、寿恵子が口を開いた。

「──いいじゃないですか。どうしよう。ほんとに大冒険だ。佑一郎さんも今、アメリカに行かれてるでしょ？　同じことです」

「……ほんじゃけんど園子もおるのに……！」

「ロシアにも子どもはいるでしょ？　ここと同じように、あたりまえに人が暮らしてる。だったら向こうにも長屋くらいあります。何よりあなたを認めてくださる方がいる。それがいちばんうれしい……！　その代わり、お願いがあります」

「──なんでも」

自分のおなかに触れて寿恵子は言う。

「一つ。この子はここで産みたいです。りんさん、おえいさん、みんながいてくれて園ちゃんは安心して産めました。だからこの子も、ここで産ませて」

「ああ」

「二つ。……おっかさんに会っておいていいですか」

「もちろん。園子も、園ちゃんの妹か弟も……おっかさんに会うてもらわんとのう」

「三つ。……私たちのこと離さないで。言葉が分かりませんから、知らないところで放り出されたらとっても困ります。私にはあなたしかいません。何があっても離さないでください」

「離すわけがないき。こんな……江戸っ子ではちきんの、寿恵子さんを」

その晩万太郎と寿恵子は布団を並べ、手を握り合って眠りに就いた。二人の間では園子がぐっすりと眠っていた。


万太郎はマキシモヴィッチ博士に手紙を出した。家族とともにロシアへ渡るので、博士の元で研究をさせてもらえないかと申し入れたのだ。博士に雇ってもらえれば、現地での生活費は賄えるだろうが、ロシア行きの渡航費は工面しなければならない。それは、峰屋に頼もうと万太郎は考えていた。金の工面を峰屋に頼むのは、これが最後だと決めていた。


この年峰屋は、綾の発案で新しい酒造りに取り組んでいた。綾と竹雄が試飲すると、風味が立ち、柑橘《かんきつ》のような爽やかな後味がした。

「火入れのやり方を変えるだけでもこんなに変わるがよ。今年は、親方に頼んで、峰乃月も少しだけ火入れを変えてもろうたがよ。澄み切った味わいはそのまんまに、あと少しだけ、みんなぁの暮らしに寄り添う酒を――」

満足そうな綾を見て、竹雄も幸せをかみしめた。

「――ああ、万太郎に会いたいのう。今、どうしようものう会いたいき。会うて、いつまでも阿呆みたいに笑い合いたい」

そこに、番頭の定吉《さだきち》が駆け込んできた。

「綾さま、大変ですき！」

酒蔵に異変が起きたため、峰屋はすぐに杜氏《とうじ》の寅松《とらまつ》を呼んだ。駆けつけた寅松は、蔵に足を踏み入れた瞬間、すべてを察した。酸味のある匂いが蔵の中に漂っている。寅松は、竹雄と手代衆が見守る中、桶を確かめた。

「――火落ちじゃ……」

火落ち菌と呼ばれる乳酸菌の一種が酒の桶で繁殖し、腐造が起きてしまったのだ。

座敷に上がると、寅松は綾と竹雄に平伏した。

「申し訳ございません！　綾様。旦那様。……杜氏として……申し開きもございません……。この上は……」

死んで詫びる覚悟の寅松を、綾が止めた。

「いかん。親方……私が……私が……」

火入れの仕方を変えてほしいと頼んだせいだと綾は自分を責めていたが、竹雄がきっぱり否定した。

「誰のせいでもない！　酒屋には、あることじゃ。親方、死ぬがは絶対に許さんき。……誰のせいでもない！」

腐造が起きたとなれば、峰屋は酒をすべて捨てるしかない。その作業は、政府の役人・上田甚八《うえだじんぱち》の立ち合いのもと行われた。桶の栓が抜かれ、定吉と手代衆が酒を小さな桶に移しては捨てに行く。その傍らで、竹雄は上田に頭を下げた。

「お役人様。どうか、税金を納めるがを待ってもらえませんろうか。このとおり。後生にございます」

土佐の銘酒・峰乃月には、上田も思い入れがあるのだろう。つかの間、つらそうな様子を見せたが、役人として責務を果たすべく、上田はすぐに拒絶した。

酒はすべて捨てられ、蔵は開け放たれた。綾は、変わり果てた蔵の中に足を踏み入れた。少女の頃、吸い寄せられるようにここに入った日の記憶がよみがえる。薄暗い中に桶が並び、立ちこめる甘い香りを吸い込むと、濃密な命の気配を感じた。

あの日は寅松に見つかって放り出されたが、今となっては、綾が蔵に入ることを止める者はいない。桶の中は空で、命の気配は、完全に消えていた。

「……うあ……あ……！」

嗚咽《おえつ》を漏らして、綾はその場に崩れ落ちた。

そこに竹雄が来て、綾を抱きしめた。綾は、竹雄の腕の中で慟哭《どうこく》し続けた。

その後、峰屋は最後の日を迎えた。座敷に、定吉とたま、手代衆と女中衆、そして先代番頭の市蔵《いちぞう》、女中頭のふじがそろうと、竹雄と綾が入ってきた。

　竹雄は皆に向かって手を付き、頭を下げた。

「皆々様。これまで、長らくのご奉公――ありがとうございました。峰屋は暖簾《のれん》を下ろすこととといたしました。皆様方から賜ったご恩、忘れません。ありがとうございました」

　憔悴《しょうすい》しきった様子の綾も、竹雄に続いて頭を下げた。

「……申し訳ございませんでした……」

　その痛々しい姿に、一同は胸を締め付けられる思いだった。

「綾さま……謝らんとってください……。私らぁは誰ひとり、綾さまを恨んじょりませんき……！」

　たまが言うと、定吉も口を開いた。

「そうです。綾さまは誰よりも峰屋のために……」

　それ以上は言葉にならなかった。奉公人たちは皆、涙に暮れている。

「綾様。旦那様。お力落とさんと……どうかまた……」

　たまの言葉を受けて、綾と竹雄はもう一度、深く頭を下げた。


　皆への挨拶を済ませると、綾は再び蔵に入った。表から日の光が射し込み、鳥の声が聞こえる。気が抜けたようになった綾は、蔵の中で横たわった。

　光の中を舞う埃をぼんやりと見ていると、蔵人たちが歌っていた歌が耳の奥に響いてきた。目を閉じ、酒造りに励む蔵人たちの姿を思い返していると、竹雄がやって来た。

「わし――ちょっと出てくるき。金を算段せんといかん。……まだ終わっちゃあせん。わしらの役目はこれからじゃ。……シャンとしい。綾さん。あなたは峰屋最後の蔵元じゃ。目はつむったらいかん。最後まで見届けや」

竹雄は、小さなスミレの花を綾の手のひらに乗せた。十徳長屋で園子が見つけたのと同じ花だ。竹雄はそれを峰屋の座敷の縁の下で見つけていた。

その頃十徳長屋では、騒ぎが起きていた。園子が前の晩から熱を出して下がらない。今日になって咳《せき》もし始めている。長屋の面々は心配し、倉木とりんが医者を呼びに走った。駆けつけた医師は、万太郎と寿恵子に、麻疹《はしか》かもしれないと告げた。

熱を出してからわずか三日で、園子は空へと還っていった。まだ二つにもならないうちに、万太郎たちのもとから去ってしまったのだ。

小さな骨壺を前に万太郎と寿恵子が泣き暮れていると、寿恵子の母・まつが旅装束でやって来た。

「……ああ……間に合わなかったねえ……お寿恵……大丈夫かい？」

綾はその後も気力を取り戻せず、竹雄は金策に駆けまわっていた。

そんなある日、分家の豊治《とよじ》、伸治《しんじ》、紀平《きへい》がそろって峰屋を訪ねてきた。

「金は？　おまん、走り回りゆうがじゃろ？」

豊治に問われて、竹雄は証文の束を見せた。

「……税金を納めるため、高知の金貸しから借りました」

大店の峰屋が納める額ともなると、何軒もの金貸しから借りなければならなかった。

「利子もついちゅうがじゃろ。どうするつもりじゃ」

「――土地、屋敷を売るしかないと思うちょります。けんどもし――皆さま方が手を差し伸べてくださるがやったら生き長らえる道もあるかもしれませんき。お頼《たの》申します……！」

竹雄に続いて、綾も頭を下げた。

「……ばぁさまが言いよったのう。これよりは、本家分家と上下の別なく、互いに商いに励めと。うちの身代を継ぐのは伸治じゃ。伸治、どうする？　本家を助けるかどうか、おまんが決めや」

「あー……わしは……」

迷う伸治に、竹雄と綾は懇願する。

「伸治さん、お頼申します！」

伸治は、しぼり出すように答えた。

「……無理じゃあ……。そうじゃち……こんなでっかい鯨が沈んでくゆうに……わしみたいな小舟、助けに出たところで……もろとも沈むき……！　せめてわしが、もちっとましな舟ならよかったけんど、――ただでさえそこが抜けちゅうき……おまんらぁでいかんやったら、わしなんぞ、もっといかんき。ほんじゃき無理じゃあ……わしには……助けられん。ごめんちや……」

言いながら伸治はすすり泣いていた。成り行きを見守っていた紀平は、伸治の選択を認めた。

「ほうじゃのう。このご時世、何があるか分からん。槙野の家が、もろともに途絶えるよりは、それぞれ、この先を生き延びるほうがえいじゃろう。この土地と屋敷を売ったら、ちょっとは手元に残るじゃろう。おまんらぁ二人なら、どこへ行ったちやり直せるじゃろう。——先祖の墓は、わしらが守っちゃるき」

竹雄は、紀平にも頭を下げた。

「綾。最後に言うちょく」

豊治に言われて、綾は身構えた。

「おまんは女の身で蔵元となった。けんど腐造は、酒屋であるかぎり起こることじゃ。誰が蔵元じゃろうと——わしじゃち起こったろう。まあ、わしが当主やったら、もっと巧うやったけんど。峰乃月だけ作り続け、役人らあ花街《かがい》で溺れさせちゃったらえい。国が酒屋にしがみつくやったら、酒屋らあトットとやめたらえい。けんどおまんは、この峰屋を、殿様の酒蔵《さかぐら》、峰屋のままで幕を引いた。ばぁさまもご先祖も、さぞ喜んじゅうじゃろう」

思いがけないねぎらいの言葉に、綾の目から涙があふれた。

「行くぞ」

豊治と紀平は出て行ったが、伸治は何か言いたそうにしている。だが、うまく言葉が出てこない。

「伸治さん。お達者で」

竹雄のほうから声をかけると、伸治は竹雄と綾の体をバシバシと叩いて言った。

「……おまんらじゃろうが！　アホウ。竹雄のくせに。達者でのう！」

まつが十徳長屋に来て一週間が過ぎた。寝込んでいる寿恵子に代わってまつが井戸端で夕飯の支度をしていると、りんが通りかかった。

「おまつさん。立派な筍《たけのこ》」

「ねえ。焼いても煮てもいいですね」

「細かくして炊き込んでもいいよねえ。筍ご飯の握り飯、大好きなんだよ」

「ああそれ、握り飯なら、口に入るかねえ」

「……大丈夫かい？　七つまでは神の内って言うけどさ」

りんは、寿恵子と万太郎が心配でたまらなかった。

「大丈夫じゃなくても食べなきゃ。おなかの子まで死なすわけにいきませんから」


その頃寿恵子は、枕元に置いた絵に語りかけていた。園子が描いたヒメスミレの絵だ。

「……ごめんね……おかぁちゃん……できること、もっとあったよね……熱が出る前に……なんで気づかなかったんだろうね。……ごめんね……ごめんなさい……！」

「先生も尽くしてくれたき……これが園ちゃんのいのちやったがじゃ」

万太郎の言葉を、寿恵子は受け入れられない。

「だから仕方ないの？」

「それでも来てくれた。ほんのちょっとでも一緒におりたいゆうて、園子は、わしらの娘に生まれてきてくれたがじゃ」

万太郎は、帳面を開いて寿恵子に見せた。万太郎はそこに、生まれたばかりの園子の小さな手や、足の裏を何枚も描いていた。見ていると、園子へのいとおしさがこみ上げてきて寿恵子も万太郎も涙が止まらなくなった。

この日長屋の面々は、井戸端におかずを持ち寄って夕飯を食べた。まつに連れられて寿恵子も出てきたが、万太郎は、家で植物画を描き続けていた。

まつが作った筍ご飯の握り飯は、皆に好評だった。寿恵子の好物の刻みお揚げも入っており、食欲をなくしていた寿恵子も母の手料理を味わった。子どもたちに「寿限無《じゅげむ》」が聞きたいとせがまれ牛久が語り出し、皆でそれを聞きながら酒を飲み、大いに食べた。

開いたままの掃き出し窓から、まつが万太郎の分の握り飯を置いた。それにも気づかず、万太郎は机に向かい、一心に植物画を描いていた。最初に描いたのはヒメスミレだ。描き終えるとすぐに、次の絵に取り掛かった。描き続けながら、万太郎は胸の奥で園子に語りかけた。

「園ちゃん。ほんの二年足らず、遊びに来たこの世は、きれいじゃったろうか。心配せんでも、また会えるきね。おかぁちゃんとおとうちゃんを忘れんとってくれるかえ」

やがて万太郎の机の周りは、数々の植物画で花園のようになった。

そうして描いた花々を、万太郎は、空にいる園子に届けることにした。

翌朝、寿恵子と二人で井戸端に出ると、空は晴れ渡っていた。

「あの日、園ちゃんが見つけてくれたお花ですね」

ヒメスミレの植物画を見て、寿恵子がほほえんだ。

「うん。園ちゃんの花じゃ」

自ら描いた花園に、万太郎は火を点けた。煙が立ち上り、空へと吸い込まれていく。万太郎と寿恵子は、園子がいる場所を見上げた。

園子が笑顔で、幸せに過ごせますように……。

そう願って、二人は青い空を見つめた。

第19章　ヤッコソウ

五月になり新緑の頃を迎えても、万太郎と寿恵子の心の傷が癒えることはなかった。家の中には園子が遊んでいた玩具や、万太郎が描いた園子の手足の絵、園子が描いた植物の絵が置かれたままだ。身重の寿恵子は床から起き上がれず、園子の着物をなでては泣いている。万太郎も仕事が手に付かず、まつが、引き続き二人の身の回りの世話をしていた。

ある日、日暮れ過ぎにまつが買い物から帰ると、万太郎たちは明かりもつけずに家に籠っていた。

「お豆腐買ってきたよ。湯豆腐なら食べられる？　それとも、お寿恵の好きな田楽味噌《みそ》を作ろうかねえ」

まつが声をかけても寿恵子は返事をしない。

「……おなか、空《す》いてるだろう？　おなかの子も欲しがってるんだよ。おなかが空くことは、悪いことじゃないいんだよ」

だが寿恵子は布団を出ようとせず、上掛けにもぐってしまった。

長屋の面々も万太郎と寿恵子を心配していた。ある日万太郎が井戸の水を汲んでいると、仕事帰りの倉木が紙包みを渡してきた。中を見ると、卵が三つ入っている。

「……まあ、今は、時薬《ときぐすり》しかねえんだろうが……」

「……ありがとうございます」

その卵で、まつは卵粥《がゆ》を作った。

「……寿恵ちゃん。倉木さんが、卵をくれたき」

万太郎がそう言っても、寿恵子は粥を口にしようとしない。

「……ごめんなさい」


その晩遅く、万太郎は眠れずに机に向かっていた。すると、横になっていた寿恵子が突然起き上がり、裸足のまま表に出て行った。

慌てて追いかけると、寿恵子は井戸端でうずくまっていた。万太郎は寿恵子の肩を抱き、床几《しょうぎ》に座らせた。

「……園ちゃんの夜泣きの声が……聞こえた気がして。……やっぱり、私のせいなんです……。麻疹《はしか》にかかっても助かる子だっています。でも園ちゃん、私が月足らずで産んでしまったせいで」

「寿恵ちゃん。それはわしが……身重《みおも》の寿恵ちゃんを置いて、植物採集に出掛けたき」

「いいえ、私が……」

その先は言葉にならず、寿恵子は顔を覆った。

万太郎が寿恵子の涙を拭うと、寿恵子はその手に頬を預けた。

「……いつの日か、わしらも園ちゃんに会いに行く。その日に図鑑を持って行けるよう、精一杯がんばるき」

二人は互いに手を取り、誓い合った。


翌日、万太郎は寿恵子のためにかるやきを焼いた。以前は、かるやきを膨らませるための〝忍術のような白い粉〟の正体が分からなかったが、まつが、卵白で練った重曹を入れるのだと教えてくれた。

「寿恵ちゃん。出来たき。食べてみてくれんかえ?」

香ばしく甘い匂いがするかるやきを、万太郎は寿恵子に差し出した。

「……いただきます……。――おいしい……」

ようやく寿恵子が食べ物を口に入れたのを見て、万太郎は安堵した。すると、寿恵子がおなかを押さえて言った。

「……痛、……この子も……欲しがってるみたいです……」

万太郎も触れてみると、確かに子どもが動いているのが分かった。

「――ああ……元気じゃのう」

万太郎が笑うと、寿恵子の顔にも久しぶりに笑みがこぼれた。

翌月、寿恵子は第二子を出産した。愛くるしい女の子の長寿を願い、万太郎は「千歳《ちとせ》」と名付けた。

まつはその後、千歳が生後一か月を迎えたのを見届けて、文太が待つ榛名山《はるなさん》へ帰っていった。

その日、万太郎のもとにロシアから手紙が届いた。マキシモヴィッチ博士からではなく、その夫人からだ。夫人によると、マキシモヴィッチ博士は肺炎で亡くなったのだという。

「わしが来ることを、そりゃあ喜んでくださってのう。これで日本の植物もよう分かるゆうて……最期まで、励みに思うてくださったそうじゃ。……いっぺんでえいき……お会いしたかったのう……」

その時、手紙に同封されていたマキシモヴィッチ博士の標本ラベルが万太郎の目に入った。それが博士からのメッセージであるように、万太郎には感じた。

「……これから、どうなさるのですか？」

「……やるべきことをやる。それしかないがじゃ。……博士もそう言うてくれゆう。うん――最初にやることは、これじゃね」

万太郎は机に向かうと、石版印刷のための原稿を作りはじめた。博士の標本ラベルにならって、自分専用の名札を作ろうと決めたのだ。

「どこにも属さんじゃち、わしはわしで続けていく。一属一種ゆう植物もあるき、わしも、たったひとりでえい」

『Herb. M. Makino, Tosa, Shikoku, JAPAN』と万太郎は原稿に記した。

「これがわしの標本名札じゃ。わしのcollectionを作ったらえいがじゃ」

その後、寿恵子の手を借りて万太郎は名札を印刷した。

「どうせ名札をつけて寄贈するがやったら、MAKINO collectionとして、恥ずかしゅうないもんにするき」

万太郎は田邊から、土佐の植物目録と標本五百点を寄贈するよう命じられている。

「土佐目録も……？」

「ああ。あれは控えをとったらえい。名前を書き写すがは、いちいち植物の顔が浮かぶき、楽しいきのう」

そう語る万太郎の笑顔を見て、寿恵子も気持ちを切り替えた。

「――ほんとにそうですね。お渡しするもの全部渡して、またイチから始めればいいんですね」


ある日、長屋の井戸端で一人遊んでいた健作が、意外な人物を見つけて声を上げた。

「……竹にいちゃん？」

「ケン坊か?!　大きゅうなったのう！　背が伸びたき！」

竹雄が、綾を連れて佐川からやって来たのだ。久しぶりに竹雄が来たと知ると、りんや丈之助たち長屋の面々が集まってきて大騒ぎになった。

「ほんとに竹ちゃんだ！」

「そちら奥様ですかぁ？」

「ちょ、皆さん――あとで！　わしら、まず万太郎に」

「……竹雄」

その声に振り向くと、開け放たれた掃き出し窓から、万太郎と寿恵子が竹雄たちを見ていた。

竹雄と綾は万太郎の家に上がると、園子のために小さな仏壇に線香をあげた。

「すぐに来れんと、ごめんなさい……」

綾が詫び、竹雄も頭を下げた。

「お寿恵さん。つらい中、千歳ちゃんを産んでくださって、ほんまにありがとう」

「……はい」

それから綾と竹雄は、峰屋で起きた出来事を語った。腐造を出した峰屋は暖簾を下ろし、税金の支払いのために金を借りたこと。分家と相談の上、土地と屋敷は売り、この先佐川の槙野家はそれぞれに生きていくこととなったこと。先祖代々の墓は分家が守っていくこと。

すべて語り終えると、綾と竹雄は深く頭を下げた。

「暖簾を預かりながら、この不始末。申し訳ありませんでした」

「――峰屋を守り抜けんと、申し訳なかった」

毅然《きぜん》と語る綾と竹雄に向かって、今度は万太郎が両手をついた。

「……綾ねえちゃん。竹雄にいさん。――わしは……わしは……」

「……万太郎のせいじゃないき。これは、わしと綾、二人だけのもんじゃ」

「……思い切り挑んだ。やりたいことをやった。これはその結果じゃ」

二人の思いをしっかりと受け止めて、万太郎は頭を下げた。

「――ご報告くださり、ありがとうございました」


その晩万太郎と竹雄は、銭湯からの帰り道に根津の神社前で語り合った。

「――ほんなら教授の言うとおり、大学に標本五百点、寄贈するがか？」

万太郎の置かれている状況を知り、竹雄は黙っていられなかった。

「……そこまでの罪になるがか。出入りはさせてもろうたけんど、かわりに大学の手伝いもしよったろう。それやに全部取り上げるらあ」

「全部じゃないいき。奪えんもんもあるがよ。名前。……皆ぁの名前はここにあるき」

自分の胸を指して万太郎は言う。

「それに、ねぇちゃんと竹雄も、あの約束、守ってくれたがじゃろう？」

万太郎は植物学の道を進み、綾は峰屋のために生きる。二人でそう決めた日、姉弟は選んだ道を悔やまないと誓い合った。竹雄はその誓いの証人となり、二人がだらしないときには自分が叱ると約束した。

「ほんじゃきわしも、だらしないまねはせん。一人でもこの道を行くき」

「万太郎。……わしは反対じゃ。一人で植物学を続けるち、とんでもない金が掛かるやろう。あの頃と今は違う。峰屋はもう金は出せん。おまんにも、もう家族がおる。家族を養わんといかん。どうする気ながじゃ？」

黙ったままの万太郎に、竹雄は語気を強くした。

「気持ちだけじゃ、どうにもならんろう！」

「――寿恵ちゃんも背中を押してくれた」

万太郎は月光に照らされたツキミソウを眺めている。予想外の返答に、竹雄はしばし絶句した。

「すごいのう。あの高藤さまを振り切って、おまんを選んでくれた。ありえん道じゃゆうに、おまんと走ってくれゆう」

「たとえるとのう……笹のようじゃ」

「どう見たち、もっとかわいらしい、きれいな花じゃろう。おまんもそう言いよったろう？」

「今は違うがじゃ。寿恵ちゃんはそれどころじゃあない。大抵の草花は茎の先端から成長するけんど、笹は違う。節の一つ一つがグンと伸びて、一気に背を伸ばす。さらに笹は、寒うて厳しい場所でもしっかり根を張る。飛び抜けて、生きる力が強いがじゃ」

話をするうちに、万太郎が大きなくしゃみをした。

「ほら、湯冷めじゃ！　おまんはちっとも変わらんき！」

万太郎の体を温めようと、竹雄が抱え込む。この町で共に暮らしていた頃が戻って来たかのようだ。万太郎は逆らわずに、竹雄にされるがままになっている。腕の中の万太郎に、竹雄は語りかけた。

「……返さんとのう。おまんのありったけ、いつかお寿恵ちゃんに返さんと」

「ああ」

綾と竹雄が佐川に帰る前日、今年も十徳長屋の面々は総出でドクダミを抜いた。竹雄と綾も加わり、皆で抜いたドクダミを洗って干していく。そこに、寿恵子とりんが昼食のおにぎりを持ってきた。皆がそちらに集まる中、丈之助が声を張り上げた。

「俺、ドクダミ抜くの、これが最後だから！　今の原稿書き上げたら！　最後の原稿料、大八幡《おおやわた》楼《ろう》に入れてくる。ついに彼女を身請けするから！」

以前から丈之助は遊郭で働く女性と本気の恋をしていると言っているが、長屋の一同は本気にしていない。

「彼女を身請けしたら、もっといいとこに越すからね?!」

「はいはい。さっさと出てけよ！　作家大先生！」

「そんときは祝ったげるからさ！」

おにぎり片手に福治とりんがからかうと、皆が盛り上がった。

それを見て、綾が万太郎にしみじみと言う。

「――これが当たり前ながじゃねえ……。皆ぁ自由に、出てくことも、流れてくることもできる。

……それでもつながりが切れるわけじゃない。どこでも生きていけるがじゃね」

翌日、綾と竹雄と共に、万太郎も旅支度を整えた。また植物採集の旅に出かけるのだ。寿恵子は三冊目の図鑑の売上金を紙に包んで万太郎に手渡した。

「ありがとう。……今回は、長い旅になるき……。くれぐれも気ぃつけてよ。二人に何かあったら」

「そこまで！　万太郎さん。私たちのこと、忘れていいです。この長屋を出たら、草花たちが待っています。万太郎さんと草花だけ。それでいいの」

金の包み紙にはバイカオウレンの絵が描かれている。拙いながら寿恵子が思いを込めて描いたものだ。それを懐に収め、万太郎は旅立った。


それから一か月後、寿恵子は内職で稼いだ一円を手に、中尾質店を訪ねた。千歳を連れて店に入ると、寿恵子は着物の質札を中尾に渡した。

「おじさん、これお願いします」

「頑張ったねえ。持って来るから、麦湯飲んでなさいよ」

店の小上がりで先客のえいが麦湯を飲んでいる。寿恵子も上がると、ちゃぶ台に広げられた新聞の連載小説が目に留まった。中尾によれば、今話題の作品なのだという。

「知らないお人が書いてる。どんなお話？　馬琴先生みたいな？」

「いや、ちっとも。もっといかがわしい話だよ。田口《たぐち》って男が主人公なんだが、田口は大学の教授サマで『東京貴婦人学校』って女学校の校長もやってるんだ。で、その田口が、女生徒に手を出しちゃう」

そこまで聞いて、寿恵子は胸騒ぎを覚えた。

「そんでこの女生徒が、里江《さとえ》ちゃんって言うんだが、おとなしい美人ちゃんなのよ。で、相手が校長でしょう、断れなくてさ。ついに今日、田口を受け入れてしまった、学校も中退することに」

寿恵子は立ち上がると、千歳を背負い直して飛び出していった。

「ごめんなさい、用事を思い出して……失礼します」

寿恵子が向かった先は田邊の家だった。到着すると、辺りを野次馬が取り囲み、口々に叫んでいた。

「教師にあるまじき不埒《ふらち》！　田口、出てこい！」

「破廉恥《はれんち》校長、顔を見せろ！」

「そもそも！　女子に教育は不要！　高等女学校なんぞ作るから世の風紀が乱れる！」

「里江ちゃあーん！　いるのかぁ？」

新聞小説の中では、田邊を田口、聡子を里江と名を変えて、二人の関係が勝手な憶測で描かれていた。それを真に受けた人々が集まり、騒ぎを起こしているのだ。

あまりにひどい状況に寿恵子が憤っていると、田邊家の女中が表に出てきた。

「静かにしてください！　迷惑です！　あの小説はデタラメです！」

だが野次馬たちは聞く耳を持たず、石を投げる者までいた。大きな音を立ててガラスが割れると、女中が悲鳴を上げて家に逃げ込もうとした。

その時、寿恵子が女中に駆け寄った。

「入れてください！　槙野の妻です——聡子さんの友達です！」

女中に招き入れられ、寿恵子は聡子の部屋に入っていった。窓を閉ざし、子どもたちと震えていた聡子は、寿恵子を見るなり泣き出した。寿恵子は聡子を抱きしめ、なだめたが、外の騒ぎは収まらない。

野次馬たちが見回りの警官と小競り合いを起こし、また石が投げられた。ガラスの割れる音が響き、田邊家の子どもたちは悲鳴を上げた。

「……お父さまとお母さま、悪いことしたの？」

娘の乙葉《おとは》に尋ねられて、聡子が答える。

「いいえ。なにも。お父さまほどご立派な方はいません」

それでも、乙葉の姉の鈴《すず》は納得できない様子だ。

「じゃあなんで石を投げられるの？」

聡子は答えに窮し、代わりに寿恵子が子どもたちに語りかけた。

「投げてもいいと思ってるのよ、あの人たちは。自分たちは正しいって思ってるから。でも、その人たちが間違ってることもある。あの人たちは、何一つ本当のことは知らないの。知らないくせに、人に石を投げてきてる。そんな人たちと、お父さまお母さま、どちらを信じる？」

「お父さま！」

「お母さま！」

「私もよ。私は、お父さまがどれだけご立派か、お母さまがどれだけお優しいかよく知ってる。やましいことは何もないの。お母さまは、懸命に、お父さまに尽くしていらっしゃるのよ」

ようやく騒ぎが収まった頃に田邊が帰宅した。

「旦那様。お寿恵さんがわざわざ来てくださったんです。騒ぎの間ずっと、ついていてくださって」

聡子が事情を説明すると、田邊は寿恵子に向かって言った。

「心配せずとも、あの下劣な新聞連載なら、新聞社を訴えました。じき収まるでしょう。あなたには好都合でしたか？　こんな機会があれば、聡子に付け入ることもできる」

「どういう意味でしょうか」

「槙野のためにいらしたのでしょう？　槙野は博物館も訪ねたそうですね。私に取りなしてほしいと。ですが、何をしようと無駄ですよ」

「致しません。そんなこと。必要ありませんから」

「槙野は植物採集に行っております。お言いつけに従い、大学に寄贈の支度も進めております。」

寿恵子は、田邊をまっすぐに見据えていた。

そんなことをおっしゃるなんて、槙野にご執心なのは、あなたさまではございませんか？」

「相変わらず、勝ち気な方ですね。ですが、あなたも身の振り方を考えたほうがいい。お子さんのためにも」

「旦那様、あんまりです」

聡子が話に割って入ろうとしたが、寿恵子は決然と田邊に告げた。

「ご親切、痛み入ります！　どうぞお構いなく！」

去りかけたところを聡子に呼び止められ、寿恵子は田邊のほうに向き直った。

「これだけは申し上げておきます。私は槙野とは決して別れません！　それから殿方のことは、私とお聡さんには、一切関わりがありませんから！」

「ほう？　妻として、それはどうなんです？」

「仕方ありません。あなたさまに腹が立っても、聡子さんへの気持ちは変わりませんから！」

「やはり、あなたのような方こそ、教育を受けるべきでしたね」

「失礼いたします！」

一礼して去っていく寿恵子を聡子は追いかけようとした。だが、田邊がそれを許さなかった。

「聡子。毅然としていなさい。無教養な連中とは交わるな。世間なぞ、こちらから捨てなさい」

「……それでも、お寿恵さんは、私のお友達です……！」

初めて聡子から口答えをされ、田邊は驚きを隠せなかった。


怒り心頭のまま寿恵子が長屋に帰ると、旅先の万太郎から大量の植物が届いていた。一つ一つ反故紙に挟まれ、採集地が記されている。寿恵子は地図を持って来ると、採集地を読み上げて、地図上で場所を辿っていった。

「『土佐　斗賀野峠《とがのとうげ》』……『讃岐多度津《さぬきたどつ》』。『伊予喜多郡大瀬村《いよきたおおせむら》』……『佐田岬《さだみさき》』……『伊予宇和島《いようわじま》』。『沖ノ島《おきのしま》』……『幡多郡今ノ山《はたいまのやま》』……」

地図の上を指で旅するうちに、森の中を楽し気に歩く万太郎の姿が見える気がした。千歳も楽しそうに笑うのを見ていると、寿恵子の体に闘志がみなぎってきた。

「さてと、やってやりますか！」

水を飲んでたすきを掛けると、寿恵子は植物の乾燥作業に取り掛かった。

十一月、万太郎は高知の山中にいた。四か月に渡って高知一帯の植物を集め直す旅を続けてきた万太郎は、この日、森で採集を行ううちに遍路《へんろ》の一行と出くわした。一行は、十代半ばと思しき少年に案内されていた。

「次の金剛福寺《こんごうふくじ》へはこの獣道《けものみち》から下山して足摺岬《あしずりみさき》を目指すとえいがです」

少年が教えると、遍路たちは礼を言って去っていった。

万太郎は、少年がキノコ採《と》りの籠を持っているのに気づいた。

「こんにちは。キノコ、採りよったがかえ。そこにマンネンタケが生えちゅうきよ」

少年のほうは、万太郎が提げている胴乱《どうらん》に興味を示した。

「それ……何ですろうか」

「胴乱ゆうて、植物を入れちょくがじゃ」

「……摘み草をしゆうがですか」

「いいや。よう食べんもんも含めて、いろいろ採りゆうがよ」

「どういて」

「好きやきじゃ」

万太郎の屈託のない笑顔に少年は惹かれた。大人がこんなふうに笑うのを見たのは初めてだった。

万太郎は、少年が着ている半纏《はんてん》の「角屋《かどや》」の文字に目を留めた。

「君はこのあたりの？」

「……はい。うちは遍路宿をやりよりますき」

「ほんならの。この山で君が好きな草花はあるろうか？」

求められるまま、少年は万太郎を森の奥に案内した。

「……こんまいお遍路さんがおるがです」

そう言って少年は、スダジイの樹の根元を指差した。

「ふおおぉぉ……！」

白く小さな植物が、まるでお遍路の隊列のように生えている。万太郎ははいつくばり、角度を変えてはその隊列を眺め続けた。

「まっことお遍路さんらぁじゃあ……初めまして……！」

興奮状態の万太郎は、植物に付いたヌルッとした液体を指に取り、口に入れた。

「ンッ、こりゃ蜜じゃ！　蜜ゆうことは虫を呼びゆうがか……おまさんらぁ、つまり花を咲かせゆうがか？　これが花ながじゃろうか……！　緑色の葉を持っちゃあせんゆうことは、おまさんらぁ自分で養分を作らんと、スダジイからもらいゆう？　なんっちゅう……なんっちゅう！　あの！　名前は！」

万太郎は少年の方を振り返って尋ねた。

「……山元虎鉄《やまもとこてつ》です」

「山元くん、イヤッ、こっちの――この子らぁは」

「……さあ。……ただ生えちゅうだけですき……ここは誰ちゃあ通らんし……わししか知らん」

その返事に、万太郎は思わず身震いをした。

「……山元くーん！」

それから万太郎は、虎鉄が引き合わせてくれた不思議な植物を大切に採集した。

「この世はまっこと奇跡に満ちちゅうのう……！　この子に会わせてくれてほんまにありがとう」


その後、万太郎は東京に戻り、大学に標本五百点と土佐植物目録を収めた。そして一人で研究を始め、高知から持ち帰ったお遍路さんのような植物は酒に漬けて観察を続けた。帳面を広げて絵に描いていると、お茶を持ってきた寿恵子が、その奇妙な植物をのぞき込んだ。

「お酒に漬かった……奴《やっこ》さん？」

「ヤッコ？」

「ほら、大名行列の。旗を持って先頭を来るでしょう」

言われてみれば、そんな形をしている。万太郎は帳面をめくって、この植物を縦切りにしたときの図を見せた。

「胚珠《はいしゅ》が入っちょったき、これは子房で、雌しべじゃ。ほんなら雄しべはどこにあるがじゃろう思うて、よう観察しよったら、なんと、この帽子の部分が雄しべやったがじゃ。帽子がポロリと落ちると、雌しべがあらわれる！　わし、この子らぁはものすごう珍しい子じゃ思う。うちにある本には載っちゃあせんかった。この先は、外国の書籍も取り寄せんといかん」

「お金が要りますね。外国の書籍っていくらあれば……」

「博物館の先生方に取り寄せてもらうとして——専門の書籍は一冊で百円、二百円はすると思うき」

その金額に、寿恵子は思わず黙り込んだ。

「……金を借りてもえいじゃろうか。この子を突き止め、『日本植物志図譜』の続きを出す。今度こそ出版してくれる版元も見つけるき」

〝酒に漬かった奴さん〟が希少なものだろうということは寿恵子にもよく分かった。

「――得体が知れない……っ。仕方ない。借りましょう。なんとかなります。いえ、なんとかします！」

それから半年後の五月、波多野と藤丸が長屋に万太郎を訪ねてきた。帝国大学が出版した植物図鑑を届けるためだ。

万太郎は『大日本植物図解』の第一集を受け取ると、ページをめくってつぶやいた。

「……中身は、わしのもんとよう似いちゅうのう」

だが帝国大学が発行したとあって、大手の会社が版元だ。

「大学が出す図鑑やったら、日本国じゅうの学校が買うじゃろう。自腹で出すがとは違うき、羨ましいのう」

波多野も藤丸もかける言葉が見つからなかった。だが万太郎はにっこりと笑って礼を言った。

「――ありがとう。本屋に注文する手間が省けたき！」

万太郎の家には、外国から取り寄せた専門書や百科事典が増えていた。

「万さんは、今、何の本を読んでたの？」

藤丸に問われて万太郎が答える。

「それがのう……ドイツ語で……」

〝奴さん〟について調べようと、前日ドイツから届いた『Pflanzenfamilien《プランツェンファミリエン》』という本を読み続けていたのだが、万太郎はドイツ語に手を焼いていた。

「――波多野！　おまんが来た！　天の恵みじゃ！」

万太郎は、語学が得意な波多野にドイツ語の読解を頼んだ。『プランツェンファミリエン』に載っている最新の分類体系と照らし合わせれば、〝奴さん〟が新種であるかどうかを突き止められるはずだ。

三人は意気込み、調査に取りかかった。波多野がドイツ語を訳し、その訳に従って万太郎が〝奴さん〟の特徴が当てはまるかどうかを調べていく。藤丸も協力し、三人は夜を徹して調べ続けた。

答えにたどり着いたのは、朝日が昇るころだった。〝奴さん〟は、最新の植物学分類上のどの科にも属にも当てはまらない。つまり、大発見ということだ。

「この子がまっこと新しい科やったら、ヤッコソウ科とするき。見つけてくれたがは山元くんじゃき、学名は山元くんの名をとって、Mitrastemon《ミトラステモン》 yamamotoi《ヤマモトイ》 Makino《マキノ》としたいき。科の名前はMitrastemonaceae《ミトラステモナケアエ》じゃ！」

Mitrastemon《ミトラステモン》とは『僧侶《そうりょ》の帽子のような雄しべ』という意味だ。

「最初に出会《でお》うたときが、お遍路さんみたいじゃったき」

　万太郎は虎鉄に礼の手紙を出して、この新種の学名と和名を知らせた。

受けとった虎鉄は、学名に自分の名が入っていることに感激し、返事の手紙と共に、新聞紙に挟んだ植物の標本を送り返した。

『槙野先生。お手紙ありがとうございました。学校の先生に話しましたら、大変驚いて。先生も名前の分からん植物があるき、槙野先生にみていただきたいとのことでした』

　手紙にはそう書かれていた。

　万太郎は早速、送られてきた標本を確かめていった。すると一点珍しいものが見つかった。

「――おお?!」

　喜ぶ万太郎を見て、寿恵子もうれしそうにしている。

「のう、寿恵ちゃん。初めて知ったがじゃ。わし、一人じゃないのう。ひたすらに野を行ったら――きっと誰かと歩けるき！」

第20章　キレンゲショウマ

万太郎は、虎鉄からの問い合わせの手紙に返事を書いた。

『お手紙ありがとうございます。植物の名前をお返事いたします。中でも一点、面白いもんがあって、『フタバラン』ゆう植物ながですけんど、前に出ちゅう花弁の形がちっくと変わっちゅうように思います』

送られてきた標本だけが偶然変わった形なのか、それとも違う種類の植物なのかを調べてみたい。万太郎は、そう手紙に綴った。


それから数か月の間に、万太郎の家には次々に植物標本が届いた。送り主は虎鉄だけではない。万太郎に標本を送れば草花の名前を教えてもらえるという話が、教員たちの間に広まっていったのだ。大量に届くため植物の乾燥場が足りなくなるほどだったが、万太郎と寿恵子は興味深い標本が集まってくることを喜んでいた。

その様子を見た丈之助が、万太郎にある提案をしてきた。

「これからは広告が物を言うよ。新聞なら日本各地で出てるだろ。標本送ってくれれば草花の名前教えます、ってあちこちに広告出すの。どう？」

丈之助は広告の文案まで書いてくれており、万太郎は大喜びした。

「さっそく石版印刷で広告の版下つくりますき！　そうじゃ、きれいな飾り罫をつけて――あ、どうせやったら！」

言うが早いか、万太郎は広告の案をスケッチし始めている。夢中になるあまり、丈之助が話しかけても返事もしないので、代わりに寿恵子が礼を言った。

「丈之助さん。ありがとうございます」

「うん。俺、越すからさ。置き土産。万ちゃんがこのまま、途方もないことやり遂げるなら。……俺も、やれるからさ」


その後、丈之助は妻を迎えた。早稲田にある東京専門学校での講師の仕事も決まり、以前宣言していたとおり、十徳長屋から新居へ越していった。

それから三年の間に、長屋の面々にはさまざまな変化があった。福治の娘の小春は女中奉公に出ていき、それを機に福治とゆうが一緒になって新たに住まいを構えた。

倉木は運送会社で働くことになり、鉄道の傍の社員寮へと一家そろって越していくことになった。別れの日、りんは寂しさをこらえて倉木一家を送り出した。

「――めでたいよぉ！　よかったよ！」

「差配さん。お世話になりました。お寿恵ちゃんも元気でね」

えいに言われて、寿恵子は涙をこらえきれなかった。

「おえいさん～……お世話に……っ」

「よしよし」

かのも、槙野家との別れを寂しがっている。

「ちぃちゃん、ももちゃん、ももちゃん」

かのが「ももちゃん」と呼んでいるのは、千歳の下に生まれた男の子・百喜《もも き》のことだ。

「万にぃちゃん～」

健作も万太郎に抱きついていると、荷造りを終えた倉木が叱りつけた。

「おい。キリねえから。また遊びに来りゃいいだろ！」

「そうじゃ。いつでも会えるきのう。倉木さん！　おえいさん。かのちゃんにケン坊……お世話になりました！　大好きやき！」

「……うるせえ！」

倉木はいつも通りの荒っぽい口調で答えたが、その顔には笑みが浮かんでいた。

「わしも、真打ちになって出て行くはずだったんだが」

引っ越す当てのない牛久がつぶやくと、りんが笑った。

「いいじゃないの。師匠ずっと二ツ目のまんまでいいよ」

千歳が四歳、百喜が二歳を迎えた年の夏、波多野と藤丸が長屋に訪ねてきた。出迎えた寿恵子は次の子どもを妊娠中だ。

「ご体調はいかがですか」

波多野に聞かれて寿恵子が答える。

「はい。やっとつわりが終わって。藤丸さんの揚げ芋、あれでまた生き延びました」

万太郎は波多野たちを、以前丈之助が住んでいた部屋に招き入れた。ここも大家から借りて標本室として使っているのだ。新聞広告の効果で全国各地から植物標本が届いており、万太郎はその度に丁寧に返事を送っている。

「二人とも、今日は？」

「そうだ、新しい号を持ってきたんだ」

波多野は、大学が出版した『大日本植物図解』と『日本植物学雑誌』の最新刊を手渡した。

「教授の『図解』も、続けて出ちゅうのう……」

「といっても、今は、教授はほとんど大学にはいらっしゃらないけどね」

藤丸の返事に、万太郎は驚いた。聞けば田邊は、お茶の水の高等女学校の校長と東京盲唖《もうあ》学校の校長を兼任するようになり、多忙を極めているのだという。

「理科大学の教頭もやりゆうじゃろ」

「大学に来ても、評議会のためで、植物学教室には立ち寄られないこともある」

波多野からそう聞かされ、万太郎は戸惑いを覚えた。

「――それやにこうして図鑑ができていくらあて。大学の事業ゆうがはすごいもんじゃのう」

「それよりこっちも見て！　俺の論文！」

藤丸は雑誌を開いて万太郎に見せてきた。『一種ノ變形菌ノ　發生實驗記』とあり、万太郎との採集旅行で出会った変形菌の論文が掲載されていた。この論文で、藤丸はついに大学を卒業したのだという。

「ちょ、それを真っ先に言わんかえ！　おめでとう！　寿恵ちゃん！」

寿恵子にも知らせようと万太郎は戸を開けたが、家の玄関に赤い旗が掲げられてるのを見つけて、慌てて標本室に戻った。

「いかん！　借金取りが来ちゅう合図じゃ！　旗のあいだは絶対に近づきなと寿恵ちゃんからのお達しじゃ」

「でも主《あるじ》は万さんじゃ」

不思議そうな顔の波多野に、万太郎が答える。

「我が家の軍師は寿恵ちゃんじゃき。旗のあいだは、寿恵ちゃんの戦場《いくさば》じゃゆうて――」


その頃寿恵子は、借金取りの磯部《いそべ》と対峙していた。

「先日貸した二百円。期日が過ぎてるんですよ」

「申し訳ありません。今はお支払いできるものが……これしかございません」

寿恵子が出した金を数えて、磯部は呆れ顔になった。

「二円五十銭？　……話になんねえな。借りた物は返す。当然でしょうが。この家、売れるものあるでしょ。何あれ。売れば百円にはなるんじゃないの？」

石版印刷機を指す磯部に向かって、寿恵子はきっぱりと言った。

「……売りません」

「奥さんさぁ、返せない、売らないじゃ道理が通らねえだろうが。ああ……もっと売れそうなものがあったなぁ。奥さん売り飛ばしてやろうか？」

伸びてきた磯部の手をパシリと払いのけ、寿恵子は不敵に笑ってみせた。

「たかが二百のはした金——ア、小せえ小せえ」

目を丸くした磯部を前に、寿恵子は歌舞伎の演目『白浪五人男《しらなみごにんおとこ》』のセリフをまねた。

「知らざあ言って聞かせやしょう。この家の主《あるじ》が正体。この世に雑草という草はなし、植物学者、槙野万太郎たぁ主がことだ！」

「これは。白浪五人男ですか。変わった奥方だ。普通、こんな貧乏長屋の奥さんなら、惨めったらしく泣きわめいて俺の腰にすがってきますがね」

「それは、返せるアテがないからでございましょう？　磯部さま。改めまして、商売のお話をさせていただきとう存じます」

脅しをかけていたはずの磯部は、いつの間にか寿恵子の話に引き込まれている。

「そこの石版印刷機。何を刷っているとお思いですか？」

寿恵子はこれまでに刊行した『日本植物志図譜』を開き、ヤッコソウやムジナモ、ヤマザクラ等の植物画を見せた。

「こりゃきれいだ……」

「こちら、今のところは自腹ですが、一冊二十銭で三〇〇冊、六〇円の実入りがございます」

「たかが六〇——経費も差し引くだろ。自腹じゃなきゃ、もっと儲かるんじゃねえか？」

「そうなんです、磯部さま……！　ほら、このヤッコソウ！　こんな珍しい、かわいい植物も載ってるんですよ！　なのにどうして！　どうして、こんな版元が見つからないんでしょう？　売れないほうがおかしい」

「まあ、珍しいもんではあるけどな……。売るにはもっとこう、ド派手な錦絵にすりゃあ」

「だめですよ、研究の絵ですから！」

「スマン。いや、だから売れないんだろ？」

「──磯部さんは、この図譜が価値がないものだとお思いですか？」

「……いや……ないとは言わねえけどさ」

「……私もそう思うんです。たぶん、きっかけさえあれば版元も見つかりますでしょう。部数さえ増えれば！　これまでに大当たりをとった『神作家』と言えば馬琴先生。磯部さまは、馬琴先生が版元の蔦屋《つたや》重三郎《じゅうざぶろう》と組んで、幾ら稼ぎになったかご存じですか？」

「馬琴だと……？」

「我が家の主も、馬琴先生に劣らぬ大植物学者にございますから。人の世は、植物なくして成り立ちません。食べ物、着物、この畳……新聞の紙だって植物でございましょう。そのすべての植物を修める者がここにいるのです」

「……お、オオ……」

「磯部さま、それでも印刷機を取り上げますか──それとも、投資として、あと二百円お貸しくださいますか」

「は⁈」

「版元が見つかり、部数が増えたあかつきには、磯部さまのお名前、謝辞に刻ませていただきます。どうか、あと二百円お貸しいただき――返済期限はまとめて一年後、それでいかがでございましょう」

「……一年後⁈」

「年利は承知しております。よろしくお願いいたします」

寿恵子は毅然と手を付き、頭を下げる。磯部は、すっかり寿恵子の勢いに飲み込まれていた。


磯部が帰ると、寿恵子は赤い旗を外して標本室に向かった。

「万太郎さん。終わりましたよ」

「寿恵ちゃん、首尾は？」

返事の代わりに寿恵子はにっこりと笑った。見事に、磯部から追加融資を取り付けたのだ。

「ほんまにありがとう。かたじけない！」

「それより仕事してください！　今度こそ版元を見つけなくちゃ。植物採集でもどこでも行ってきてください！」

「ハイッ！」


この日はもう一人、来客があった。アメリカから帰国した佑一郎だ。万太郎は再会を大いに喜び、寿恵子は二人がゆっくり話せるようにと、子どもたちを連れて出かけていった。

「何もかも雄大やった」

佑一郎は、そう切り出した。

「俺はミシシッピにミズーリ川が流れ込む合流地点の堤防構築に携わっちょった」

広大なミシシッピ川を跨《また》ぐイーズ橋という大橋が忘れられないと佑一郎は言う。鉄と鋼で緻密なアーチが組まれ、美しく、無駄がなく、強い。そんな橋だった。

「美しいもんは強い。俺が学ぶ土木工学とは何かがよう分かった。人間が生み出す建造物で、巨大な自然の力と人の暮らしを調和できるがやと」

「そりゃあ、えいもんを見たのう。美しいもんは強い、ゆうがはわしもよう分かるき」

「けんどのう――人間のすばらしさと同時に、恐ろしさも知った。夏の雨期は河川の工事は縮小になるき、生活費を稼ぐために鉄道技術者として南部に行ったがよ。ノーフォーク・エンド・ウェスタン鉄道の工事に参加したがじゃ」

ノーフォークには日本に来た黒船が出航した港がある。重要な港があるため、南北戦争の折には北軍と南軍が奪い合った地であり、未だにあちこちに戦争の爪痕が残っていたという。

「……たとえば、差別。戦争で奴隷制はのうなったけんど、それでも消えちゃあせん。いや――制度がのうなった分、いっそう酷《ひど》うなっちゅう。黒人。俺らあアジア人。アイルランドから移って来た人らぁへも、酷かった」

「佑一郎くんは……」

「……俺は英語ができたき。それに、仕事が始まったら、技師としての腕はすぐに分かる。……船の中では、清《しん》国の人らあと一緒やったけんど、白人に買われて連れていかれる人らあで――英語も分からんみたいやった。大きな橋も、鉄道も、港も。巨大な建造物を作るのは人間の力や。けんど、人間は対等に扱われてちゃあせん。札幌農学校では神の教えも教わったけんど……そのアメリカでは、あれが現実やった。……昔は俺らも武士じゃ、町人じゃゆうて、やりよったけんど……万太郎……、人が人を差別するらあて、嫌じゃのう」

「――ああ。本当にそうじゃのう」


積もる話がある二人は根津の町へ出て、神社前の屋台で蕎麦《そば》を食べながら語らい続けた。佑一郎は、札幌農学校に新設された土木工学科に教授として迎えられているのだという。

「いきなり教授かえ。すごいのう！　佑一郎くんは」

「おまんじゃちすごいろう」

「何が。話したろう？　大学は出入り禁止になって」

「そうじゃのうて――おまん、昔から、いっぺんじゃち草花に優劣をつけちゃあせんかったろう？」

「あたりまえじゃ。それぞれが、それぞれに面白いきのう」

「そう考えられること。あたりまえじゃないき。生まれた国、人種、どこでどう生きるか。……それぞれに面白うて優劣らあない。……おまん、この先も、ずっと変わりなよ」

「変わるわけないろうが」

「……頭の中で、おまんを思い浮かべるだけで笑えることもあるきのう」

「……どういう意味じゃ。佑一郎くんの頭の中で、わし、何をしゆうがじゃ⁈」

「さあねや」

笑い合う二人は、改めて再会の喜びをかみしめていた。

この頃、時代の風向きが変わろうとしていた。前年には森有礼が暗殺され、彼を後ろ盾としていた田邊の身にも影響が及び始めた。

ある朝、自宅で朝食を済ませた田邊は、官報に目を通していた。いつもの日課だが、この日はある記事に目を留めて愕然《がくぜん》とした。そこには『高等女学校ヲ廃止スル』と記されていた。学校長である田邊の知らないところで、その決定がなされていたのだ。

すぐに文部省に駆けつけると、田邊は新聞記者たちに取り囲まれた。

「田邊校長！　ご説明いただけますか！」

「女子の教育は失敗ということでよろしいでしょうか！」

森の死後、女学校の是非を巡って世間は荒れ、文部省は、学校制度改革の名目で突如廃止を決定したのだった。

その日の午後、田邊は帝国大学の廊下で美作と顔を合わせた。

「やあ、田邊さん。珍しい。今日はこちらにいらしたんですね。ああ、女学校の仕事はなくなったんでしたか」

美作だけでなく、彼が引き連れている教授たちまでもが田邊を嘲笑した。

「そういえば松風軒《しょうふうけん》での懇親会。あなたが途中退席したこと、総長が気にされてましたよ」

「くだらない時間でしたので」

すると美作は、田邊にグッと顔を寄せて尋ねてきた。

「これは純粋に疑問なんですがね。なぜあなたは、自分だけがそんなに偉いとお思いなんですか？」

何も答えず、田邊はその場から去った。背後から、美作の笑い声が聞こえていた。

その晩は雨だった。帰宅した田邊は、降りしきる雨に庭のシダが濡れるのを眺めていたが、心は休まらなかった。ブランデーをあおり、さらに注ごうとしたが空になっていた。

「――おい！」

呼びつけると、聡子が来た。

「旦那様。これ以上は」

「いいから持って来なさい」

「いいえ」

「……私だけのことではない。森さんの志までが……！」

「……尚のこと、お持ちできません」

「聡子！」

田邊に怒鳴られても聡子はひるまず、手を付いて、田邊に挑むような目を向けた。

「今の旦那様を、森さまがご覧になれば、なんとおっしゃるか。……元々、お忙しすぎたのです。これでようやくご自分のことに打ち込めるのではありませんか。旦那様は学問をなさりたくてアメリカに渡られた。森さまは、そういう旦那様だったからこそ、見込んでくださったのでしょう？　コーネル大学に、日本人で一番最初にご入学されたのは旦那様です。旦那様こそが、この国でいちばん最初に、植物学を修められた。鹿鳴館。西洋の音楽。ローマ字のことも……。旦那様は精一杯働かれました。でもそれが、やりたかったお仕事ですか」

田邊は押し黙っている。それでも聡子は夫の思いを、胸を突く痛みを感じ取り、涙をこらえていた。

「今やっと……やりたいことだけに……旦那様の学問に戻れるのではありませんか！　旦那様は、前に、シダがお好きだと教えてくださいました。シダ植物は、花も咲かせない、種子も作らない。それでもシダは地上の植物たちの始祖にして永遠。……そのとおりです。今、旦那様が始めた学問には、続く方たちがいます。あなたが始めたんです」

雨音が響いている。それはまるで、田邊と聡子の再生の涙のようだ。

「……聡子。……ありがとう」

この時、二人は初めて対等な夫婦となった。


その後田邊は、自ら東京盲唖学校の校長職と、帝国大学の評議員を辞した。

それを知って植物学教室の面々は田邊を案じたが、当の田邊はいつもと変わらぬ様子で教室に現れた。

「Good morning, gentlemen.」（おはよう、諸君）

「……教授、このたびは……」

言いかけた大窪の言葉をさえぎって、田邊が尋ねる。

「夏の採集旅行の計画はどうなっている？」

「ア？　ええ……、今年は——初めて四国に行こうと——おい計画書」

学生が、慌てて田邊に計画書を手渡した。

「伊予の石鎚山《いしづちさん》か……。次の採集旅行には私も行こう」

意外な言葉に教室の一同は驚いていたが、当の田邊は涼しい顔だ。

「——So, gentlemen, let's begin the botany lesson!」（さあ、諸君、植物学を始めよう！）


その頃田邊邸では、娘たちが聡子に問いかけていた。

「お母さま。……外にまだ人がいます」

「そう。じゃあ、お母さまが話してくるわ」

聡子は身をかがめ、長女の鈴と二女の乙葉に目線を合わせた。

「あのね——お父さまはお強い方です。それでも、そういうお父さまを守れるのは、お母さまとあなたがたなの」

娘たちは声をそろえて「はい！」と答えた。

「お父さま、お守りします！」

鈴が言うと、乙葉も後に続いた。

「お守りします！」

聡子は、女中が止めるのも聞かず、一人で玄関先に出て行った。張り込んでいた新聞記者たちは一斉に好奇の目を向けたが、聡子は彼らに向かってたおやかにほほえんで見せた。

「皆さま。ご機嫌よう。何か御用でございますか」

八月、万太郎はまた虎鉄から手紙と標本の束を受け取った。

『拝啓　槙野先生。高等小学校の修学旅行で伊予の石鎚山へ行きました。美しい花をつけた大きい植物を見つけましたのでお送りします』

その花の標本に、万太郎は目を奪われた。黄色い円筒形の花で、花弁がらせん状についている。

「……おまん、誰じゃあ。見たことないき……」

同じ頃、帝国大学植物学教室では、採集旅行から戻った田邊たちを、波多野と野宮が出迎えていた。

「教授、おかえりなさい！　ものすごい量ですね！」

波多野が驚く程の量の植物を田邊たちは採集してきていた。

「面白いものはありましたか？」

「見たことのないものがあった。これは、槙野の標本にもなかったものだ——」

田邊は、黄色い花の標本を波多野に見せた。万太郎が虎鉄から受け取ったのと同じ花だ。しかし田邊も万太郎も、互いが同じ花に出会ったことなど、知る由もなかった。

万太郎は、虎鉄が送ってきた花は新種の可能性があると考え、調査に取りかかった。

そして田邊も、植物学教室の一同を前に、こう宣言した。

「This plant could be a new species. The entire Botany Department is committed to studying this plant.」（この植物は新種かもしれない。植物学教室の総力を挙げて、この植物を研究する）

「はい、教授！」

学生たちが声を揃え、教室の空気が一気に熱を帯びた。

長年田邊に仕えてきた野宮は、田邊を見つめて小声でつぶやいた。

「……初めて見ました。教授のあんな顔」

九月になると美作の兄が貴族院議員に勅選され、将来の帝国大学総長と目されるようになった。田邊は学内の権力争いに完全に敗れたということだ。しかし、植物学への情熱を再燃させた田邊にとっては些細な出来事に過ぎない。
翌月発刊の植物学雑誌の誌面で、田邊は高らかに宣言した。
『泰西植物学者諸氏に告ぐ　A few words of explanation to European botanists
日本の植物学は、かつては標本も文献も足らず、いちいち欧米の植物学者たちへ検定を仰がねばならなかった。だが、最早、日本の植物学は貴殿らに後れを取るものではない。今後は、欧米の学者は頼らず、日本人自らが自分で学名を与え発表すると宣言する』
万太郎は田邊の宣言を読み、ほとばしる情熱を感じ取った。
この頃万太郎は、虎鉄が送ってきた花が新種かどうかの調査に取り組んでいた。『草木図説』の図と見比べると、黄色い花はレンゲショウマという花に似ていることが分かった。

「ひとまず仮に、おまんのことは『キレンゲショウマ』ゆうて呼ぶきね」

買い集めた書物でさらに調べていくと、ギンバイソウやヤワタソウの仲間の虎耳草科《こじそう》らしいと分かったが、手元の標本ではそれ以上の調査はできず、行き詰ってしまった。

「果実の標本がいる……虎鉄くんに送ってもらわんと」

すぐに手紙を書こうとして、万太郎は思い直した。

「……修学旅行じゃのうても、行けるがじゃろうか……わしが行けば」

その時、マッチ箱のラベル貼りの内職をしていた寿恵子が声を上げた。

「これ！　百ちゃんもちぃちゃんも！　これが終わらなきゃ、おまんま食べられませんよ！」

振り返ると、子どもたちがマッチ箱に手を伸ばし、寿恵子が懸命にそれを防いでいる。

万太郎は寿恵子を手伝おうと、研究机を離れた。

「いいえ、万太郎さんは」

「やりたいき。おとうちゃん、糊付けうまいきのう」

子どもたちは大喜びし、万太郎の膝の上に寝転がった。

「ほら、そんなとこに寝えたら……ほっぺに糊がつくで～」

子どもたちがはしゃぐのを見て寿恵子も笑顔になり、万太郎が手際よく糊付けをするのを見て感心した。

「あ、ほんとに上手」

「じゃろう？」

そう言って万太郎は糊付けを続けた。懸命に家計を切り盛りしてくれている寿恵子に、石鎚山に行きたいとは言えなかった。

奇しくも田邊も、同じ花を『キレンゲショウマ』という仮名で呼んでいた。そして万太郎と同様に調査を進め、この花が虎耳草科であることを特定すると、大窪に告げた。

「この先は、果実を見てみないとわからんな。果実の標本が必要だ。大窪くん。案内人に連絡を取れ。石鎚山に人を張り付かせろ。なんとしてでも果実の標本を手に入れろ！」

「はいっ！」

戸隠草のときの雪辱を果たそうと、大窪はすぐに動き出した。


その後田邊は果実の標本を手に入れ、植物学教室の面々が見守る中、観察を行った。

「種子に翼がある。Englerの『Pflanzenfamilien《プランツェンファミリエン》』を！」

波多野が即座にその書物を棚から持ってきた。

「葉が対生、花柱が3個、種子に翼がある……この特徴から虎耳草科のうちのヒドランゲアエに当てはまる。だが、このヒドランゲアエの中に、花弁が回旋状に重なる属は記載されていない……！　このキレンゲショウマは、世界でも稀《まれ》に見る特異な植物であり、この一種のみで一つの属を構成する、新属新種である！」

田邊が宣言すると、わっと歓声が起こり、皆が口々に祝いの言葉を述べて田邊を取り囲んだ。

「Thank you ──Thank you, gentlemen.」（諸君、ありがとう）

そして田邊は、野宮に命じた。

「改めて論文用に植物図を描け。大至急だ」

「はいっ」

田邊が大学名入りのラベルを取り出すのを見て、波多野が尋ねる。

「学名はどうなさるのですか」

「そうだな……らせん状に花弁がつくキレンゲショウマ。属名も、和名と同じくキレンゲショウマとする」

『Kirengeshoma《キレンゲショウマ》 turbinata《トゥルビナータ》』とラベルに書き込むと、田邊は万感の思いで『Tanabe《タナベ》』と書き足した。


万太郎は、その後発刊された『日本植物学雑誌』で、田邊の新種発見を知った。雑誌を届けに来た波多野は、万太郎も同じ植物を調べていたことを初めて知って、衝撃を受けた。

キレンゲショウマ属は、キレンゲショウマただ一種だけからなる東アジアの固有属であり、日本人が日本の雑誌に発表した、最初の新属となった。

雑誌に掲載された田邊の渾身の論文を読み、野宮の植物図を見て、万太郎は心から言った。

「——教授。おめでとうございます」


春が来る頃、田邊のもとには植物学雑誌での発表を賞賛する手紙や、質問が寄せられていた。自宅でそれらを読んでいた田邊は、聡子に礼を言った。

「聡子。きみのおかげだ。傍にいてくれたから……。じき誕生日だな。何か欲しいものはないか？ I want to give you a gift for your birthday. アメリカでは、その人が生まれてきた日を祝福するのだ」

「では……一日だけ、あなたをください。子どもたちが海を見たいと申しております。お忙しいのは承知しておりますが」

「いいな。海か。私も久しく行っていない。皆で、海に行こう」

「はい！」

そこに女中が、大学からと言って手紙を持ってきた。封を開けると、田邊に非職を命ずると書かれていた。田邊は突然、大学から追放されたのだ。


教授室を片づけるために大学を訪れた田邊は、本館の廊下で徳永と出くわした。ドイツ留学から帰国してきた徳永は、美作と話に花を咲かせていた。

「田邊教授。大変ご無沙汰いたしております」

「……なぜ先に植物学教室に来ない？」

「もちろん、今行こうとしておりました。たまたま、美作教授と行き会いましたもので」

「ええ。ドイツの話を聞いていただけですよ。徳永くんとは昔、モース博士の貝塚発掘に同行しましたからね」

「あの頃は、田邊教授の元に呼ばれたはいいものの、植物学どころかフィールドワークのなんたるかも知りませんでしたからね」

「じゃあ、徳永くん、また」

立ち去る美作に会釈をすると、徳永は田邊のほうへ振り返った。

「教授。私も世界を見てきましたよ」

「……おかえり」


田邊は教授室に入り、私物を片づけはじめた。

詩集。ヴァイオリン。絵画。田邊が築いた美しい世界が消えていく。窓の外からは、中庭ではしゃぐ学生たちの笑い声が聞こえていた。

田邊は、机の上に残ったキレンゲショウマの標本を手に取り、見つめた。そして、それを机に戻して部屋から立ち去った。


植物学における日本初の理学博士であった田邊は、この日を最後に、二度と植物学の世界には戻らなかった。植物学教室の教授には徳永が就任し、田邊は正式に免官となった。

第21章　ノジギク

明治二十六年八月、夏の日差しが降り注ぐ十徳長屋で、万太郎の子どもたちがかくれんぼをしていた。鬼は七歳になった千歳で、二人の弟を捜している。五歳になった百喜と、二歳の大喜《だいき》だ。

「モモみっけ！」

百喜は井戸端の砂置き場に隠れていた。寿恵子がそれを見て、千歳たちを叱りつけた。

「こら！　ここで遊んじゃだめ！　言ってるでしょ。大喜は？　ちぃちゃん。大喜見ててって言ったでしょ？」

「はい。大喜、どこ？」

千歳が呼びかけると、以前福治が住んでいた部屋から万太郎が顔を出した。万太郎はこの部屋も借りて、資料部屋として使うようになったのだ。

千歳と百喜が資料部屋を覗くと、この日訪ねてきていた藤丸の背後に大喜が隠れていた。

「大ちゃんみっけ！」

鬼に見つかったというのに大喜はにこにこ笑っている。その愛らしさに万太郎たちが和んでいると、寿恵子の大声が響いた。

「こら！　資料部屋で遊ばない！　万太郎さんも、遊ばせない！」

すっかりたくましいお母ちゃんになった寿恵子は、子どもたちを連れて母屋に去っていった。


その後万太郎と藤丸は標本部屋に移動して、田邊について話をした。

「変わった人だったし、たぶん学内でも浮いてたんだろうけど……結局なにもかもが政治と人間関係ってのがさぁ……！　ただでさえ植物学、立場ないのに」

「どういう意味じゃ？」

「仕事、ホントにないんだよ。中学の教師になろうにも、東京は文科や法科の連中と競争で、植物学じゃ話になんない。あの戸隠草の伊藤孝光くんも、ケンブリッジから帰ったのに、今は結局、鹿児島の中学にいるって。万さんだって、こんなに見事な図譜を十一集も出してさ、未だに版元見つからないじゃないか」

藤丸は、万太郎渾《こん》身の『日本植物志図譜』に目をやった。

「……田邊さんは、これからどうされるがじゃろう？」

「植物学は辞めるんじゃない？　英語の教師にでも」

「それはいかん。日本でたった二人だけの植物学の理学博士じゃろう?!　伊藤圭介翁はご高齢じゃき、実質的には田邊さんだけじゃろうが。そんなお方がただの英語教師じゃゆうて」

「怒ってるの？　やめてよ。ざまあみろって言い合いに来たのに。ユーシーなんて、人のことさんざん英語で苦しめてさ」

〝you see〟が口癖の田邊は講義をすべて英語で行うため、藤丸は在学中、悪戦苦闘していた。

「そう言うたち。……おまんこそ、居ても立ってもおられんで、うちに来たがじゃろうが」

「……だって……想像つかないよ……。あのユーシーが、もう青長屋にいないだなんて」

その頃寿恵子は、母屋で財布をのぞいてため息をついていた。また何か質入れをして、生活費を工面しなくてはならない。ところが部屋を見渡しても、質草になりそうなものは見当たらなかった。

「――ウ……。……ウウ」

悩んだ末に寿恵子は、『八犬伝』全巻を風呂敷に包み、子どもたちを連れて中尾質店に向かった。

「ああ、古いものだねえ。傷《いた》んでるなぁ。それにね、『八犬伝』は貸本屋でも出回ってるから、このくらいしか出せないよ？」

中尾はそう言って、寿恵子に金を差し出した。

「……もうちょっと」

「この先の古本屋なら、もう少し出してくれるかもよ」

「ううん。売るんじゃないの。これは預けるだけ。必ず出しに来ます。なんなら、これは……うん、おじさんに貸すだけなの。期日が来るまでに必ず返していただきますから」

「じゃあこれ、質札だよ。十月の終わりまで待つからね」

「……ありがとう」

寿恵子が交渉する間、子どもたちは店の小上がりでおやつに出してもらったにぼしを食べていた。

「お寿恵ちゃんもお茶飲んでいきなさいよ」

中尾に麦湯を淹《い》れてもらった寿恵子は、にぼしの下に敷かれた新聞の見出しを見て我が目を疑った。にぼしを避《よ》けて記事を確認すると、寿恵子は中尾に尋ねた。

「……おじさん、この新聞、もらってもいいですか」


万太郎は長屋の木戸まで藤丸を見送りに出ていた。

「のう。大学が発刊しゆう図鑑は？　どうなっちゅう？」

「あれは廃刊になったよ。大学の事業だけど、元はユーシーがはじめたことだろ。徳永さんの最初の仕事は、とにかくユーシーの色を消し去ること」

「……そんなことで？　図鑑をやめたがか？」

そこに、子どもたちを連れた寿恵子が慌てて帰ってきた。

「万太郎さん！」

寿恵子は震える手で万太郎に新聞を手渡す。そこには、こう記されていた。

『田邊彰久氏　元帝国大学理科大学教頭兼教授、鎌倉で遊泳中に溺死』

その後、田邊の件を知らせるために波多野が万太郎を訪ねてきた。

「……大学に連絡があったよ。葬式は身内だけ、弔問も、一切お断りしますって」

藤丸は、胸に浮かんだ疑念を口にせずにはいられなかった。

「もう――大学が教授殺したようなものじゃない。これ、ほんとに事故？」

「やめや。分からんき。ほんまのことは。――ただわしらは……わしらあだけは知っちゅう。田邊教授は、そんなお方じゃないき」


季節が秋へと変わって木々が色づき始める頃、聡子が十徳長屋を訪ねてきた。万太郎と寿恵子は、子どもたちを牛久に預けて、聡子を家に招き入れた。

「……この度は……お悔み申し上げます」

礼を返す聡子のおなかは大きく膨らんでいる。田邊の子を身ごもっているのだ。笑みを浮かべ、穏やかに聡子は語りだした。

「……本当はすぐに参りたかったのですが、表《おもて》が静まるまで、家を出られなくて。今日は、槙野さまに言伝《ことづて》があって参りました。こちらを。旦那様がコーネル大学で使っていた教科書です」

持参した包みから、聡子は一冊の洋書を取り出した。

田邊は亡くなった日、聡子と娘たちを連れて海水浴に行っていた。その日の朝、出かける支度を整えた聡子に、田邊はこう言ったという。

「――聡子。伝えておく。もしこの先、また槙野に会うことがあれば――私の蔵書は槙野に譲る。私の植物学は終わった――この先はMr. MAKINOに」

幅広い人脈を持つ田邊だったが、心に残っているのは万太郎だと聡子に語っていた。

「大学を辞められた後、申しておりました。これで自由に旅ができると。旦那様はね、生きようとされていたんですよ。私と子どもたち……それからこの子と。これからは、思う存分、生きようとされていたんです」

聡子はそっとおなかをなでて、明るく笑った。

「槙野さま。……お受け取りくださいますか」

万太郎は両手をついて返事をした。

「……奥様。謹んでお受けいたします……！」

寿恵子はその後聡子を送りに出て、根津の町を二人で歩いた。

「ありがとう。ここで大丈夫です」

神社の前で聡子が言うと、寿恵子が尋ねる。

「……しばらくご実家に戻られるの？」

「いいえ、柳田《やなぎだ》の家には帰りません。あの家で産むつもり。お産って、つらいでしょうか」

「つらいですよ。そりゃあもう。でもね、会いたくて会いたくてたまらなかった子に、やっと会えるのは――ね」

「はい……！　お寿恵さん。この子が生まれたら、私一度、雷おこし、食べてみたいんです」

「雷おこし！　任せて。子どもたちみんな連れて、浅草行きましょ！」

その晩万太郎は資料部屋で、若き日の田邊が学んだ教科書をめくった。あちこちに書き込みがあり、懸命に学んでいたことが伝わってくる。ページの間には、しおり代わりのシダ植物が挟まれていた。

「田邊教授――」

万太郎は、日本地図と全国から届いた手紙の束を手に母屋へ行くと、寿恵子に思いを伝えた。

「初めて教授にお会いしてから十一年。あの頃はまだ植物学を始めようにも、標本が足らん、そういうときやった。早う標本を集めて、植物学をこの国に広めること。それが教授の志じゃった。そうやに今の大学は、植物学を広めるどころか、かえって門を閉ざしちゅうがじゃ。けんど今、わしのところには、日本中から誰でも手紙をくれる。返事を書いたら、植物学の種を植えられる。この小さな種を一つ一つ、芽吹かせていく。それが、わしにできることじゃき」

「植物学の種、ですか……」

寿恵子は日本地図を広げた。全国から標本が送られてくるおかげもあって採集地を示す印がずいぶんと増えている。万太郎宛ての手紙の中には、幼い子どもたちからのものもあった。

「……兵庫の先生方が、学校の授業で採集旅行の集いをやりたいゆうて誘うてくださったがじゃ。行き帰りの汽車賃は出してくれる言いゆうき、また、えいじゃろうか」

「それは行かなきゃ。でも、どうせ行くなら、ついでにいろいろ回りたいですよね……」

「ああ。金を足して、自分の採集もできたらありがたいけんど」

「――分かりました。万太郎さん。実は、我が家は今、ギリッギリなんです。あっちで借りてこっちへ返して。図譜の売り上げで利子を返して。この長屋に住んでるのと自腹の出版が後払いだからこそ、ギリッギリ、首の皮一枚でつながってます。万太郎さんを呼んでくださるのは、ありがたいです。どうせなら日本中からジャンジャン呼んでもらって、万太郎さんが有名になれば、図鑑を出してくれる版元も見つかるんじゃないでしょうか」

「そうじゃのう……！」

「――踏ん張りましょう！　万太郎さん。明日、子どもたちを見ててもらえますか」


翌日寿恵子は、叔母の笠崎《かさざき》みえが営む新橋の料亭「巳佐登」を訪ねた。男衆の佐野吉五郎《さのきちごろう》に招き入れられて帳場で挨拶をすると、みえは目を丸くした。

「……お寿恵ちゃん。あんたね、よくもおめおめと顔出せたもんだね……。人が掛けてやった金ぴかの梯子《はしご》、無下《むげ》にして。玉の輿《こし》どころか泥船に乗りこんで。あんたほどのアンポンタンはね、東京中、イヤ日の本じゅう捜したっていやしないんだからね！」

「……はい……その節は……」

寿恵子は手を付き、深く頭を下げたが、みえの怒りは収まらない。

「もうっ――今更頭下げたってねえ……！」

だが寿恵子の顔を見て、みえは言葉に詰まった。あどけなかった寿恵子はすっかり大人びて、静かにみえを見つめている。その表情から、寿恵子が苦労を重ねただけでなく、希望に満ちた日々を過ごしてきたのだろうと感じとれた。

「――だから言ったじゃないさ……。もっと早く来なさいよ！」

みえはたまらなくなって、寿恵子をしっかりと抱き寄せた。

「──ごめんなさい、おばさん……」

帳場では従業員たちの目があって落ち着かないので、みえは小座敷で寿恵子と話を続けた。

「姉さんからちょっとは聞いてるけど──借金、幾らあんのよ？」

「五百円です」

「……それで？」

「……全部じゃなくてもいいんです。利子の分だけでも」

「みみっちく期日伸ばして、また借りて？　どん詰まりじゃないの。子育て？　内職？　大変でしたって？　チャンチャラおかしい。借金膨らんでるじゃないのさ。高藤様を捨てても、そういうダメ男を選ぶ。あんた、覚悟があって一緒になったんだろ？」

「そうです。甘かったのは……そうかもしれません。内職じゃ追いつけないのに、子どもたちから離れるのも怖くて……。でも、泥船じゃありません。今をしのげば先は必ずある。うちの人はきっと大成する人なんです。一生を懸けて、この国の植物全部を載せた図鑑を作ろうとしてるんです。その図鑑を、私も見てみたいんです」

「ハ。なにそれ。壮大な馬鹿。あんたもよ。二人そろって想像を絶する馬鹿。金にならないんでしょ」

「それがおかしい。世の中にはこんなにたくさんの人がいますけど、あんな人はたった一人なんです。万太郎さんは変わってます。でもその一人が残したものが、のちの世まで、届くこともあると思うんです」

「……もう。あんたは昔っから馬琴好みだし、男の趣味が悪いのは知ってたけど」

「悪くありません。自分じゃ、すごく見る目があるなって思ってます」

借金を頼みに来ていながらまったく折れる様子のない寿恵子にみえはあきれ、思わず笑い出した。そして一旦部屋を出て行くと、金の包みを持って戻って来た。

「百円入ってる」

「おばさん――ありがとうございます！」

「タダでは貸さない。あなた」

障子の向こうに呼びかけると、みえの夫で、料亭の亭主の笠崎太輔《だいすけ》が入ってきた。

「お寿恵ちゃん。久しぶりだねえ。いい顔つきになったねえ」

「お寿恵、このお金は賃金の前渡し金。あんた、うちで働きなさい」

仲居として働くようにと、みえは言う。

「金を稼ぎたいなら、内職よりよっぽどいいはずよ」

太輔も、みえの言い分に賛成した。

「あの吉也《きちや》の娘が、仲居で出る。しかもまるきり素人《しろうと》のまま。こりゃあさぞ話題になろうね。頑張りなさいよ。ここはね、ご縁を紡ぐ場所だからね。旧幕府時代から江戸の衣食住の大半を握ってきた檀那衆が集う。ここで出会った人間と何を成すか。ときに、政《まつりごと》さえ、うちの座敷で動く。さ、あとは万事頼むよ」

みえに寿恵子を任せて、太輔は出ていった。

「お寿恵ちゃん。あんたの愛嬌《きょう》。度胸。気働き。ありったけ、やってみなさいよ」

「はい。おばさん、よろしくお願いいたします！」

「女将《おかみ》さんとお呼び」

　仲居の着物に着替えると、寿恵子はまず廊下の拭き掃除をした。店のあちこちに、一目で高価な品と分かる掛け軸や骨董《こっとう》が飾られており、寿恵子の緊張は高まった。

　その後は帳場でみえから、仲居としての心得を教わった。芸者のことはお姐《ねえ》さんと呼び、決してじゃまになるようなことをしてはいけない。仲居が芸者に嫌われれば、巳佐登の座敷を後回しにされることもあるのだ。

　ひととおりのことを教えると、みえは仲居頭のマサに、寿恵子の面倒を見るようにと頼んだ。

「女将さんの姪御《めいご》さんですね。よろしく。お寿恵ちゃん」

　マサは笑顔で挨拶したが、帳場を出て、みえの目が届かなくなると態度を一変させた。

「……黙ってついてなさい。でしゃばるんじゃないよ」

「……はい！」


　寿恵子が初めて接した客は岩崎《いわさき》という名だった。マサについていって菓子盆を出し、座敷の隅に控えていると、岩崎が声を掛けてきた。

「おまんは？　見ん顔じゃけんど」

「寿恵子と申します。本日より見習いで入りました」

　寿恵子が挨拶をすると、マサが言い添えた。

「この子ね、女将さんの姪なんでございますよ」

岩崎が宴会の前に風呂に入ると言うので、マサは浴衣の用意をしに出ていった。寿恵子もついていこうとすると、岩崎に呼び止められた。

「おまん、女将の姪とゆうたら……吉也の娘かえ。江戸に行ったお歴々から吉也の噂《うわさ》は聞いちょった。そのへんの男じゃ手の届かん、東京には、夢みたいなおなごがおるがじゃゆうて……」

「……岩崎さまは、お国ことばが。……土佐のお方でございましょうか」

「おお、そうじゃ。わしは土佐じゃ。知らんとはおまん、ほんに素人ながじゃのう」

岩崎に笑われ、寿恵子が慌てて詫びていると、マサが戻ってきた。

「お風呂の支度が調いました」

岩崎を送り出すと、マサは寿恵子に尋ねる。

「何謝ってたのさ」

「岩崎様に土佐のお方かと」

返事を聞いて、マサが顔色を変えた。

「あんた！　岩崎弥之助《やのすけ》さまだよ。弥太郎《やたろう》さまの弟。弥太郎さまが亡くなって、今は財閥を弥之助さまが継いでいらっしゃる。知らない、なんて口が裂けても言うんじゃないよ！」

「申し訳ありません！」


その後、岩崎の宴席には政治家の掛川道成《かけがわみちしげ》、陸軍大佐の恩田忠教《おんだただたか》、逓信省鉄道局の相島圭一《あいじまけいいち》が集まった。寿恵子が緊張しながら膳を運んだり酌をしたりしていると、芸者衆がやって来た。

「菊千代《きくちよ》。えらい遅かったのう」

岩崎は、売れっ子の菊千代を見て目を細めた。

「これでもよその座敷をほっぽって急いで参りましたよ。あなたさま、半月もお見限りでしたから。どこへいってらしたの？」

とたんに場が華やぎ、白粉《おしろい》や香《こう》の匂いが漂って、寿恵子は目が眩《くら》むような気がした。

菊千代たちがあでやかな舞を披露して、宴もたけなわという頃にみえが挨拶にやって来た。

「お料理はお口に合いましたか」

「ああ、いつもどおり。すばらしかった」

掛川が答えたのに続いて、岩崎が言う。

「女将、「孟冬《もうとう》の宴《えん》」では、菊千代にちなんで、菊尽くしで頼むき。ちょうど先日、大隈《おおくま》さんのところへ顔を出しちょってのう。大隈さんが今、菊づくりに凝《こ》っちょって、屋敷まわりの田圃《たんぼ》を買うて、全国から菊の名種を集めゆうがやき」

菊と聞いて、寿恵子は耳をそばだてた。

「岩崎さま。いちばん見事な菊とは、どのような菊でございましょう？」

菊千代が尋ねたのをきっかけに、菊談義が始まった。恩田は大輪の大菊が一番だというが、掛川は大輪よりも中菊で花びらが狂い咲いたようなものが珍しいという。芸者や仲居たちも加わって各々の好みを語っていると、菊千代が岩崎にせがんだ。

「大隈さまの菊道楽、見とうございます。あたしは菊の名を戴《いただ》きながら、そこまでの花は見たことがありません」

「ほんなら女将、宴の日には菊を競うがはどうやろう？　我こそはと思う者、誰でも菊を持ち寄って、皆に披露するがじゃ。一等の菊はわしが五百円で買い上げて、大隈さんに進呈するき」

その趣向に一同がわっと盛り上がった。寿恵子も、五百円と聞いて穏やかではいられなかった。


この日寿恵子が帰宅したのは、万太郎が子どもたちを寝かしつけた後だった。

「寿恵ちゃん。おかえり。遅かったのう。みえおばさんには会えたかえ？」

「はい。……お金、賃金の前借りだって言われて。おばさんのところで働くことになりました。仲居です。――すみません、ちょっと……」

疲労困憊《こんぱい》の寿恵子はばたりと倒れ込み、万太郎は慌てて白湯《さゆ》を汲んできた。

「大丈夫かえ。帯、緩めようか？」


寿恵子が浴衣に着替えると、万太郎は肩や腕を揉《も》みながら話を続けた。

「慣れんうちは大変じゃき。――すまんのう」

「面白かったですよ。あんな世界、初めて知りました。……私、おっかさんやみえおばさんがやってきた仕事、知っているようで、全然知らなかった。私も、せっかく爪先《つまさき》踏み入れたんだから、もう少し見てみたいです」

「……ほんじゃけんど、料亭ゆうたら、いろんな客が来るがじゃろう？」

「はい。今日は、岩崎弥之助さまがいらっしゃったんですよ」

「岩崎？　もしかして、土佐の？　――ああ〜……高藤様のときと同じじゃ。どうしたらえいがじゃ。また寿恵ちゃんが攫《さら》われたら」

「何言ってるんですか。あのころとは違いますよ。もう母親なんですから」

そう言われても、万太郎は不安でしかたがない。自棄気味に布団に倒れこむと、寿恵子も万太郎にもたれかかった。

「……大丈夫ですよ。私、嫌なことはハッキリ言いますし、言いなりにはなりません。第一、みえおばさんのところは格式があります。変なお客はお出入り禁止なんですから」

「そうじゃけんど……寿恵ちゃんはこじゃんとかわいらしいき」

「それ以上言うと、私も言いますよ。植物採集の旅の間、どこに泊まってるんですか？」

「な、わしは！　植物が恋人じゃき。人間のおなごで好きながはこの世でたった一人きり、寿恵ちゃんだけやき」

「知ってますよ。……私だって万ちゃんだけ。知ってるでしょ？　信用してください」

笑顔で寿恵子に言われると、万太郎はそれ以上、反論できなかった。

翌朝、万太郎たち一家は井戸端で朝食をとり、りんと牛久も招いて寿恵子が作ったおにぎりをふるまった。寿恵子が仕事に行っている間は、二人に子どもたちを見てもらうことになるので、せめてものお礼にと朝食に招いたのだ。

「別に、取り立てたことじゃないよ？　長屋の子は、我が子みたいなもんだしねえ」

「かえって、小遣いまでもろうてしまってのう」

「わしも植物採集の旅に出てしまいますと、寝かしつけまでお願いすることになりますき」

「それにしても、どうにかなんないかねえ。万ちゃんもお寿恵ちゃんも頑張ってるからさ、昔やってた富くじ、今もあればね」

富くじと聞いて寿恵子はハッとした。巳佐登で聞いた一攫《いっかく》千金の話を思い出したのだ。

「万太郎さん。こんなことお願いしていいか……次の植物採集、菊を採って来てくださいませんか。ひと月後に料亭で菊くらべがあるんです。みんなで菊を持ち寄って、一等の菊は、岩崎弥之助さまが五百円で買い上げてくださるって」

とたんにりんと牛久は騒ぎ出したが、万太郎は黙り込んでいる。

「ちょっと万ちゃん！　何ぼんやりしてんの。あんた、草花でしか役に立たないんだからさ！　今！　万ちゃんの土俵が来たじゃないのさ！」

りんにけしかけられても、万太郎は曖昧《あいまい》に笑っているばかりだ。

「万太郎さん。前借りで植物採集のお金も出来ましたし。お仕事のついででいいですから」

「……その前にのう」

それから万太郎と寿恵子は、中尾質店へ『八犬伝』を取り出しに行った。万太郎は前日子どもたちから、寿恵子が『八犬伝』を中尾に貸したと聞いて、質入れしたのだと察していた。

「寿恵ちゃん。これだけは手放さんとってくれ。潤いがのうなったら草花も干からびてしまうき」

「……はい……」

「わし、採ってくるき。草花に優劣つけるがは性には合わんけど……それが、金になるかもしれんやったら。これまでずっと、金のこと、任せっきりですまんかった。わしも……出来ることやったら、いくらでもやるき」

そう決心したのは、家計がいかに逼迫《ひっぱく》しているかを知ったからだ。寿恵子は大量の質札と借金の記録を押し入れに隠しており、万太郎はそれを前日に見つけていた。

「ちょうど、気になっちゅう菊やったらあるき。ヤッコソウを見つけた足摺岬《あしずりみさき》に咲いちょったけんど、あの菊が土佐以外にも咲いちょったら面白いきのう」


冬の初めの頃、巳佐登で孟冬の宴が開かれた。岩崎たちは菊にちなんだ料理を堪能し、酒と菊千代たちの芸に酔った。最後の膳が下がる頃、みえが挨拶に現れた。

「本日の菊尽くし、いかがでございましたか」

「ああ、楽しかった！　どれも旨かったのう。さあ、そろそろ始めてくれ」

上機嫌の岩崎に促されてみえが手を鳴らすと、男衆が襖《ふすま》を開けた。そこには数々の菊が並べられており、感嘆の声が上がった。

「わしが行司役を務めるき。大隈さんが喜ぶ一輪を見定めようかのう。この菊は、誰じゃ？」

「へい。あっしです。九段下《くだんした》の植木屋から取り寄せました」

吉五郎は大輪の菊を一輪花瓶に生けたものを披露した。

「店主曰く、この輝くような黄色の花色、緑の葉の光沢。これぞ堂々たる風格を兼ね備えた王者であると」

これ以降も、芸者の琴乃《ことの》が取り寄せた花火のような変わり種の菊や、みえが用意した珍しい緑色の菊などが披露された。

この日の目玉は、菊千代の菊だった。見事な大輪の白菊の鉢を菊千代が取り出すと、誰もが目を奪われた。

「ああ。極楽浄土に咲いちゅう菊は、こんな菊じゃろうのう」

岩崎の言葉に、菊千代は満足そうにほほえんだ。

「これで、仕舞いじゃろうか」

岩崎が言うと、みえが座敷の隅を指した。そこには、最後の一鉢がひっそりと置かれている。野に咲く素朴な花、という風情で一見菊には見えない。

「貧相たい。おい下げんか！」

恩田が命ずるのを岩崎が止めた。

「――この菊は……？」

すると寿恵子が、岩崎の前に進み出て手を付いた。

「わたくしがお持ちいたしました。これは、菊の原種でございます。大変に美しい、こちらの菊たちは、もともとはこの国のものでございません」

これを聞いて、恩田がまた怒り出した。

「なしてか?! 菊は、畏《おそ》れ多くも、『畏《かしこ》きあたりのご紋章』じゃろうが!! 不敬ばい、女！」

恩田は寿恵子を座敷から連れ出そうとするが、寿恵子は動じずに話を続ける。

「今からはるか昔のこと！ 菊は、もとは唐《から》の国で薬を作るために使われていたそうでございます。日本へ渡ってきて幾星霜《いくせいそう》、日本の人々が苦心して、手を掛けて、これら見事な菊を創り上げたそうでございます。ですが、この日本にも原種の菊は自生しておりました。それがこちら、和名をノジギクと申します。ノジギクは、千年以上前から、人の手がまったく入っておりません。海岸沿いの明るい崖や岩場に生え、生まれながらの形を保って、咲いているのでございます」

　気づけば一同は、寿恵子の話に引き込まれている。

「どちらの菊にも優劣はありません。ですが、ノジギクとこちらの菊たち、共にそろえば——大陸と海、それから幾星霜にも及ぶ、日本人の創意と工夫に思いを馳《は》せることができましょう」

　ノジギクを持ち帰った後、万太郎は寿恵子にこう語って聞かせた。

「何よりも、この国のお人らぁには、そうまでして花を愛する心があるがじゃゆうて……胸が熱うなるじゃろう？　みんなぁが花を愛《め》でる想いがあったら、人の世に、争いは起こらんき」

　話を終えた寿恵子は頭を下げた。ノジギクと寿恵子。どちらも、飾らない美しさが一同の心を捉えていた。

「……ありがとう。よう分かったき」

　岩崎は、もう一度居並ぶ菊を見渡してから口を開いた。

「この度の菊くらべ、判定は——」


　仕事を終えた寿恵子は、他の仲居たちと共に帳場で着物を着替えた。

「残念だったね、お寿恵さん」

　仲居のフミはそう言ったが、マサは平然としている。

「あたりまえでしょう。最初から、菊千代さんが選ばれるに決まってんだよ」

マサが帯を解くと、客からもらったおひねりがドサドサと落ちた。驚く寿恵子に、仲居のくに江《え》が笑顔を向ける。

「私は面白かったよ。お寿恵さん、物識《し》りなんだね」

「お金になればと思ったんですけど」

「だったら地道に稼ぎなさいよ」

マサはそう言うと、おひねりを風呂敷に包んでさっさと帰っていた。

仲居たちが帰った後、みえが帳場で売り上げの記録をしていると、座敷で飲み続けていた岩崎が顔を見せた。

「岩崎さま！　どうなさいました？」

「……あの菊は、土佐から採ってきたがかえ？」

「お寿恵の菊でございますか？　さあ……。ただ、あの子の亭主は植物学者でございまして。なんでも、一生をかけて日本中の植物を全部載せた図鑑を作るそうでございますよ」

「日本中の植物を？　そりゃあたまるかぁ……」

岩崎は愉快そうに笑いだした。

「……花のみならず――昔の、誰ぞを思い出すような。懐かしい夢の礼じゃ。あの花、三百で買い取っちゃる」

「畏《かしこ》まりました。お寿恵もさぞ喜びますでしょう」

岩崎は座敷に戻りかけたが、ふいに足を止めた。

「女将。その植物学者の名は？」

巳佐登でそんな話がされているとも知らず、帰宅した寿恵子は万太郎に、菊くらべの結果を伝えていた。

「土佐のノジギクが瀬戸内にも自生しちょったとは、わしとしては大発見ながじゃけんど」

「やっぱり一攫千金なんてありえませんね。地道に生きろってことですねえ」

明るく語る寿恵子に、万太郎は一通の封書を見せた。差出人は「帝国大学理科大学」とある。

「徳永さんが、わしを、植物学教室に正式に助手として呼んでくださった」

手紙には「月給十五円」と書かれている。

「お金がいただけるの！　助かります！　あ――でも万太郎さん、今の大学は……どうなんです？　戻るのがお嫌なら」

「……戻ろうと思いゆう。やっぱり、毎月決まった金が入るがは、大きいきのう。二度と、寿恵ちゃんに『八犬伝』を売らせとうないき。――まさか、大学に玄関から迎えられるとはのう」

「……けど、雇われてしまったら、新しい教授の言いなりにならなきゃいけないんじゃないですか」

「……徳永さんがどうなっちゅうか。今の教室がどうなっちゅうがか。……行ってみんと分からんけど……わしは、ただ植物学に尽くすだけじゃき」

こうして万太郎は、七年ぶりに植物学教室へと戻ることになった。

第22章 オーギョーチ

万太郎は徳永教授の助手として植物学教室に迎えられた。久しぶりに教室に足を踏み入れると、四人の学生たちが大机を囲み標本の検定を行っていた。

「ああ……やりよりますねぇ」

万太郎の胸に懐かしさがこみ上げる。学生によると徳永は打合せ中だと言うので、万太郎は部屋の隅で待つことにした。見れば、本棚には新しい書籍が増えて顕微鏡は新型のものになり、見たことのない機具も置かれている。

学生たちは、何者かと不思議そうに万太郎を見ていたが、検定を再開した。

「つまり、花弁が開出しないキイチゴは2種に絞られる。葉の先端が尖っているから、これはエビガライチゴと検定する――名札書いとけ」

これを聞いて、万太郎は黙っていられなくなった。

「すまん……えいじゃろうか。先生の確認を受けんうちに、名札に書き込むがですろうか」

「僕は、大学院の学生です。検定の責任は僕が負っています」

そう答えたのは、院生の花岡卓治《はなおかたくじ》だ。

「……そうですか……。ほんならちっとだけ待ってもらえませんろうか。たしかに葉の形はエビガライチゴに見えますけんど、見分けるがやったらここ……エビガライチゴやったら花序《かじょ》や枝に腺毛《せんもう》がようけ生えちょります。腺毛が見られんがはクロイチゴですき。元々は北海道にあるきエゾイチゴと呼ばれちょったけんど、徳永教授が日光にも生えちゅうがを見つけられたがです。実が黒う熟すことから、改めて、クロイチゴと名付けられたがです」

そんな植物があること自体、花岡は知らなかった。

「徳永教授の論文を見てもらえませんろうか？　ええと……『日本植物学雑誌』の114号ですき」

本棚からその号を出して確かめると、確かに徳永の論文に万太郎の言うとおりの記述があった。学生たちは、万太郎が雑誌の論文をすべて覚えているのかと驚嘆している。

「あの――あなたは？」

花岡が尋ねたところに、波多野、野宮、大窪が入ってきた。

「あれ。万さん、早かったね」

「波多野。……野宮さん！　大窪さんも。お元気でしたろうか」

「その阿呆面《あほづら》を見るまではな」

万太郎が波多野たちと楽し気に笑い合うのを見て、学生たちはますます不思議そうにしている。

「Guten Morgen, meine Herren.」（諸君、おはよう）

続いて現れたのは徳永だ。徳永が助手として万太郎を紹介すると、院生の小堀六郎《こぼりろくろう》が尋ねた。

「槙野さん、……もしかしてムジナモの？」

「はい！　皆さんが今の学生さんながですね」

「全員ではないよ。今は学生も増えていて、ここじゃ狭すぎるんだ」

波多野に言われて万太郎は驚いた。

「講義は植物園の集会所を使わせてもらってる。植物学教室も、いっそ向こうに移転しようって話も出てるよ」

「そりゃあえいき！　夢みたいじゃ。のう大窪さん」

万太郎は笑いかけたが、どういうわけか大窪は返事をしない。

「槙野、教授室へ来い。波多野、講義は頼んだぞ。Meine Herren! Heute widmen wir uns wieder der Botanik.」（では諸君、今日も植物学を始めよう）

徳永について教授室に行くと、万太郎は改めて礼を述べた。

「ご無沙汰しちょりました。この度は、助手に任じていただき、ほんまにありがとうございます」

「おまえを呼んだのは他でもない。これまでやってきたことを、そのまま、続けてくれればいい。すなわち、この教室の標本を充実させること。そのために出張も自由に行ってくれて構わない。一律だが、手当も付ける。それから、今は標本の検定も、大学院の学生に監督させている。収蔵済みの標本も確認してくれ」

「分かりました。違うちゅうもんがありましたら、訂正してよろしいでしょうか」

「もちろん。おまえの仕事は以上だ。行っていいぞ」

「……あの、徳永教授？　ドイツはいかがでしたろうか？」

「……ドイツ……たしかに……行かなければ分からなかった……。向こうでおまえのムジナモの植物画を見かけた。エングラー博士が編集した文献に、ムジナモの記載とおまえの植物画が掲載されていた」

「そうながですか！　マキシモヴィッチ博士が紹介してくださったがですね」

「おかげで……おまえこそが今、世界で最も知られた日本人植物学者になってしまっている。だが私は、ここに、ある種の真実を読み取ったのだ。日本人が世界の植物学者に勝るためには急務だった。だが今や、この国の植物学はとっくに次の段階に入ろうとしている。そもそも標本で世界と張り合おうとしていたのが間違いだったのだ。標本を集めてきた歴史が違う。数で勝てるわけがないのだよ」

「……勝ち負けでは」

言いかけた万太郎の言葉を徳永が遮る。

「勝ち負けなんだ、槙野。我が帝国大学は国家の機関だ。国の金で、国家の求めに応ずるため研究している。いいか。おまえのムジナモが世界で評価された最大の理由は、とにかく植物画がよかったからだ。しかも開花の様子まで詳しく描かれていた。緻密さ。観察眼。根気強さ。……ドイツで言われたよ。日本人は器用だと。ちょうど今、日本人の特性が生かせる研究が注目を浴びている。ドイツの植物学の中心は顕微鏡を用いた解剖学にある。植物を解剖し、その内部で何が起こっているのかを観察する学問だ」

そう言って徳永は、ドイツ語の植物解剖学の文献を万太郎に見せた。

「初期の陸上植物であるシダ植物やコケ植物は、動く精子を作って生殖を行っていることが分かってきた。一方で、被子《ひし》植物は花を咲かせ、花粉を使って生殖を行っており、精子を作らないという。これについてドイツのホフマイスターがある仮説を立てた」

シダ植物と被子植物との中間段階にあるとみられる裸子《らし》植物の中には、精子を作るものがあるのではないか？というのが、ホフマイスターの仮説であり、今、世界中の植物学者がこの問題に挑んでいると徳永は言う。裸子植物のうち、針葉樹が精子を作らないことはほぼ明らかになっている。次なる研究対象はイチョウとソテツだ。もしイチョウとソテツに精子があると突き止められれば、この研究で世界の頂点に立つことができる。

「――面白いですき。生殖のしくみを明らかにして、植物の歴史を明かそうとしゆうがですね！」

「ああ、そうだ。次の植物学は、顕微鏡の奥から始まる。これなら日本人にも勝機があると思わんか？」

「もしかしてそれは……波多野さんがずっとやりたかったことですろうか。波多野さんの研究が、世界の頂点に近づきゆう。そういうことでしょうか……。ほんなら私も手伝い」

「おまえはいい。おまえはただ、この教室の標本を増やし続けていればいいんだ」

徳永の言葉に打ちのめされた思いで、万太郎は教室に戻った。すると大窪が声を掛けてきた。

「……なんか期待でもしてたのか？　金に釣られて戻ってきやがってよ。たかが月給十五円じゃねえか。言っとくが野宮は、今はお前と同じ助手の身分だが、もっともらってるぞ。野宮はもう画工じゃない。あいつは、波多野と組んできたからな」

　大窪は野宮の研究机に置かれた植物画を万太郎に見せた。それは、波多野が執筆中の植物解剖学の教科書に載せるためのものだ。だが万太郎には、何が描かれているのかさえ分からなかった。

「ツユクサだ。ツユクサの気孔の周辺にある葉緑体。野宮は今や、顕微鏡の奥、倍率九百倍の世界が描けるただ一人の画工。兼、植物学者だ。――おまえ……ほんとになんで戻ってきたんだよ。おまえ見てると、こっちまで悲しくなってくる。ただ尻尾振って標本採ってくるだけの、犬じゃねえか。……今なら遅くない。辞めろよ」

「……いいえ……。植物学が次の段階へ進みゆうことは分かりました。けんど……やめませんき」

　大窪に睨まれても、万太郎は怯まない。

「給金を初めていただくがも、出張費もありがたいです。もっと植物に会いに行けます」

「古いんだよ、おまえは！　地べた這いずる植物学なんぞ、終わったんだ。手間だけ掛かって見栄えもしない。もう、見向きもされない」

「それでもえいがです。誰かに称えられとうて、やるがじゃないがです。わし、すべての草花が好きで、ここまで来ました。この先も、ただ会いたいがです。どこまでも地べたを這うて」

「……ほんっとに……人がせっかく忠告してやったのによ。ああ、馬鹿だから仕方ねぇか」

「ハイ」

「俺は切られたよ。来年、細田《ほそだ》がドイツから戻ってくる。やつも最新の植物生理学を持ち帰ってくる。俺は非職だと」

かつてこの教室で学んでいた細田晃助《こうすけ》がドイツ留学から帰国し、その代わりに大窪は助教授の職を失うのだ。

「たまたま、ここに就職先があったってだけで……何年無駄にしちまったんだか」

吐き捨てるように言う大窪を前に、万太郎の脳裏には、二人で夢中で研究に励んだ日々のことがよみがえった。

「……ヤマトグサを。二人で研究したヤマトグサ。……わしらぁが最初に、日本国内で学名を発表したがです」

「だから何だよ！　ヤマトグサなんて世の中誰も知らねえんだよ！　あんなヒョロっちくて、かわいいだけの……」

共に研究に没頭した日々、そして新種発見の喜びは、大窪の記憶からも消えていない。「かわいい」という言葉から、万太郎はそれを感じ取った。

「――なあ。昔、言ってたよな。一生を捧げることで、植物学に恩返しするって。あれ、考えてみりゃ傲慢の極みだな。いつまでもテメェが役に立つとか」

「……そのために頑張りますき」

笑顔で答える万太郎の体を、大窪は手刀で打った。

「せいぜい勘違いしてろや。馬ァ鹿」

最後まで憎まれ口を利いて、大窪は出ていった。その背中を万太郎はじっと見つめた。

「大窪さん――」

翌明治二十七年、大窪は大学を去り、細田が助教授に就任した。

この年、日本は朝鮮半島の政治的動揺をきっかけに、清国と戦争になった。近代日本が体験した、初めての本格的な対外戦争だった。二年弱で戦争が終結すると、講和条約で台湾が日本に割譲された。


この頃、日本は好景気に沸いていた。巳佐登も大いに繁盛し、寿恵子たち仲居も連日忙しく働いている。宴席が増えたため、みえは芸者衆の手配に苦労するようになっていた。

ある晩みえは寿恵子に、陸軍の軍人たちの宴会に芸者衆が来るまで場つなぎをするよう命じた。酒を持って座敷に入っていくと、寿恵子はいきなり軍人に怒鳴られた。

「仲居か。まだ待たせる気か？」

酌をしていたフミとくに江も、いらだつ軍人たちに手を焼いている様子だ。しかし寿恵子はすでにこのような場面には慣れており、落ち着いている。

「申し訳ございません。お姐さん方は今、こちらへ向かっております――お待ちの間、私がお話を。皆さま、『英雄』のお話はお好きでしょうか」

その後、寿恵子は八犬伝の中でも特に好きな「芳流閣《ほうりゅうかく》」の場面を講談調で語って聞かせた。

「『ガキン！　ぶつかり合う大太刀《おおだち》に火花が散る。その戦いはまるで、二匹の虎が風を巻き起こし、二匹の竜が雲を呼ぶような、激しく熱い、命のやりとり！』」

軍人たちが聞き入っているところに芸者衆が到着した。続きを聞かせろと騒ぐ軍人たちを、寿恵子は笑顔でいなした。

「続きは馬琴先生で。さ、お姐さん方、どうぞ」

この日別の座敷では、岩崎が政治家の掛川、陸軍大佐の恩田、逓信省鉄道局の官僚・相島と集まっており、寿恵子はそちらの席にも酒を運んでいった。

「お寿恵さん。時に、ノジギクのご夫君はどうしゅう？」

「……変わりなく。今は帝国大学の植物学教室の助手となりまして、日々、草花を愛でております」

寿恵子の返事を聞くと、岩崎は恩田に何ごとかささやいた。


六月のある日、万太郎が植物学教室で標本作りをしていると、細田が、徳永が呼んでいると知らせにきた。教授室に行くと徳永だけでなく、軍服姿の恩田と博物館の里中が待っていた。

「――こちらが、ご指名いただきました槙野万太郎です。槙野、陸軍の恩田大佐だ」

「恩田大佐。……初めてお目に掛かります」

挨拶をしても恩田は頷くだけで、徳永たちが万太郎に事情を説明した。

この度、代議士の掛川を団長として台湾に視察団が派遣されることになり、学者もそれに同行して広く現地の調査を行うことになったのだという。恩田は調査団の世話係を務めることになっており、団員の選抜は里中に任されていた。

「調査団といっても、現地に入ってしまえば、団員それぞれが独自に調査することになっている。今回は、農作物や海産物、林業や土壌、畜産物や昆虫――それに土着の人たちも。台湾には多くの民族がいて文化も言語も異なっているからね」

万太郎が里中の話を興味深く聞いていると、徳永が意外なことを口にした。

「植物学からは、槙野――おまえを派遣したい。岩崎さんからも推薦があったそうだ」

細田は万太郎が選ばれたことに納得できないようで、岩崎とはどういうつながりなのかと尋ねた。てきた。

「前にノジギクを通して、援助をいただきまして」

「なぜ岩崎家がおまえを援助する?!」

声を荒らげる細田を里中が叱り、自分も万太郎がふさわしいと思うと述べた。

「日本のFloraを最も把握しているのは君だからな。その知識は、台湾でもきっと生きる。恩田さん、よろしいでしょうか」

「こっちに異存はなか」

「では、槙野君。結成式をやるからね。またそのときに」

出発は七月六日だと里中に言われて、万太郎は驚いた。

「……ひと月もない……。遅らせるわけには。――あちらの言葉を学ぶには時間が足りんと」

「言葉？　なしてそがん必要が？」

恩田がいぶかし気に万太郎に尋ねる。

「植物を調査するには、現地の言葉が必要です」

「現地では案内人ば付くっけん。調査は日本語で進めてくんさい」

「無理ですき。現地のお人らぁに尋ねんといかんでしょうし、台湾に言語が多くあるがでしたら、できるかぎり学んでいかんと。日本においても、同じ植物がお国ことばによって呼びが方変わるゆうことはようありますき」

「台湾はすでに日本の統治下にあっとぉ。……日本ですたい」

「けんど、あちらの書物も調べませんと」

「調査団では日本語ば使うように。こいは命令ばい。そいと。ピストルば購入してくんさい。現地では必ず持ち歩くように」

「いや……わし、そんなもんは」

するど恩田は、徳永に向かって声を荒げた。

「教授！　彼は、ほんなごつ、帝国大学の学者ですか？」

「申し訳ありません。よく言い聞かせます」

恩田は万太郎の方に向き直って釘を刺した。

「こいは国力増強のための調査ですばい。国益となる植物ばしっかり調査してくんさいよ」

言い渡して恩田は去っていったが、万太郎には受け入れられない。すると里中が、万太郎を見据えて言い聞かせた。

「槙野くん……世の中が変わったねえ。戦争による好景気。研究予算が増えるのはありがたいが、その分、国のために働けと言われ続ける。だが我らにとって、名目はいっそなんでもいい。着いてしまえば独自行動だからね。現地で植物調査ができる。そのことに変わりはないんだ。どうする？　槙野くん。……降りてもいいよ。そうしたら別の人間を派遣せざるを得ないが……私は君を選びたい。どうかね？」

「──はい。里中先生」

「よかった。では結成式でね」

里中が去ると、徳永も万太郎を説き伏せた。

「槙野。これだけは言っておく。今は軍人に盾突くな。特に国からの金で研究する者は。おまえはもう個人じゃない。帝国大学──国家の機関に属する人間なんだ」

「はい……」

だが万太郎は心底納得したわけではない。それを感じ取って、細田も苦言を呈した。

「──ほんとに自覚しろよ。里中さんはああいう言い方をなさったが、甘えるんじゃない。要はうまいこと調査して成果を上げろってことだからな」

「……細田さん、わしはいつもどおり」

「知らないんだ、おまえは。留学先で日本人がどれだけ惨めか。国が力をつけはじめて、俺たちの立場も変わるんだ」


この日の晩、万太郎は、仕事から帰った寿恵子に台湾行きの件を伝えた。二人は井戸端で月を見上げて話をした。

「軍からピストルを買えと言われたがじゃけんど、わしは、持っていきとうない。軍の命令には反するけんど、持っていかんとろうと思うちゅう、……寿恵ちゃんも、それでえいじゃろうか」

「あちらは、そんなに危ないんですか？　警護の方はつくのですか？」

「案内人はつくそうじゃけんど、向こうに着いたら、それぞれが独自で調査するらしいき」

「……その調査――行かなきゃならないんですよね？」

「ああ。国の調査団じゃきね。里中先生がわしを選抜してくれたき、引き受けてきた。調査自体は、行きたいがじゃ。国の利益のために行けと言われたけんど――それよりも、今の、ありのままの台湾の植物をそのまま見てくるほうがずっと大切じゃと思う」

「……そうですね……。――そういえばロシアに行こうとしてたんですものね。あのときも、ロシアの人たちもこの月を見てるかなって思いました」

「……寿恵ちゃん、ロシアにも長屋はあるろうかゆうて、笑うてくれよったのう」

「……台湾にだって、月は出てるし、長屋だってきっとありますよね」

「わしが知らん植物もうんと生えちゅうろう。それに、南国の植物の源も」

「……分かりました。……ピストルは持っていかないでください。かわりにせめて別のものを持っていってくださいますか」


家に戻ると寿恵子は、これまでに刊行してきた『日本植物志図譜』を万太郎に手渡した。

「荷物になりますけど。これが、万太郎さんのこと、いちばん守ってくれると思うから」

万太郎は寿恵子の思いを受け取り、その手をしっかりと握った。


その後万太郎は、学術調査団の一員として台湾に旅立った。神戸から出発して、台湾の基隆港《キールン》に着くと、役場で台湾総督府の役人が待っており、陳志明《ちんしめい》という案内人を紹介された。

「陳さんですか。お世話になります。我的名字是槙野万太郎」（私は槙野万太郎です）

出国前にできる限り学んだ台湾語で挨拶をすると、役人が顔色を変えた。

「先生！　やめてください。日本語をお使いください。私たちは台湾の近代化のため、共通語として日本語を推進しています。反することはおやめください」

「槙野先生。陳志明です。よろしくお願いいたします」

志明が日本語でにこやかに挨拶をするのを見て、役人はホッとした様子だ。

「先生、ピストルはお持ちですね？」

役人に念を押され、万太郎はうそをつくしかなかった。

「……ええと……はい。問題ありません」

「貴重品はくれぐれもご自分でお持ちください。奥地に行けば何があるか分かりませんから。ピストルも離してはいけませんよ。では、私はこれで。調査のご成功、お祈りしています」

役人が去ると、万太郎はまた台湾語で志明に話しかけた。

「你叫什麼名字？」（あなたの名前はなんですか）

「……我的名字是陳志明」（私の名前はダァン・ジーミンです）

「ダァンジーミンさん。……ジーミンさんですのう。請多指教」（よろしくお願します）

それから二週間後。りんと寿恵子が長屋の井戸端で洗濯物を干していると、大荷物を背負った青年が訪ねてきた。

「あ、あのっ。牧野先生はいらっしゃいますろうか？」

「槙野は……ちょっと、出掛けておりますが」

「お帰りまで待たせていただいてもえいですろうか。先生に会いとうて、土佐から参りました。山元虎鉄と申します。これは先生からいただいた手紙です」

「虎鉄——虎鉄さん?! ヤッコソウの！ 私、槙野の家内です。……虎鉄さんは……こんなにご立派なお方だったんですねえ……！」

「そりゃあ、先生とお会いしたがは、十四の頃でしたし。槙野は虎鉄君なんて呼んでましたから」

「説得するのに時間はかかりましたけんど、この度、妹が婿を取って遍路宿を継いでくれまして。親をほんじゃき、ようやっと東京に出てこれました」

虎鉄は万太郎から受け取った手紙を寿恵子たちに見せた。

「ほら、ここ、先生が書いてくださってますろう？ いつでも遊びに来いゆうて。ほんじゃき、わし、先生の助手になりに来ました。よろしゅうお願いいたします！」

随分と大胆な決断だが、虎鉄はうれしそうに笑っている。

「とりあえず、奥の部屋、今空いてるから」

りんが言うと、虎鉄の顔が一層明るくなった。

「家賃、ひと月五〇銭だよ」

「はいっ」


その頃万太郎は、台湾でマラリアにかかり高熱にうなされていた。阿里山の山中で発症した万太郎は歩くこともできず、大雨の中、志明が万太郎を背負ってさまよっていた。

志明は何とか廃屋を見つけて万太郎を担ぎこみ、必死で呼びかけた。

「……槙野先生。……先生！」

だが万太郎は目覚めない。志明は蠟燭《ろうそく》の明かりを付けると、万太郎の荷物を開けてみた。持っているはずのピストルはなく、武器の類は何もない。植物採集の道具のほかに入っているのは、バイカオウレンの刺繍《ししゅう》がされた巾着と風呂敷包みだけだった。包みを開けると、『日本植物志図譜』が出てきた。ページをめくる度に精緻な植物画が現れ、志明は引き込まれていった。危険な状況にもかかわらず、志明は夢中でページをめくり続けた。


夜が明ける頃、ようやく雨が止んだ。志明はもうろうとしている万太郎の汗を濡れた手拭いで拭い、抱き起こした。そして、木の椀に入ったゼリー状のものを口に含ませた。

万太郎の喉をするりとゼリーが通っていく。意識がはっきりしてきた万太郎は、もう一口飲み込んだ。喉ごしが良く、心地よかった。

熱は峠を越したようだと志明は安堵し、戸口のほうを振り返った。

「多謝。已經無大礙了」（ありがとうございます。もう大丈夫です）

この地に暮らすツォウ族の人々が心配そうに覗いていたが、志明の言葉を聞いて去っていった。

ところが一人の少女が入ってきて、万太郎の顔を覗き込んだ。万太郎の瞳からこぼれた涙が、朝日を受けて光っている。その涙を少女がそっと拭うと、万太郎が口を開いた。

「多謝……」（ありがとうございます）

少女と志明の顔に、笑みがこぼれた。

九月のある日、十徳長屋の木戸の前で寿恵子と子どもたち、りんと牛久、そして虎鉄が万太郎の帰りを待っていた。

「やっぱり新橋の停車場まで迎えに行ったほうがよかったかのう」

牛久が言うと、虎鉄は肩車をしている大喜に声を掛ける。

「大ちゃん、降りぃ」

これから新橋まで行くと虎鉄は言うのだが、大喜は嫌だとぐずり、りんにも止められた。

「行っても万ちゃん、虎鉄の顔、分かんないだろ。でっかくなったしさ」

そのとき、寿恵子が万太郎の姿を見つけた。こちらに向かって歩いてくるのが見える。痩せて服は汚れているが笑顔だ。虎鉄は慌てて大喜を肩から降ろし、〝先生〟を出迎える用意をした。

「寿恵ちゃん……みんなぁ……ただいま！」

寿恵子と子どもたちは大喜びで万太郎を取り囲んだ。虎鉄も、万太郎との再会に感激している。

「先生〜！　山元虎鉄ですき〜！」

「虎鉄くん⁈　え⁈　伸びたのう！」

りんと牛久も輪に加わって盛り上がる中、寿恵子は胸を熱くしていた。

「おかえりなさい！　万ちゃん！」

その後万太郎は、寿恵子と虎鉄、子どもたちに、台湾で出会った不思議な果物を披露した。

「これが乾燥させた実。この実をほぐして袋に入れて、水の中で揉み出すと……」

皆が見ている前で、水がゼリー状になっていく。

「こうすると、喉ごしがえい、食べ物になるき」

万太郎はゼリーに砂糖をかけて寿恵子たちに勧めた。

「……いただきますね……？」

まずは寿恵子が口に入れて、目を丸くした。

「！　おいっしい！」

虎鉄と子どもたちも後に続き、驚いている。

「うまっ！　なんですろ！　うまいですのう！」

「今すぐ榛名山にいきたいです。文太さんに食べてもらいたい……水ようかんとならべて夏の名物になったのに！　いえ、今からでも？　そうですよ、福治さんみたいに棒手振りで」

だが残念ながら、残りは標本にする分しかないと万太郎は言う。

「先生、この植物の名前は何です？」

「オーギョーチ、いうがじゃ。わしのう、台湾の人らぁとこの植物に、命を救うてもろうたがじゃ」

熱が下がった後、万太郎はしばらくツォウ族の村に滞在した。村に日本人が泊まったのは初めてのことで、人々は万太郎にも、持参していた『日本植物志図譜』にも興味津々だった。志明が通訳をしてくれて、万太郎はツォウ族の言い伝えを知った。

「祖先は、大洪水があり、この地へ逃れてきた。そのとき、北東へ旅立った兄弟がいた。彼らはマーヤと呼ばれ、いつか北東から帰ると言われていた。あなたも北東から来たと」

ツォウ族の少女は万太郎を「マーヤ」と呼び、手にした植物を見せた。それは、『日本植物志図譜』に載っているスナゴショウという植物に似ていた。少女は図譜を見て、万太郎にこれを見せようと外で摘んできたのだ。

「ありがとう……多謝……a veo veo yu ……！」

ツォウ族の言葉も使って礼を言うと、少女の顔がパッと明るくなった。

「これはスナゴショウによう似ちゅうねえ。土佐にも生えちゅうがよ。土佐と台湾の植物は、南国の植物でつながりがあるがじゃのう」

そのとき、小屋の入り口から蛍が入ってきた。少女に促されて万太郎は外に出た。志明に支えられて出て行くと、辺りを蛍の群れが舞っていた。

「わぁ……！」

見上げれば、美しい月が上っている。共に夜空を眺めながら、志明がしみじみと言った。

「――面白いですね。植物学は。我也想學」（私も学んでみたくなりました）

「……真好！　真好！」（いいですね！）


万太郎は台湾で木箱十箱分の植物を採集して日本へ送った。それは日本と台湾の植物のつながりを明らかにする貴重な一歩だったが、植物学者たちの間で話題になることはなかった。同じ頃、野宮と波多野が偉大な発見を成し遂げたからだ。

まずは野宮が、裸子植物であるイチョウの精虫を発見した。報告を受けた徳永と細田は、この快挙に歓喜した。

「よくやった！　波多野！　野宮！　世界の頂点だ！」

「急げ。すぐに論文を発表しろ！」

徳永は感動のあまり、思わず涙した。細田には、その思いが痛いほど分かった。

「教授。これで、ドイツを見返してやれますね」

「ああ。もうあんな惨めな思いは終わりだ……。今こそ、日本人であることを、誇りに思う」

その後続けて波多野もソテツの精虫を発見した。二人の研究成果は、波多野の翻訳によって世界に向けて発表された。


万太郎は虎鉄にも手伝わせながら、台湾で採集した植物の標本作りと研究に地道に励んだ。そして春を迎える頃には、報告書を完成させた。

ところが、細田がその報告書を読み、激怒した。

「この新種の植物はなんだ?」

「はい。無花果《いちじく》科、無花果属のつる性植物。愛しいに玉子と書いて愛玉子《オーギョーチ》。台湾では古くから愛されてきたに世界には未発表でしたき」

「それでこの学名は?『Ficus awkeotsang《フィクス　アウケオツァン》』――awkeotsang とは聞いたこともないが、これはどこからつけた?」

「これは、種子からとれるカンテンで作った食べ物、愛玉凍《あいぎょくとう》からつけました。愛玉凍の台湾での読み方ですき」

「台湾での読み方?　改めろ。おまえは帝国大学の植物学者として調査に行ったんだぞ。この報告書、陸軍省にも提出するんだ、向こうの言葉から学名をつけるなぞ」

「これ以上、ふさわしい名はありませんき」

「槙野！　現地の言葉は消せ。国に逆らう気か！」

「分かっちょりますき。国が、言葉を押しつけゆうがは！　ほんじゃき、こうして永久に留めるがです。学名として。学名の発表者はわしですき。他の誰も手出しはできません」

「ふざけるな。よく考えろ。この植物学教室は今、世界の植物学の頂点に立ったんだ！　その同じ研究室で……助手のおまえが、こんなつまらん真似《まね》を」

「つまらん？　大事なことですき！　日本を出て、わしも初めて知りました。戦いの跡《あと》も見ました。木々に弾痕《だんこん》が残っちゅうがも……。人間の欲望が大きゅうなりすぎて、ささやかなもんらぁは踏みにじられていく。ほんじゃきわしは、守りたい。植物学者として、後の世まで守りたいですき！」

「――教授を裏切る気か。小学校中退のおまえを、助手で呼んでくださったんだぞ。大学の人間になれよ！」

「いいえ。わしは、植物学に尽くします。ただ、それだけです。この旅で、わしのやるべきことがよう分かりました。わしは、どこまでも地べたを行きますき。人間の欲望が踏みにじる前に、早う植物らぁの名を明かして――図鑑として、刻まんといきません」

細田を見据えて答えると、万太郎は胴乱を掛け、いつものように笑顔で植物採集に向かっていった。

第23章　ヤマモモ

アジサイが色づくころ、竹雄と綾が高知から上京し、十徳長屋にやって来た。二人の子である八歳の雄作《ゆうさく》と、五歳になる琴《こと》も一緒だ。

竹雄たちが到着したとき、長屋の住人たちは井戸端に集まっていた。万年二つ目だった牛久が真打ちに昇進し、今日で長屋から去っていくので、井戸端に設《しつら》えた高座で一席語って聞かせようしていたのだ。

牛久は、高座の上から竹雄たちを見つけて目を丸くした。

「こりゃあ。巡り合わせだねえ。まさか今日おいでとは」

万太郎たちは喜んで一家を迎え、皆で一緒に牛久の噺《はなし》を聞き始めた。

一席終えて牛久が去った後、雄作と琴は千歳たちに連れられて表に遊びに行った。りんは寿恵子の手を借りて空き部屋を掃除し、綾に、今夜は泊まっていくようにと勧めた。

「そうですね……お言葉に甘えて今日は泊まらせていただこうかな」

「それがいいよ。積もる話もあるんだしさ」

りんは虎鉄を連れて家主に布団を借りに行った。

「それにしたち……研究部屋を分けたがじゃねえ」

驚いている綾に、寿恵子が大きなおなかをなでながら答える。

「母屋はどうしても子どもの時間に合わせますから。私も、この子がいると眠くって」

寿恵子は今、妊娠九か月だ。

「ほうしたら、万太郎、ずっとそっちに籠もって研究しゆうがかえ？　私が叱っちゃろうか？」

「いえ。いいんです。結婚したてのころは、万太郎さんが研究してるの、淋しくも思いましたけど。違ったんですよ。万太郎さん優しいから、私が呼べば、ちゃんと振り向いてくれます。でも、万太郎さんの根っこは、もっと違うところにあるんです。植物学者としての根っこ――万太郎さんが植物と一緒に居る場所へは……私じゃ辿《たど》り着けない。……深くて遠い、澄みきった場所。でも、そこから戻ってくると、私たちのことが、いとおしくてたまらないって顔してるんです」

「万太郎、つくづく幸せもんじゃねえ。お寿恵ちゃんと出会えて。……版元は見つかったが？」

「いえ。早く図鑑を出したいのに。自腹で出せってところばかり。図譜も、毎回三百冊出すことにしてるんですが、石版印刷は、図版によっては、三百も刷れずに細かな線が潰れてしまうんです。万太郎さん、その度に描き直さなきゃならなくて」

「同じ図版を？」

「そうなんです。その三百冊は元々、学者の方々や博物館であっという間に売り切れるんです。今は文通してる方も多いので、二版・三版と刷るんですけど」

「そのたんびに同じ図版を何度も描くがは……。その時間で次の研究もしたいじゃろうに。この先に行くには、何か、新しいやり方が必要ながじゃねえ」

その頃万太郎と竹雄は標本部屋にいた。室内には大量の標本と、日本中から届いた手紙が山積みになっている。竹雄は、万太郎が一通一通の手紙に丁寧に返事を書き、植物の見分け方を教えるために詳細な植物画まで添えているのを見て、感心した。

「この手紙をそのまんま束にして綴《と》じたら、もう図鑑になりそうじゃけんど」

「うん。わし、手紙と一緒に原稿も書きゆうきよ。これまで刊行してきた図譜を説明する本文の原稿じゃ。本文は活版印刷で刷るき。図譜の増し刷りは、また骨が折れるけんど。ほんで、こっちの原稿は身近な植物を説明しちゅうもんじゃ。図譜のほうは学者向けで珍しいのが多いけんど、全国の人らぁが知りたがるは、それよりもっと」

万太郎は笑顔で語り続けているが、聞いている竹雄は黙っていられなくなった。

「おまん、ちゃんと寝ゆうがか？　……こんなに書いて……身体を壊したら」

「けんどのう。急がんといかんき」

「……誰かと競いゆうがか？」

「ああ。競いゆうのう。……人間の欲望と。去年、台湾に行って、初めて戦いの跡《あと》を見たがじゃ。人と人の争いが、自然よりも大きな力になっちょった。教授方は、国からの研究の費用をもらう者は、軍人らぁにはたてつくなゆうて——そりゃあ、こういう戦争が、この先もきっと続くゆうことじゃろう？　——台湾じゃ、小さな村も戦いの場にされちょったがよ。ほんじゃきのう。わし、早う日本中のFloraを明かさんといかんき。この国のすべての植物を標本にして保管する。すべての名前を解き明かして、図鑑に刻む」

「いつか、喪《うしな》われるかもしれん、ゆうがか？」

「――先のことは、誰にも分からんきのう」

万太郎が人知れず大きな責任を背負って闘っていることを知り、竹雄の心も動いた。

「そんなら、わしも急がんとのう。峰屋を整理した金と……高知で働いて作った金……それから、こっちでもしばらく稼ぐ。そうすりゃ、あと一遍くらい、挑むこともできるじゃろう」

「……やるがか」

「あたりまえじゃ。わしじゃち――綾さんの夢、まだかなえちゃあせん。たった一人に約束したがじゃ。守れんうちに寿命が来たら、死んでも死にきれんじゃろ」

「――そうじゃのう。わしじゃち約束した……！」

最愛の人への誓いを守ろうとする者同士、二人は笑みを交わした。

「さてと。腹減っちゃあせんかえ？　今日の晩飯はにぃちゃんが作っちゃるきね。わしと綾さん、峰屋を整理した後は、高知で住み込みで修業したきね。こっちでも、それで商いするつもりじゃ」

上京して一週間後、竹雄と綾は根津の神社前で屋台の店を開いた。店の名は『土佐《とさ》』。店名のとおり土佐の料理と酒を出す屋台だ。この日は万太郎と寿恵子、虎鉄、そして波多野と藤丸もやって来た。竹雄との再会を喜ぶ波多野たちに、万太郎は綾を紹介した。

「わしのねぇちゃんじゃ」

「……それじゃあ、峰屋の……」

藤丸に問われて、綾が答える。

「うん。蔵元やったき。けどのう、峰屋の酒は、まだ私の中にあるき……。夫と二人で商いしながら、また始めますき」

藤丸と波多野は、土佐のぶっかけ蕎麦《そば》を注文した。

「高知のツユには、酒もキリッとしたのが合うがよ」

綾に言われて、藤丸はうれしそうに答える。

「料理に合わせて、酒を出すんですか」

「……いろんなところの酒を勉強するうち、こんなに違うがは面白いのう思うてねえ」

「ねぇちゃん。藤丸の実家は酒問屋じゃき、仕入れさせてもろうたら」

「そうなが？　お邪魔してもえいですろうか」

「いつでも！　俺、いま実家の手伝いしてるだけなんで、いつでも案内します」

藤丸たちがぶっかけ蕎麦のおいしさに感動していると、綾は箸休めにと、ヤマモモの蜜煮を皆に出した。ヤマモモも、万太郎と虎鉄にとっては懐かしい故郷の味だ。

「甘酸っぱい！　おいしい……」

初めて食べる寿恵子、波多野、藤丸もすっかり気に入った。生でも食べたいと藤丸は言うが、残念ながら生のヤマモモは日持ちしない。

「こっちに持って来るがには、どういても砂糖に漬け込まんといかんき……。私らぁはもう土佐には帰れんき。最後のヤマモモ、皆ぁと食べとうてね」

綾の思いを知って、寿恵子は心を込めて言った。

「……おいしかったです……すごく」

竹雄は、万太郎たちに相談があると切り出した。

「東京に出て来たがは、先生方をお訪ねしとうて。大学に、酒造りの研究をされゆう先生は、おらんじゃろうか。火落ちも腐造も――酒蔵は昔から、運が悪かったゆうて諦めてきた。けんど、酒を造るがは蔵の神じゃない。人の知恵じゃろう？」

竹雄と綾は今でも、峰屋はどうすれば火落ちを出さずに済んだのだろうかと考え続けている。

綾は、やり切れない思いを口にした。

「私らぁに出来たことは結局、『昔ながらのやり方を守る』それだけじゃった。……この先もずっと、それでえいがじゃろうか？」

「――肉眼じゃ見えんでも、そこに、たしかに自然の理《ことわり》があるがじゃ。植物学でもつい最近、波多野と野宮さんが大発見をしたき」

だが波多野によると、日本にはまだ醸造の教授はいないという。

「僕は秋から、農業の専門分科である農科大学の教授に就任することが決まったんですが、農科大学にも、醸造を研究している教授は一人もいないんです」

「俺も、変形菌の論文で卒業したから、菌類の研究ができないか探したけど、どこもなくて」

藤丸も残念そうに答えたが、万太郎と波多野は先の展望を口にした。

「けんど、ねえちゃんの言うとおりじゃ。昔ながらのやり方も大事じゃけんど、新しいことが分かれば、経験を、もっと生かせるき」

「うん。醸造の研究は、この先、かならず必要になるね」

食事が済むと、身重の寿恵子は虎鉄と共に家に帰っていき、万太郎は、酒を楽しむ波多野と藤丸につき合った。

その後、藤丸は「あと一杯飲んでいく」と言って「土佐」に残り、万太郎と波多野は一足先に店を出た。

「万さん……。野宮さん……辞表出すつもりらしい。僕も、今日の夕方聞かされた」

「な──おまんが農科大学の教授になるきか？　止めたがじゃろ？」

「無理だよ、僕には！　……僕らの発見は──間違いなく大発見だった。けど世間からは相当疑われた。第一発見者が元画工。……認めないって。僕が研究して、お膳立てして、その顕微鏡をたまたま覗いただけだろうって。外国向けの論文を書いたのも僕だ。僕一人の功績にしろって」

波多野は、野宮を第一発見者として認めないならば、あらゆる賞を辞退すると主張した。

「でも、僕は農科大学の教授に任命された。そろそろ徳永さんから離れるのもいいと思って──それで野宮さんが辞めるなんて思わなかったんだ。結局、僕は……野宮さんを見捨てたんだ……」
・
そのころ、藤丸は、自分の中に新たに芽生えた思いを綾と竹雄に伝えようとしていた。

「注文は、新しい酒がいいです。綾さんと竹雄さんの。それを、飲みたいです。すみません、俺

「……きっと無理なんですが……」

藤丸は口ごもったが、綾と竹雄は黙って次の言葉を待った。

「……酒造りの研究、俺がやりたいって……。菌類ならなんでも好きなんです。けど菌類の研究と醸造はまったく別の学問なので、最初から勉強しなきゃなりません。でも、今の日本に教授がいなくても、外国では研究されてるかも。そういう本を読むことなら、俺にも出来るから」

「……ありがとうございます……」

綾は感激し、竹雄も胸を熱くしながら綾の肩を抱いた。そんな二人を見つめて藤丸は言う。

「――必要とされるの……いいなって……。俺の、これまでの時間……何にもなかったとは思いたくない。……俺だって、何か果たしたくて」

聞き入っていた綾が口を開いた。

「……新しい酒のご注文。承りました。きっと旨いです。私らの学者先生と造るがですき」


翌朝早く万太郎は植物学教室に駆けつけた。すると野宮がおり、波多野の論文に添えるための植物画を描いていた。

言葉に詰まる万太郎を見て、野宮は察した。

「波多野君から聞きましたか。辞表はもう出しましたよ。これで終わりです」

「……どうしてですか……野宮さんは、世界中の植物学者が挑んだ難問の、第一発見者ながです。去ってえい人じゃありません」

「……生命の神秘は、最初からここにある。俺はただ、それを見たってだけですよ。だから分かってますよ。俺を許せない人が大勢いることも。なんせ『画工風情《ふぜい》』ですからね」

「それは違う。画工やったきこそ、画工の眼を持っちゅうあなたやきこそ、発見できたがです」

「ありがとう。——でもね、俺は別に、傷ついて去るわけじゃありませんよ。こちらから、くだらない連中を捨てるだけなんです。俺は元々、田邊さんに引き抜かれてここへ来ました。本当なら、田邊さんが非職となったときに、共に去るべきだった。それでも、あのとき、未練ができてしまった。生っ粋の語学の天才。若き学者が声を掛けてくれたから」

そう言って野宮は、戸口の方に向き直った。そこには、波多野の姿があった。

「君が見たいと願うものを、俺も見てみたかった。それだけだったんだよ。ここまで連れてきてくれて、ありがとう」

「野宮さん、僕は……っ」

「——時々は目を休ませるんだよ。これ以上、目を悪くしないように」

「……はい……」

波多野は泣きながら頷いた。

野宮はこの先、どこかでまた図画の教師に戻るつもりなのだという。

「……そうだ、槙野さん。東京を離れる前にお願いがあるんですが」

それから二か月後、東京を離れる数日前に野宮は十徳長屋を訪ねてきた。井戸端の砂置き場や、磨き待ちの石版を眺めた後、野宮は万太郎に標本部屋に招き入れられ、礼を言った。

「ありがとうございます。うわさの狸御殿、俺も一度、遊びに来てみたかったんですよ」

母屋に行くと、寿恵子と、生後一か月の赤ん坊・千鶴《ちづる》が待っていた。

「お邪魔します。やあ……かわいいなぁ……」

寿恵子の腕で眠る千鶴を見て野宮は喜び、万太郎と家族の肖像画を描くと申し出た。


その後野宮は、万太郎と寿恵子、千鶴を前にデッサンを始めた。

「そういえばね……昨日、西洋絵画の研究会にも挨拶してきたんですよ。面白い話を聞きました。西洋じゃ今、石版印刷より新しい印刷が」

「新しい印刷ですか？」

万太郎以上に、寿恵子がこの話に食いついた。

「俺も、話で聞いただけなんですが。アルミニウムっていうものが出てきたそうなんです」

「──金属じゃき。確か、フランスで見つかったボーキサイトゆう鉱石から作るがじゃ」

「そう、そのアルミニウムを板状にして石版の代わりに使う印刷方法だそうです」

石版と同じように水と油が反発する性質を使い、板状のアルミニウムに描いた筆遣いのままに版下を作れるのだという。石版は重く、磨くのも大変だが、アルミニウムは軽いので、どの印刷所にも持ち込むことができる。

「面白いのが、板状のアルミニウムは曲げられるそうで。こう、版を印刷機にクルッと巻き付けて、それが回って、大量に刷れるそうなんです」

「それです……ッ！　私が欲しいの、それなんです！　野宮さん。その印刷機、どこに……っ」

その晩、子どもたちが眠った後、万太郎と寿恵子は野宮から聞いた印刷機の話をした。おそらく数千円するだろうが、寿恵子は金を貯めて買いたいと言う。

「けんど寿恵ちゃん、今は、借金は片付けたがじゃろう？　千鶴も生まれたばっかりじゃき。無理はせんでも」

「……そうですけど……綾お義姉さんがお酒を諦めてないのと一緒です。私、植物採集の助手は虎鉄君に譲りましたけど、図鑑の一番の読者になることは、誰にも譲ってません」

新しい印刷機があれば、これまでより簡単に図版をたくさん刷ることができる。本文のほうは活版印刷所に頼めば、図鑑が完成するのだ。

「冊数もたくさん作れますよ！　私、すごくいい図鑑になる自信があります」

「寿恵ちゃんが自信があるがかえ」

いとしさがこみ上げて、万太郎は寿恵子を抱きしめた。

「――万ちゃん。私、商いやりたいです」

思いがけない話に万太郎は驚き、寿恵子の顔を見つめた。

「……もう充分働いてくれゆうじゃろう？　鶴ちゃんも無事生まれたき、そのうち新橋に戻るがじゃろう？」

「いえ――出来ることなら、次は新しい商いを、自分で始めてみたいんです。みえおばさんみたいに」

実は寿恵子は、みえと太輔から自分で商売を始めることを勧められていた。渋谷に新しく陸軍の練兵場《れんぺいじょう》ができる予定があり、その近くに岩崎の知人が空き家を持っているという。そこを買い取って待合茶屋《まちあい》を開いてはどうかという話だった。

「これまでは借金のために働いてきましたけど、この先は願いを買うために働くでしょう？　新しい冒険なんです。だったら私、思いっきりやってみたい。自分の力、試してみたいんです」

「……牡丹《ぼたん》の痣《あざ》。それに光る玉。心の中にあるがじゃのう、寿恵子さんは」

万太郎には、冒険に挑もうとする寿恵子が八犬士のように思えた。

「……私にもありますか」

「ある。……まぶしいくらいじゃ」


九月のある日、万太郎は虎鉄を助手として同行させて東北の採集旅行に向かった。

寿恵子は子どもたちと共に万太郎を見送ると、千鶴をりんに預け、渋谷を訪れた。

この頃、渋谷は東京市外に位置する農村地帯だった。唯一町並みがあったのが宮益坂《みやますざか》と道玄坂《どうげんざか》で、大山《おおやま》街道の一部として古くから山岳信仰の旅人が行き交っていた。明治十八年には渋谷の停車場が開業し、二十四年以降は、次々と陸軍の駐屯地が設置されていた。

表通りを歩くと茶屋や民宿があり、大山詣りに向かう人々や陸軍の軍人たちの姿があった。

住所を頼りに購入予定の家を探し、裏通りに辿り着くと、床几に座って酒を飲んでいる男性がいた。寿恵子はその男性に目当ての家の住所を見せた。

「すみません。この住所って……こちらの通りで合ってますか？」

「隣だけど」

隣家は藪《やぶ》が生い茂り、しばらく人が住んでいない様子だった。寿恵子が表から様子をうかがっていると、先ほどの男性が話しかけてきた。

「おい。ばぁさんなら、去年越してったぞ」

「おばあさん……。どんな方が住んでいたんですか？　人づてに、この家を勧められまして」

「まあ、しゃっきりしたばぁさんだったよ。昔は鍋島《なべしま》さまの奥務めしてたらしいが」

「そうですか……。あの、もう一つだけ。この町、どうですか？　……お好きですか？」

「好きも嫌いもねえだろ。渋谷だぞ？　ここまで落ちて来て、他に行くとこもねえしよ」

寿恵子は門から敷地に入ると、中庭に回った。ここも荒れてうっそうとしており、家の中の様子はよく見えない。だが、調度品などは残されている様子だ。

「や、……ちょっ……」

やぶ蚊がたくさん飛んできたので、寿恵子は慌てて中庭を出た。

隣家の前まで逃げていくと、男性はまた酒を飲んでいた。

「……よっぽどのワケありかい？　悪いこた言わねえが、ここはやめとけ。この辺じゃ、まともな口入屋《くちいれや》もねえぞ。女の働き口っつったら、弘法湯《こうぼうのゆ》くらいじゃねえか？」

「弘法湯……神泉《しんせん》のお湯屋ですね」

「あそこだけは、陸軍さんも来るし、大山詣りの奴らも立ち寄る。そうやって男がいりゃあ女も集まる。あのあたりなら飯屋もあるよ」

見れば男性の家には『荒谷《あらたに》』という看板が出ている。ここは居酒屋なのだと寿恵子は気づいた。

「失礼ですが、この道は、お客さんはどのくらい」

「客？　――こんな裏通り……。うちは畑やりながら、自分が飲むついでにやってるだけだよ」

そこに、男性の母親と思《おぼ》しき老女が出てきた。

「お客かい？　いらっしゃいませ。どうぞ」

老女は、おにぎりが並んだ盆を寿恵子に差し出した。

「ばーさん！　ちがうって。出てこなくていいから」

「あの、それは？」

「見りゃ分かるだろ。畑仕事の連中が、帰りに買ってくんだよ」

「……私も買っていいでしょうか」

寿恵子は鮭と鰹のおにぎりを四つずつ注文した。

「この通りって、掃除とか、ドブさらい……どうされてるんですか？」

「やったことねえよ。うちもこんなだしよ。テメェが生きてくので精一杯よ」

十徳長屋に帰り、井戸で手を洗って汗を拭うと、人心地ついて、寿恵子はため息をついた。

「……はぁぁぁぁぁ……」

そこに、りんと子どもたちが買い物から帰ってきた。

「おかえりー。蓮根《れんこん》買ってきたよー。焼こうよ」

「おいしそうですね。私、おにぎり買ってきました」

七輪で蓮根を焼きながら、寿恵子はりんに尋ねてみた。

「このあたりって、ドブさらいもお掃除も、皆でやるじゃないですか。そういう助け合い、どうやって始まったんでしょう？」

「そんなの……昔からだよねえ。親に聞いた話だと、旧幕時代はこのあたりも何度も火が出て、あっという間に丸焼けになってたらしいよ。ワァッて焼けて、皆でワアワア建て直してさ。そうやって手を掛けてる分、自分の町だって思うよねえ。ドブさらいくらいするよ」

「じゃあ、古い町じゃなかったら？」

「……そうだね……まず『妄想を出し合う』、かな？」

「え？　妄想？」

「思い浮かべてみたんだよ。たとえば北海道の開拓地に、一人で行ったらって。そしたらもう荒野を見るだけで絶望だろ――でも、誰かがいるならさ。寒さに凍えながら、好き勝手、妄想するんだよ。何があれば幸せになれるかって。で、元気が出たら、やれそうなことを一つずつ」

「――なるほど。妄想か……」

蓮根が焼き上がると、寿恵子とりんと子どもたちは井戸端で食事をした。寿恵子が買ってきたおにぎりは、驚くほどおいしかった。


その晩寿恵子は万太郎宛てに届いた手紙を標本部屋に持って行った。明かりをつけると、机に置かれたツユクサの植物画が目に留まった。

この絵を描いていたとき、万太郎は寿恵子に、ツユクサのような身近な植物もよく観察すれば意外な特性が分かるのだと話していた。

「観察すればするばあ、面白みが増してくるがじゃ」

そういえば土佐の横倉山で竹雄から植物採集の方法を教わったときも、観察が大切だと言われた。

「まず、周りをよう見て。ここは山の尾根か斜面か。林の中か開けた場所か。樹の傍に生えちゅうがじゃったら、この樹は常緑か落葉か。よう日が当たるがか、影になっちゅうがか」

思い返すうちに寿恵子には、自分が今すべきことが見えてきた。

「そっか……横倉山だ……。歩いて、観察して。万太郎さんならきっとそうする。——行こう。渋谷が、私の横倉山になるまで」


翌日も寿恵子は朝早くから千鶴を背負って渋谷に行き、町の観察を始めた。

表通りには魚を売る棒手振りが通り、粥《かゆ》の屋台が出ていた。弘法湯に向かう人々や二日酔いの客たちが朝食用に粥を買うのだ。寿恵子は、見聞きしたことを帳面に書きとめていった。

朝湯に入りに行く団体客の話では、弘法湯は霊験があるとされており、朝入って身を清めてから金王八幡宮《こんのうはちまんぐう》に詣るのだという。毎月一日と十五日が金王八幡宮の月次祭《つきなみさい》だということも、客の一人が教えてくれた。


あちこち歩き回ってから茶屋に入ると、湯屋帰りの芸者が二人、見慣れない菓子を食べていた。

「あの！　それ、なんですか」

「これかい？　ボーロだよ。殿様が持ってきたんだよ。西洋の——ポルトガルの菓子なんだよね」

「ポルトガル?!　殿様ってどなたですか？」

「やだね、鍋島のお殿様だよ」

明治になってこの辺りは佐賀藩の鍋島家に払い下げになった。ボーロが好きな鍋島の殿様は、わざわざ佐賀から菓子職人を連れてきたのだという。

寿恵子は大いに興味が湧いて、ボーロを注文してみた。

「おいしいっ。何これ！　歯ごたえとフワフワが一緒に」

「そんなに真剣に菓子食べる人、初めて見たよ」

「すみません、実家が菓子屋で。うちも職人さんがいたんですけど、こんなお菓子……。職人さんは柳橋の人だったんですけど」

柳橋と聞いて、二人の芸者は大笑いしだした。

「あたしら、昔居たのよ。これでも柳橋芸者だったの」

「あたしら二人ね、お姐さんの旦那に惚《ほ》れちゃってさ、競り合って、ちょっかい出して」

その挙句《あげく》二人で追いだされ、渋谷に流れて来たのだという。

「渋谷の芸者はさ、みんな追い出されてきた子ばっかり」

そんなことを言って、二人は明るく笑っている。

寿恵子はボーロと一緒に出てきた茶を飲んで、また驚いた。

「――あ。お茶もおいしいです……！」

すると今度は、茶店の女中が教えてくれた。

「お茶は、そこの茶畑のですよ。鍋島様の松濤園《しょうとうえん》です。鍋島様が移られるときに、狭山《さやま》からお茶を持って来てくださって。農園があるんですよ」

「このお茶にボーロ……知らなかったなんて不覚でした」


十一月、万太郎と虎鉄は約二か月の採集旅行を終えて東北から帰ってきた。

その日の晩、子どもたちが眠ると、寿恵子は万太郎に切り出した。

「私の横倉山について、お話しさせてください」

帳面に記した〝研究成果〟と、自分で描いた渋谷の地図を見せて寿恵子は話を進めた。

「歩いて、観察して。私、あの町が好きになりました。渋谷で待合茶屋を開こうと思うんです。人と人とをつなぐ仕事――私、この町で、やってみたいんです」


それから寿恵子は渋谷の家を買い取って開業準備を進め、翌年二月には、近隣の人々を招いて食事会を開いた。当日は、茶店で出会った芸者の葉月《はづき》ととよ香《か》、隣の居酒屋の店主・荒谷佐太郎《あらたにさたろう》、民宿の男衆や弘法湯の利権を持つ佐藤《さとう》らが、座敷に顔をそろえた。

「皆さま、本日はお運びありがとう存じます。弘法湯の佐藤さまも。お越しいただき、光栄でございます」

「こんな裏通りから食事会の知らせを寄越すなんざ――お宅の顔を見に来ただけだよ」

皮肉めいた言葉にもひるむことなく、寿恵子は笑顔で一座を見渡した。

「お食事の前に、まず、妄想のお話を。この渋谷が、東京でいちばん賑やかな町になるなど」

あきれ顔の一同を前に、寿恵子は語る。

「この渋谷には、ここにしかないものがたくさんあります。それを味わってもらえたら、わざわざ、人が訪れる町になるのではないかと」

「……とっくにそうだろう。渋谷には、うちの弘法湯がある」

「では、金王八幡宮の例大祭で、町中で神輿《みこし》を出すとか。九月の例大祭がいちばん大きなお祭でございましょう？　そのときに、宮益坂も道玄坂も、町中で神輿を出して、裏通り、隅々まで練り歩くんです。五穀豊穣に無病息災のお祈りですから」

弘法湯の客も大山詣りの人々も兵隊も、その日渋谷にいる人は誰でも神輿を担いで良いことにするのだと寿恵子は言う。すると民宿の男衆が反論した。

「だが、八幡宮がなんていうか」

「聞くだけ聞いてみりゃいいじゃない？　渋谷なんて、気安さだけが取り柄じゃないの」

とよ香の言い分に、寿恵子も頷いた。

「そこなんです。渋谷は、あぶれ者の掃《は》きだまり。だからこそ、ゆるやかで、誰のことも受け入れてあげられる、懐の深い土地です。一夜限りの旅人や、陸軍の兵隊さん。それから、他の町で失敗した人だって、この町でならやり直せる。この町はきっと、唯一無二の町になります」

「――妄想か……」

つぶやいたのは佐藤だ。

「神輿は、うちの弘法湯まで来るのかい？」

「！　もちろんです。皆さん大喜びですよ」

続いて荒谷も寿恵子に尋ねた。

「……こんな裏通りにまで、神さまがお通りになるのかよ」

「はい。どの家も、無病息災」

先ほど反論していた民宿の男衆も、その気になりはじめていた。

「……宿泊のお客も、例大祭の日には、殺到してな」

とよ香は佐藤に問いかけた。

「旦那。どう？　八幡様に掛け合ってみたら」

「――こんな、くだらん妄想を八幡様に？」

皆の視線が佐藤に集まった。佐藤はしばし考えていたが、ふいに軽い口調で言った。

「……掛け合うだけ掛け合ってみるか」

「……ありがとう存じます！」

笑顔の寿恵子に、佐藤が問いかける。

「いきなり食事会の招待をよこしたと思えば、くらだん妄想話。お宅さん、何者だ？」

寿恵子は改まって両手をついた。

「わたくしは、槙野寿恵子と申します。根津の菓子屋に育ち、新橋の料亭『巳佐登』で修業を積みまして、この度、こちらで、待合茶屋を開きとう存じます。本日は、わたくしが、この町を歩いて選び抜いたお料理にお菓子、ご賞味いただきたいと存じます。こちら、お品書きでございます」

寿恵子が配った品書きには、これぞという店の逸品《いっぴん》が並んでいる。最後に「お握り　居酒屋

『荒谷』」とあるのを見て、荒谷が仰天した。

「──おい、なんだよこれは」

「おばあさまから先ほどお届けいただきました。どれも、よその町にはない逸品揃い。開業の暁には、座敷のお客様のご注文に、胸を張ってお応えできます。どうか皆さま、今日よりは、この町に、わたくしも加えていただきとう存じます」


無事に食事会が終わると、寿恵子は中庭を眺めながら万太郎と話をした。

「ご苦労さま。皆、楽しそうに帰っていったき」

「よかった──」

寿恵子は気が抜けて、万太郎に寄りかかった。

「寿恵ちゃん。中庭じゃけんど、ここが横倉山なら、足りんもんがあるじゃろう?」

そう言われても、寿恵子には思い浮かばなかった。

「この店を守る樹があるがはえいと思うがじゃ。虎鉄君のご実家に頼んでみて、送ってもらう、ゆうがはどうじゃろう？　誰にでも愛される樹じゃ。寿恵ちゃんみたいに」


その後寿恵子は、待合茶屋『山桃《やまもも》』を開業した。玄関前には高知から送られてきた山桃の木が植えられ、赤い実をつけた。東京で山桃の木が見られるのはここだけだ。

『山桃』は東京市外の渋谷にありながら、柳橋や新橋の店とは趣《おもむき》の違う、通好みの店として評判を高めていった。

第24章　ツチトリモチ

竹雄、寿恵子に続いて万太郎の三代目の助手となった虎鉄は、その役目を果たしながら大畑印刷所でも働いて生計を立てている。

ある晩図鑑用の原稿を書いていた万太郎は、茶を持ってきた虎鉄の労をねぎらい、肩を揉み始めた。

「もったいない。やめてください」

「たまにはえいじゃろ。ほら、力抜いて」

恐縮するうちに虎鉄の視線は、標本の採集地を示す日本地図に向けられた。

「もうすぐ、日本のFloraが完成しますねえ」

地図には、北海道の一部を除いてまんべんなく印がついている。

「……ちっくと、怖うなってのう。未だに版元も見つからん。ここまで来て――これば書いても。自腹で出せゆうて突き返される。わしはどこかで、完成したら必ず欲しがられるゆうて。それじゃに、この期に及んで自腹じゃゆうがは……つまり、世の中は……」

「……必要ですき。先生。……どういたがですか。先生がそんなこと」

虎鉄は万太郎の方へ向き直った。

「お疲れながでしょう。八十八箇所、一心にやってきて、旅の終わりが見えてきて。お遍路さんらぁも、よう言うちょりました。巡り終わる目前が、いちばん怖うなる、ゆうて」

「うん……怖いき。わしとこの図鑑のために、寿恵ちゃんも虎鉄も。大勢の人らぁが支えてくれてきた。ここまで来たら、図鑑はきっと完成する。自腹でも何でも、出すことはできるじゃろう。けんどそのとき——応えられるじゃろうか。この図鑑は……愛されるじゃろうか」

「なにを——間違いありません。図鑑はきっと、百年も二百年も残り続けます！」

「大学と博物館にはのう。……けんど、それじゃ、応えたことにはならん。寿恵ちゃんがわしと一緒に夢みてくれたがは、この図鑑がみんなぁに届いて、愛されていくことじゃ。『八犬伝』のように。わしもそうじゃ。学校の先生だけじゃない。大工さんに左官屋さん。おかみさんに子どもらぁ。この国のどこにでもある長屋の皆ぁが、図鑑を傍に、草花を友とする。そんな光景が……」

「……それは……そういう世の中になったら……」

「完成するだけじゃったら、自己満足じゃ。ようけの人に愛されていかんと……。寿恵ちゃんは、わしを信じて、懸命に走ってくれゆう。この図鑑は、応えられるじゃろうか」

その頃、寿恵子は待合茶屋『山桃』で客を迎えていた。

「相島さま。本日はありがとうございます」

巳佐登の宴席で度々寿恵子と顔を合わせていた逓信省鉄道局の官僚・相島圭一は、ここのところ『山桃』を贔屓《ひいき》にしており、この日は銀行員の小林《こばやし》を連れてきていた。

「小林さま。ようこそお越しくださいました」

「相島さんが、ここは、新橋や赤坂ではできない、内密の話に持って来いだと」

「ええ。内緒のお話でしたら、ご存分に。本日は、お食事のご希望はございますか？」

すると、相島は鯛《たい》の漬け焼きを、小林は阿蘭陀《おらんだ》なますが食べたいと答えた。

「鯵《あじ》を胡麻《ごま》油で焼いて、なますにしたのが好きでしてね」

「畏まりました」


寿恵子が帳場に戻ると、巳佐登の仲居・フミが酒の支度をしていた。みえが、相島のなじみの仲居がいたほうがいいだろうとフミを『山桃』に寄越してくれたのだ。酒と小鉢を座敷に出すようフミに頼むと、寿恵子は居酒屋『荒谷』に行き、酒を飲んでいた男に料理の注文書を渡した。

「これを。宮益坂の『椿屋《つばきや》』さんに仕出しお願いします」

「『椿屋』に鯛を。……こんな店、よく知ってんなぁ」

感心しているのは、弘法湯の下男・迅助《じんすけ》だ。夜中の湯釜掃除が主な仕事なので、それまでは『山桃』の使い走りをするようにと佐藤に命じられている。

寿恵子から駄賃を受け取ると、俊足の迅助は飛び出していった。


その後小林と相島は、寿恵子が手配した料理を堪能した。

「この町に来たときには、垢抜けない田舎に思えたが、こんな味わいがそろうとは」

「女将の眼力あってのものだね」

相島が褒めると、小林は上機嫌で事業の構想を語りだした。

「そう。眼力のある人間が、その土地に降り立てばいい。土地が秘めた価値を見つけ、引き出すのは、外から来る人間のほうがいいんだ。鉄道事業は、この先確実に、我が国を支える柱となる。だが、莫大な資金を集めなくてはならない。では、人が住むところに鉄道を通すのではなく、先に、暮らしの場を作り、人を集めるのはどうだろう？」

例えば渋谷には今、持ち主が持て余している土地がたくさんある。そういった郊外の安い土地をまとめて手に入れ、家を建てて暮らしの場を作る。そうして住人が集まってきたところに、後から鉄道を敷けばいいのだと小林は語った。

「……なんて……！　そんなことを思いつかれるなんて……」

大胆な発想に寿恵子は驚き、感心した。

「そうなんだ。話を伺うだけでも熱くなる。小林さんにはぜひ、実現していただきたい」

すると小林は、相島のほうへ向き直って酌をした。

「――相島さんはどうなんです？」

小林は、間もなく関西に赴任することが決まっているのだという。

「そのうち私は銀行を辞めます。あなたもいつまでも省庁にお勤めじゃつまらない。この先、互いに、東西の鉄道の雄となるのはどうでしょう？　この渋谷には、あなたが降り立てばいい」

返事の代わりに相島は、注がれた酒をグッと飲み干した。

相島たちを見送った後、寿恵子は荒谷に礼を言いに言った。今夜小林に出した阿蘭陀なますは荒谷が作ったのだ。

「――おじさん、おいしかったって。あんなにおいしい阿蘭陀なます、初めてですって」

「……あっそ」

「やっぱりね、あのおにぎりからして、違ったもの。おじさんの料理の腕、だだ漏《も》れですよ？」

「馬鹿言うんじゃねえよ。俺は、一度は客に包丁突きつけた身だ。もう他人様《ひとさま》に料理なんか出しちゃいけねえんだよ」

「そこは、ほら。料理を出すのは、うちですから。おじさんは暴れたお客から店を守ったんでしょ？　神楽坂で板前さんだったんでしょ？　もったいないです。鰻も焼けます？」

「ハアッ?!　おま、聞いてたか？　もう作んねーぞ」

そこにカネが現れた。

「お母さん、あのね、おじさん、鰻焼ける？」

「焼けるよお。天ぷらも旨いよお」

「黙れって！」

寿恵子が『山桃』を開業し、竹雄と綾が屋台『土佐』を始めて五年が経った。

農科大学の教授になった波多野は、仕事の合間を縫ってたびたび『土佐』にぶっかけ蕎麦を食べにくる。藤丸はと言えば、十徳長屋に引っ越し、農科大学に通いながら酵母菌の研究を始めていた。

　ある日、藤丸は万太郎と連れ立って『土佐』に現れた。

「今日は蕎麦の前に。この先の酒の話を」

そう言って藤丸は、綾と竹雄に帳面を見せた。そこには、これまでの研究成果が記されていた。

「今は、農科大学に居候させてもらって研究してます。菌を突き止めるために」

「菌を突き止める……？」

　不思議そうに尋ねる竹雄に、藤丸が説明する。

「まず外国の文献から調べたら、フランスの学者がアルコール発酵が酵母菌によるものだと発表していたんです。それがきっかけで、ビールを作るためには、ビール酵母という酵母菌が働くと突き止められた」

　そうなると、日本酒にも日本酒だけを作る清酒酵母がいるのかが重要になる。

「この結論は、日本の学者が突き止めました。清酒酵母は実在する。日本酒の醪《もろみ》から清酒酵母を分離する実験が成功し、ようやく証明されたんです」

　長らくドイツに留学していた研究者がそれを証明した。そして彼は日本に戻り、農科大学の教授となった。ついに、日本に醸造の教授が誕生したのだ。

「俺、正式な学生ではありませんが、その教授にも教えを乞います。万さんみたいに突撃して。醸造の研究、これからは飛躍的に進むはずです」

　藤丸の話を聞き、綾は瞳を潤ませた。

「……ありがとうございます。もう、胸が一杯ですき。峰乃月を造ってくれよったのは、その清酒酵母ながじゃねえ」

「そうじゃ、ねえちゃん。これまで酒は蔵の神さまが造るもんじゃと言われてきた。あれは、長年受け継がれてきた蔵の隅々に、その清酒酵母が棲《す》んじょったきながじゃろう」

「つまり、その清酒酵母をちゃんと培養して、腐造や火落ちを起こす菌をあらかじめ取り除いておけば、いい酒が造れるんです」

藤丸が言うなり、竹雄は目を丸くした。

「そんなことで……。――すみません、決して簡単じゃらあて思うたわけじゃありません。ただ……」

竹雄の気持ちは、万太郎にもよく分かった。

「伝統と経験で受け継がれてきたことに、たしかな土台ができていく。ほんじゃきこの先はきっと、根拠のない迷信は消え失せていく。女人は蔵に立ち入ったらいかんらあて――もう誰にも言わせせんき」

竹雄は綾に、優しいまなざしを向けた。

「綾さん。長かった暗闇が、今、明けたのう……」

少女のころ、綾は蔵に足を踏み入れ、杜氏の寅松に見とがめられて引きずり出された。

「おなごは穢《けが》れちゅうがじゃ。入ったらいかん!」

そう怒鳴られてから今日まで、綾は胸の奥に暗い闇を抱えてきた。峰屋を愛し、酒を愛する自分が、酒蔵を穢すと言われた。寅松だけではない。幾度も幾度も、その言葉をぶつけられてきた。

しかし今、綾が抱えてきた闇にやっと光が射し込んだのだ。

泣き崩れそうな綾を、竹雄が支えている。

万太郎と綾は、藤丸に心から礼を言った。

「ありがとうのう。藤丸」

「本当に……ありがとうございます」


『土佐』から帰ると、虎鉄が万太郎に、荷物が届いていると知らせてきた。

「紀州《きしゅう》熊野の那智山《なちさん》からです。表書きに――『新種在中』と」

開けてみると、植物標本の束と手紙が出てきた。差出人の名は南方熊楠《みなかたくまぐす》。手紙は細かな字でびっしりと書かれており、万太郎は、ほとばしるような情熱を感じとった。

「……外国の周遊から十四年ぶりに日本に戻ったばかりとある……。サンフランシスコからキューバ……またニューヨーク、最後はロンドン……大英博物館で学んだそうじゃ……」

「まさか、そんな日本人が……おったがですか」

「明治二十六年に『ネイチャー』に最初の論文が掲載されたそうじゃ……」

題材は『極東の星座』だと書かれているので、熊楠は植物学者ではないようだ。しかし手紙には、今回送る標本は自分で学名も考えたので確かめてほしい、とある。十点ほどの標本の中に、学名の名札が挟まれた物が一つあったが、万太郎はその場で、新種ではないと言い切った。

「珍しいけんど、これはカナビキソウじゃき。送ってくれて助かったのう。新種じゃないもんは、ちゃんと『新種じゃない』と正していかんと。それも、わしらの仕事じゃき」

「それにしたち……とんでもない御仁ですね。植物分類学の大家である先生に、『自分で学名付けたから見ろ』と送りつける——わしには決して出来ません」

万太郎は改めて、熊楠からの手紙を手に取った。

「植物に熱を燃やす人が、ここに現れた。まるで、恒星みたいじゃ。熊野の闇夜に、強烈に光りゆう。いつか会うてみたいのう。まあ、この標本は、訂正して送り返すがじゃけんど」


この日の晩、万太郎は寿恵子に、南方熊楠の話をした。

「熊楠さんのように自ら植物に熱を発してくださる人が、こじゃんと増えたら。図鑑はきっと役立ててもらえるき」

「……万太郎さんの図鑑、早く出さなきゃね。私はほんとうに、自腹でいいと思ってるんですよ。渋谷は田舎でしょう。でも値打ちが出るって信じて、働いている人たちがいます。私も毎日、いい町だなって。値打ちはあとから生まれてくるんです。だから万太郎さん、アルミニウムの印刷機、買ったらすぐに印刷しましょう。原稿、仕上げておいてね」

万太郎はうなずき、熊楠が送ってきた標本の一つを寿恵子に見せた。

「今日はとびきり珍しいもんも送られてきちょったき」

「……なんですか。葉っぱ……竹みたい」

「ハチクじゃ。しかも、これは、開花しちゅう標本じゃ。ハチクは、一二〇年周期で開花する」

「一二〇年⁈」

「まだその理由も、仕組みも分かっちゃあせんがじゃけんど。開花したあとは、山じゅうの竹《たけ》林《ばやし》が一斉に枯れ果てる。そうして、また新しい竹林が再生していくがじゃ。すごいじゃろう？」

万太郎は楽しげに話して聞かせたが、寿恵子は怯えた顔で万太郎に寄り添った。

「ちょっとそれ……一二〇年も、あたりまえだった景色が急に変わるのは、私なら……怖いです……吉兆なのか凶兆なのか」

「……こんな伝承も残っちゅうき。『人の世に異変が起こるとき、竹の花が咲く』。ま、竹はただ咲きゆうだけじゃけんど」

それを聞いて寿恵子は一層おびえた。視線は、ハチクの標本が挟まった新聞の日付に向けられている。

「万ちゃん。その日付、先月ですよ。——花が咲いたんですね……」

翌明治三十七年二月、朝鮮半島と南満州の支配を巡り日露戦争が始まった。日本は約八万四千人の戦死者と十四万三千人に及ぶ負傷者を出しながら、明治三十八年九月にロシアに勝利した。日露戦争を経て、渋谷は大きく変化した。明治四十二年、渋谷から代々木にかけての一帯は、陸軍の練兵場となった。その周辺には陸軍の施設も作られ、兵士たちが休日に集まるようになった。そして陸軍相手の商いや兵士との面会のために、各地から人々が押し寄せるようになった。

玉川電気鉄道が開通して東京市電も乗り入れると、渋谷は交通の要所となった。明治四十三年には、練兵場で日本人による日本での初飛行が成功し、渋谷の名は全国に知れ渡った。

このころには、待合茶屋『山桃』も大繁盛していた。ある晩、寿恵子が帳場で酒の支度をしていると、相島が顔を見せた。

「女将。丸ごと貸し切りにできる日はないかね？　むろん、席料は奮発する」

「お打ち合わせでございますか」

「ああ。神戸に永守《ながもり》という家がある。旧幕時代は瓦商だったんだが、御一新で、兵庫一体の土地を買い占め、莫大な財を成してね。その方に出資を願いたいんだ。手紙を出したら、まずは、代理人と話してほしいと返ってきてね」

「畏まりました。それは大事なお席でございますね。――よろしいのですか。おばさまの、柳橋の『巳佐登』ではなく……」

「ここがいちばんいいんだ。俺は、寿恵子女将を信頼しているし、この店の木、わざわざ土佐から取り寄せたものだろう？　その代理人、元は代議士を務められていた方で、土佐の御方だそうでね」


　このころになっても万太郎は、徳永教授の助手を続けていた。ある日、教授室に手紙を届けに行こうとしたところ、ひと際分厚い封筒があるのに気付いた。差出人は南方熊楠だった。

　徳永は熊楠からの手紙を見ると、すぐに文箱に放り投げた。これまでにも熊楠は何度も徳永に手紙を寄越していた。

「……ご熱心な方ですよね。お手紙も熱があって」

　すると、徳永の顔が険しくなった。

「……おまえも受け取っているのか？」

「ええ。標本の検定を何度か依頼されています」

「この南方という御仁は、今、国が進めている神社合祀《ごうし》令を『神狩り』だと断じている。いいか、槙野。植物学教室教授として命ずる。……深入りするんじゃない」

「……待ってください。……神社合祀令――一町村に一社とするゆうがは建前で、実際のところは、地域ごとに任せられちゅうもんですよね？」

「ああ。由緒ある神社に限られた財源を割り当てる。そのために、ことさらに由来もない小さな社《やしろ》は整理する。それだけの話だ。むしろ、神社の尊厳を守り続けるための措置だ。だが闇雲に騒ぎ立てる者もいる。この御仁は植物保護の観点から、植物学教室に反対運動に加われと」

「……合祀の際に、神社の森まで伐採される、ゆうことですか」

「国が進めているのは社の合祀だけだ。森の話はしていない。この御仁は外国を見てきたらしいが正規の留学でもなく、なんの学位もない。おそらく、こういうやり方で目立ちたいのだろう」

　その考えには同意はできず、万太郎は何も答えなかった。

「社の合祀ということで、民俗学者の柳田《やなぎた》さんなどは彼の運動を積極的に推進している。民俗学者にはそれだけの理由があるからな。植物学教室は、彼らの運動に表立って反対はしないが、それより今は満州だ。大陸の植物調査の予算を守りたいだろう？」

　満州での調査の件は、助教授の細田が準備を進めていた。

「南方さんには、こちらで障りのない葉書《はがき》を出しておく。柳田さんにも私のほうで対応する。おまえは決して関わるんじゃないぞ」

　そう釘を刺して徳永は執務に戻ったが、万太郎はどうしても尋ねておきたかった。

「あの。……一応、次の植物採集地、熊野に行ってもえいでしょうか」

「何度も言うが、大学は国のために、国から金をいただいて研究しているんだ。今は満州が」

「分かります。けんど、植物学教室は日本の植物学の砦《とりで》ですき。国のためではのうて、何よりも植物学のために尽くすべきではありませんか？　調査して本当に問題があったら、徳永教授が、国のやり方を諌《いさ》める、そういうことも」

「それ以上言うなら、大学本部より問い合わせがあった」

「なんですか」

「投書が来たそうだ。教員の妻が、渋谷で水商売をしているのはいかがなものかと」

「……待合茶屋をやっております。……どこがいかんがですか」

「部屋貸しの商売だろう？　中で何をされているか分かったものじゃない。世間への影響を考えてみろ」

「……教授、私のことは何を言われようが構いません。本部にも伺います。けんど――妻のことは」

「だから、もう目立つな！　……いいか。これ以上、たてつくんじゃない。神社合祀令は台湾とは違う。誰の目にも映る、内地の問題なんだ。私も、これ以上は庇《かば》えない。分かっているな」


沈んだ気持ちで帰宅し標本部屋に入ると、野宮から手紙が届いていた。手紙によると、野宮は今、京都市郊外の私立中学で講師を務めているという。

『近ごろ、面白い方から手紙をいただきました。南方熊楠さん。松葉蘭《まつばらん》の発生順序について、共同で研究しようと誘われました。私の賞金目当てかもしれませんが』

野宮はイチョウの精虫を発見した際に、高額の報奨金を得ていた。

『私にとっても、これが最後の研究になるかもしれない。……応じることとしました。その熊楠さんが、近ごろ、怒《いか》り狂っています。彼が子どものころに過ごした糸田《いとだ》の神社が合祀されたそうです。神社の森は全滅。樹木一本もなく、井戸の水も濁り、飲むこともできないそうです。神社の合祀令は国の大号令です。大学では反対の声も上げられないでしょう。それでも、勝手ながら、君の顔が思い浮かびました。すべてが喪《うしな》われる前に……君に、勝手な願いを託します』

衝撃的な事実を知った万太郎は、母屋に駆けこみ荷造りを始めた。すぐにでも熊野へ向かいたいと思った。

そのとき、井戸端から百喜と千歳の話し声が聞こえてきた。

「お父ちゃん帰ってる?」

百喜は役所に勤めており、仕事を終えて帰ってきたところだ。

「今日、うちの役所に、理科の先生方がいらしたんだよ。お父ちゃんに教科書を書いてもらいたいってさ。東京帝国大学のお墨付きが欲しいんだって」

「でも、お父ちゃん、まだ助手なのに」

「そう。身分は助手なんだって話したら、ビックリしてたよ。有名だからそうは思わなかったって」

「確かに。お父ちゃん、講演会も呼ばれるもんね。助手なのに目立ちすぎてるよね」

その言葉に、万太郎の手が止まった。やはり自分は出過ぎた真似をしているということなのか……。万太郎は暗澹《あんたん》とした。

この日、待合茶屋『山桃』には相島が大切な客人を連れてきていた。

「本日はようこそお越しくださいました」

出迎えた寿恵子に、客人は笑顔で言う。

「土佐の味を食べさせてもらえると聞いてのう、喜んで来ましたき」

座敷に上がった相島たちに、寿恵子とフミが皿鉢《さわち》料理を出すと、客人は大いに喜んだ。

「女将、この料理はどういたがじゃ？」

「わたくしの義理の姉夫婦が作ってくれました。昔は土佐で酒蔵をしていたのですが、今はこちらに出て来て、土佐料理の屋台をやっております」

「酒蔵か……誉れ高い土佐の酒蔵も、国のせいで潰れてしもうたきのう……」


土佐料理を堪能した後、客人はこの日の本題に入った。

「お聞き及びのように、永守家の現当主は、意義のある事業に投資したいと考えちょられます。皆さんご熱心ながはよう分かっちょります。こうして事業の計画書もいただきました。あとは、当主から一つ、質問を預かってきちゅうがです。当主はそれで、投資先を決めたいと申しちょりますき」

「質問とは。なんなりと」

「ほんなら――『あなたが、人生で一つだけ選ぶものは何か』」

客人が厠《かわや》へ行きたいというので、寿恵子が案内した。廊下を歩きながら、寿恵子は永守家の当主からの質問について話した。

「……面白いお尋ねでございますねえ。人の数だけ、答えがありそうな」

「ああ。ほうですのう。相島さんの『町作り』ゆうお答えもまっことご立派ですき」

「わたくしの夫でしたら、迷わず、植物と答えますすねえ」

「植物？　……そりゃあ、変わっちゅうのう。世の中は、雑草じゃゆうて見向きもせんのに」

「それが。うちの人は『雑草という草はない』なんて。どんな草花にも名前がある。人が、その名前を知らないだけだと」

するとと客人の表情が変わった。

「……女将、義理の姉夫婦は土佐じゃと言いよったのう。その――ご夫君の名前は？」

「植物学者で、槙野万太郎と申します」


その晩万太郎は標本室で一人、日本地図の熊野の地を眺め、思い悩んでいた。

そこに寿恵子が入ってきた。見れば、後ろに男性の姿もある。

「なんじゃあ！　この部屋は。万太郎！」

「……逸馬《いつま》さん……？」

「おう。わしじゃ。早川《はやかわ》逸馬じゃ」

相島の客人は、明治の始めに高知で政治結社『声明社《せいめいしゃ》』を率い、自由民権運動に励んでいた早川逸馬だった。

「逸馬さんじゃ。……逸馬さん……逸馬さん！」

若き日に共に未来を語り合った二人は再会を喜び、抱き合った。

その後万太郎と逸馬は井戸端に出て、月明かりの下で話をした。

「逸馬さん。あの節はほんまにありがとうございました。逸馬さんが守ってくださらんかったら、今のわしはありませんでした」

かつて万太郎は逸馬と共に『声明社』の演説会に登壇し、集会条例違反だと乗り込んできた警察に連行された。当時は峰屋の当主だったため、声明社に資金提供しているのだろうと疑われたが、逸馬が拷問を受けながらも、万太郎は仲間ではないと証言したため釈放された。

「あれからのう、おまんが隣におったらと思うこともあったき。おまんがおったら愉快で、きっとなんじゃちゃ出来ちょった。風に乗る二匹の龍のように」

逸馬は万太郎を結社に誘ったのだが、万太郎は植物学の道を進むことを決めた。

「けんど、これでよかった。わしは、誰もが己のまま生きていける世の中を夢みたけんど……また戦いの世になってしもうた。自由とは、己の利を奪い合うことじゃあない。それやったら、奪われた側は痛みを忘れんき。憎しみが憎しみを呼んで、行き着くところまで、行くしかのうなる。そこいくと、おまんこそが、自由の極みじゃったのう。一人、自分だけの道を見つけて」

「……今は、分からんなっちゅうがです。小学校も出ちゃあせんわしが、大学に雇うてもろうて。どこに行ったち信用してもらえる……。それでも、心が騒ぎゆうがです……」

「わしは、信用したがじゃ。たとえおまんが誰じゃち――その目だけで十分じゃったき」

後日逸馬は、万太郎と寿恵子に永守家当主・永守徹《とおる》を引き合わせた。『山桃』の座敷で対面すると、京都帝国大学を卒業したばかりだという徹は、永守家が万太郎の植物標本十万点の保管と図鑑発刊のための費用を支援すると告げた。

「私は、伯父《おじ》に養子として引き取られ、現在は当主として莫大な資産を受け継ぎました。伯父は、この国が世界に引けを取らない文明国になることを願い、尽力して参りました。私には伯父の遺志を継ぐ責任があります。出版は自腹やと伺いました。図鑑の完成までには、標本はこの先も増えていくんでしょう？　今後、金銭に困ったら、標本が散逸する可能性もあるんでは？」

そのとおりなのだが、万太郎も寿恵子も突然の申し出に驚き、戸惑うばかりだった。

「西洋には多くの博物館や美術館がございます。秀でた芸術品を資産家たちが保護し、国外への流出を防いでいる。私も、標本の散逸を防ぎたいんです」

逸馬も長年、永守家の先代当主から支援を受けていたのだという。

「不動産の貸付業で、これからも金は入り続ける。常々、実のあることに使いたいと話されちょった」

「人の命には限りがありますから。私も、憂いのないうちに、伯父の遺志を形にしておきたいんです。……私は、この春の徴兵検査で甲種に合格し、陸軍に行くことになっております。私の家でしたら、しかるべき金額を陸軍に納めたら、一年志願兵として兵役が短く済み、将校になる道もございます。ですが、そうしたことに金を遣うよりも、伯父が喜ぶことを……」

「……庭いじりがお好きな方じゃったき。丹精込めて育てた庭で、季節ごと、草花を楽しんでおられてのう」

「私も、花咲く庭で、誰もが楽しむ。そんな世が望みですから。先生へのご支援は、私にとっても生きた証《あかし》となります。早川先生を通じ、これもご縁かと。槙野先生、お受けいただけませんでしょうか」

万太郎は礼を返してから話し出した。

「……ありがたいがですけんど……生きた証らぁ……どうかおっしゃらんとってください。兵隊に行かれるがでしたら、わしは待ちますき。……あなたのお申し出……本当に、勇気づけられました。……わしも、そんな世を望みますき。わしの図鑑も、そんな景色の中にありたい。逸馬さんともう一遍会えたことも……あのときの皆ぁの熱を思い出しましたき。あの時は、誰もが声を上げよった。そんな世の中を、この手で創るがじゃゆうて」

自由民権運動の熱気を思い返して逸馬も頷いている。

「あなたがお戻りになるまで、図鑑の準備を懸命に進めちょきます。植物標本も、決して散逸させんよう守り抜きますき。ほんでそのときには。出版のご支援を賜りとう存じます。どうか、よろしゅうお願いいたします」

万太郎と寿恵子はそろって頭を下げた。

「分かりました。……軍隊から帰りましたら、まずは印刷費用から、ご支援させていただきたく存じます」

この出来事で万太郎の迷いは消え、次の採集旅行の行き先を熊野に決めた。熊楠がいる熊野へ行くと家族に告げると、百喜が驚いた様子で尋ねてきた。

「お父ちゃん、その南方って捕まった人じゃないか？　神社合祀令に反対して、県の推進役が集まるところに乱入して、大暴れしたって。新聞で読んだよ」

そんな人を訪ねては大学で問題になるのではないかと千歳も心配した。しかし寿恵子が、それでも万太郎は行くに決まっているのだからと説き伏せた。

九月に東京を発った万太郎は、熊野までの道中、各地の神社の森に立ち寄って調査を行った。


十一月、調査を終えた万太郎が東京に戻ると、入れ替わりに竹雄と綾、藤丸が旅立つことになった。竹雄と綾は沼津《ぬまづ》の酒蔵を買い取り、藤丸と共に酒造りに挑むことに決めたのだ。

出立を前に、屋台『土佐』に万太郎夫妻と竹雄夫妻、波多野と藤丸が集まり、宴が開かれた。

波多野は藤丸への餞《せん》別に、ウサギ柄の手拭いで作った巾着を渡した。

「これ、もしかして波多野が作ってくれたの？　……下手《へた》だなぁ。語学の天才なのにさ。農科大学の教授さまなのにさ。下手だなあ……っ」

それなら返せという波多野ともみ合い、笑い合いながら、二人は別れを惜しんだ。


宴の後、万太郎は竹雄を標本部屋に連れていき、新たな標本を見せた。

「ツチトリモチゆう、それは珍しい、貴重な子じゃ。和歌山にある神社の森で見つけてきたき。年が明けたら伐採されてしまうそうじゃ。この子は、原生林を好むがじゃ。一度人の手が入った林にはなかなか帰ってこん――森の小さな守り神さんじゃき」

「森が伐《き》られたら、この神さんも消えていくがか」

「わし、神社の森の植物を一つ残らず書き留めてきたき。これを、大学に提出する」

「おまん、平気かえ？　国の旗振りの神社合祀令じゃろ？　そんなことしたら……」

免職になりかねない、と竹雄は言いかけたが、覚悟を決めた万太郎の表情を見て、笑い出した。

「勝手に大学に押しかけて、通わせてください、ゆうて。今度は、自分で出ていきます、ゆうがか。わがままがすぎるじゃろう。天下の東京帝国大学相手に」

「……そうじゃのう」

「世間体ゆうもんを分かっちゃあせんじゃろう？　幾つになっても子どもっぽうて。そんでも、金色の道を貫くためながじゃろ？」

竹雄はツチトリモチの標本にそっと手を触れた。

「こういう、小さい神さんが消えていくゆうがを見過ごすより、手を差し伸べる、おまんがえい。峰屋の若旦那は、ダメ若じゃったけんど——いつじゃち、優しさと強さは本物じゃった。そういう若じゃき、わしは愛したがじゃ。寿恵ちゃんにだけは、ちゃんと話しよ。あとは、ピカピカ笑って前を向けばえい。この神さんのことも伝えていきゃあえい」

「……届くかのう？」

万太郎が問うと、竹雄は、部屋中に積み上げられた標本と、全国から届いた手紙の束を見渡した。

「ああ。ここにあるすべてが証じゃ」

第25章　ムラサキカタバミ

ツチトリモチについての原稿を書き始めた万太郎は、寿恵子に話があると切り出した。

「わし……この子のことをどうしても世の中に伝えたいがじゃ。けんど、発表するには大学の身分じゃと障りがある。──大学を辞めてもえいじゃろうか」

すると、寿恵子だけでなくそばにいた千歳と千鶴も驚いた。千歳が万太郎に訳を問いただしていると、百喜と大喜が帰ってきて家族全員がそろった。

「東京帝国大学を自分から辞めるんですか？」

百喜に問われて万太郎が謝ると、寿恵子が子どもたちに言い聞かせた。

「まずお父ちゃんの話、聞きましょう」

それを受けて万太郎は、居住まいを正して話し出した。

「このツチトリモチゆう植物は、日本でまだ雄株《おすかぶ》が見つかっちゃあせん、雌株《めすかぶ》だけの、珍しい植物じゃき。わしも何遍も探し回ったけんど、ちっとも見つからんでのう。こうなると──ある仮説が浮上する。雄株がのうても種子を作れる能力があるがかもしれん。他にも奇妙なところがあるき。この植物には、根っこがない。この根元の塊からいきなり茎が出てくるがじゃ」

するると、子どもたちは次々に万太郎に問いかける。

「じゃあ、養分はどうしてるんですか？」

「この色なら光合成もしなさそうだよね」

「こう見えて、食虫植物？　虫でも食べてるの？」

「ムジナモみたいに？」

子どもたちは四人とも植物が好きなわけではない。だが万太郎の子だけあって自然と詳しくなっている。

「そりゃあのう。木の根の先について、木から養分をもらいゆうがじゃ。この子は……人間にはまだ解き明かしきれん、自然の理《ことわり》を抱えたまんま、ひっそりと、木に助けてもろうて生きちゅうき。こんな貴重な植物が、保護もされんと、死んでいこうとしゆう」

父の話に聞き入っていた百喜が、重要なことに気づいた。

「……お父ちゃん。これ、採集地、神社の森ですか」

「ああ。年明けに伐採がはじまるところじゃ」

「でも神社合祀令に反対したら」

「自分で歩いて、何が起こっちゅうか確かめてきたき。実際はどこの県も、取り潰した社の跡地、それから森の木々、ご神木も——民間に払い下げて金に換えちょった」

「まあ……国は財源が不足してるし、県にそれぞれ自分で稼いでくれってことなんだろうけど」

ため息交じりに百喜が言い、大喜と千歳も割り切れない思いを口にした。

「そしたら幾らだって社を潰すし、森も伐るじゃないか」

「そんなことが、各地で起こってるってこと？」

「わしは、やっぱり、大学の人間である前に、一人の植物学者ながじゃ。人間の欲が、どんな植物を絶やそうとしゆうか、せめて世の中の人らぁに伝えちょきたい。大学と国はひとつじゃ。――国のやり方に反することは、教授にも禁じられちゅう。ほんじゃき、大学にはおられんき」

「大学とツチトリモチが天秤なのね。――そりゃあ……、釣り合いませんねえ」

寿恵子は、万太郎の話に納得している様子だ。

「そしたら万ちゃん、新しい紙を買わなきゃね。この子を目玉にした『日本植物志図譜』の新刊、出すんでしょ？」

「ああ！」

両親のやり取りを見て、千歳、百喜、大喜はそろって深いため息をついた。

「――はあぁぁぁぁ……」

「……お母ちゃん……っ、確かにお父ちゃんにはその天秤、釣り合ってないよ――けどね！」

あきれ顔の千歳に続いて、大喜が寿恵子に尋ねる。

「悔しくないんですか。こんな馬鹿げたことで、お父ちゃんが辞めなきゃならないなんて。馬鹿げてるよ。お国のほうが。だってこないだ授業で習ったばかりだよ。木々がしっかり根を張ることで、山崩れも防いでる。災害の多い日本には木が重要なんだって」

千歳も、大喜とは別の角度から問題を指摘した。

「目先のお金に換えるために伐っていくなんて――だいたい払い下げて終わり、あとは知らないって、そういうやり方、りんおばちゃんがいちばん嫌がるんだよ。それ、本当に村の人たちのためになってるの?」

百喜は、国の方針への不満を述べた。

「この前の戦争からこっち、『国民は国を愛せ』ってやたらと言われてるだろ? でも国への愛って、まずは身近な、ふるさとへの愛着から生まれると思うんだ」

「百喜、それよ。ふるさとのご神木が伐られたら、悲しいじゃない? うちの根津神社が取り潰しになれば、根津はもう根津じゃなくなるのよ」

千歳が言うと、千鶴も大切なことに気がついた。

「鳥もいなくなるね」

子どもたちはあれこれと考えを述べ合って意見をまとめ、それを百喜が万太郎に伝えた。

「いろいろ腹が立ちますが、どうぞお辞めください」

「えいがか。……百喜はわしのせいで、役所で肩身が狭うならんじゃろうか?」

「今更ですよ。俺たちが、子どものころからどれだけ言われてきたと思ってるんですか。長屋を一歩外に出れば、貧乏長屋の狸御殿とか」

そう言って百喜は笑い、大喜と千歳も、これまでさんざん言われてきた言葉を万太郎に伝えた。

「金にもならない草を集めてるとか」

「あの家のお父ちゃんは帰って来ない。よその家と違うとか」

どれも万太郎には初耳だった。子どもたちは寿恵子から、万太郎は後の世に残る仕事をしているのだから胸を張れと教えられ、不満を言うことはなかったのだ。

千歳は、石版印刷機や家の中にあふれる植物標本に目をやった。

「うちがこうなのはお父ちゃんの草花好きのせいですから――私たち別に草花は好きじゃないですけど、お父ちゃんとお母ちゃんのことは、大好きなんですよ」

「俺も、だから役所勤めを目指したんです。こういう時のために。うちに何かあっても、俺が手堅く稼げばいい」

百喜は今となっては、万太郎よりずっといい給料をもらっているのだという。

「だからお父ちゃん、こっちの心配はいらないよ」

「俺も、一高をやめて、働きに出てもいいし。早く新聞記者になりたいからさ」

「大喜はちゃんと大学に行きなさい。そしたら兵隊に取られないでしょ。その分、私がお母ちゃんの店で働きます。あと少し、鶴ちゃんの手が離れたら」

「ちづるも働きます」

「鶴ちゃんは学校！」

とたんに千歳、百喜、大喜が声をそろえた。

いつの間にか子どもたちは頼もしく、健やかに成長している。万太郎と寿恵子はその喜びを噛みしめた。


このころ、十徳長屋に大きな変化があった。りんが差配人を引退すると決めたのだ。りんとは長い付き合いになる長屋の家主が具合を悪くしており、二人で一緒に暮らすことにしたのだという。りんはこの決意を千歳と寿恵子に伝えた。

「ここが好きだしね。万さんにお寿恵ちゃん。それから、こてっちゃんとあんたたち。なんだかみんなもう実の子みたいな気がするけどねえ。……最後は、家主と過ごすって決めてるからさ」

りんは、差配人を千歳に継いでほしいと頼んだ。幼いころから世話をし、さまざまなことを教えてきた千歳に、大切な長屋を託したいと思ったのだ。

「おばちゃんの頼みだよ。どうかねえ？」

千歳は泣きながらりんを抱きしめ、後を継ぐと約束した。

「おばちゃん。……おばちゃん……心配しないで」

「ありがとうねえ。千歳には、全部仕込んだからね。あんたなら安心だよ」

冬を迎えるころ、万太郎はツチトリモチを収めた『日本植物志図譜』を刷り上げた。それを徳永に見せ、『日本植物学雑誌』掲載用のツチトリモチの新分布の論文も執筆したと報告した。

「これは紀州熊野、神社の森の Flora です。伐採で、これだけの植物が喪《うしな》われようとしています」

「……それで？　どうしろと？　この教室の立場は説明したはずだ。南方も暴行で収監された。おまえにも、はっきり禁じた！　なのに」

「南方さんとはお会いしていません。大学の身分がありましたき。お言いつけどおり、南方熊楠さんには一切お目に掛からず帰ってきました。それだけは、信じてください」

「……だが、おまえがこれを発刊するなら、世間の目にはどう映るか。言ったはずだ。もう庇《かば》えないと。槙野。残念だが、今学期限りでおまえを」

罷免する、と徳永が言うよりも先に、万太郎は辞表を差し出した。

「これまで大変お世話になりました。私は明日以降、こちらの『日本植物志図譜』と紀州熊野のFloraを、各所に送り始めます。これは、大学とは関わりなく、私一人の行動でございます」

徳永は辞表を受け取った上で問いただした。

「……本当にいいのか？　合祀令から目を背ければいい。植物学者として働きたいなら、今は満州がある。大陸の大地が」

「申し訳ありません。もう決めましたき。……教授。お世話になりました」

頭を下げ、万太郎は教授室から去ろうとした。

「この雪の　消《け》残る時に　いざ行かな」

徳永が口にしたのは、万葉集の歌の上の句だ。万太郎が初めて徳永と二人きりで話をしたときも同じようなことがあった。

「……山橘《やまたちばな》の　実の照るも見む」

万太郎が下の句を続けると、徳永はツチトリモチの絵を手に取った。

「……よく描けている。こんな植物画……おまえだけだ」

「ありがとうございます」

いざ離れるとなると、青長屋での思い出が次々に脳裏によみがえる。ここで田邊に出会い、藤丸、波多野と友情を育み、大窪と新種を見つけた。だが今、廊下を歩く万太郎は一人きりだ。

そこに、大学職員がやって来た。

「あ、槙野さん。お客さまですよ。来年度から工科大学に着任される、広瀬教授です」

万太郎の前に現れたのは、広瀬佑一郎だった。

年の瀬の根津を歩きながら、万太郎は佑一郎に大学を去ることにしたと告げた。

「せっかく同じ場所に通えるところじゃったけんどのう。わしは、ただの植物学者でありたいき」

それを聞くと、佑一郎が笑い出した。

「いや……。似いちゅうのう、思うて。わしもさっき、それを言うてきた。これから着任する挨拶に行ったがじゃけんど、派閥がうるさそうでのう。ほんまは派閥の人間を増やしたいところを、なんちゃあ関わりもないわしが北海道から呼ばれたじゃろう？　今から食事を、だの煩うて、わしはただのエンジニアですゆうて全部断ってきてしもうた」

「そりゃ、面倒くさいのう。——佑一郎くんは、小樽《おたる》の港も防波堤も立派に完成させたき、呼ばれたがじゃに」

「……あの工事も、戦争のせいで、途中から予算を大幅に減らされてしもうたき。それでのうても小樽は十一月から四月まで、海が氷に閉ざされる。予算が減らされたら、工期も延びる。ほんで——思い出したがじゃ。アメリカで読んだ文献。ドイツの学者が、海中工事に使うセメントに火山灰を混ぜて、コンクリートブロックを作ったゆうて。北海道にも火山灰は多いき。自分でも実験して、かえって海中での耐久性が上がることを証明したがじゃ」

「それで、防波堤と港を完成させたがか！　いやもう、佑一郎くん、ほんまにすごいき」

「それもこれも普請場の皆が一生懸命、支えてくれたき。なんぼ大学教授ゆうても、わしらの仕事は教室では出来ん。普請場に出て、工事の施行に立ち会い、完成させることが使命じゃ。派閥じゃなんじゃと争うより、わしは、ただのエンジニアでありたいき」

語り合ううちに二人は分かれ道に差し掛かった。佑一郎は工科大学着任まで、満鉄からの依頼で満州へ行き、大連《だいれん》や旅順《りょじゅん》の港を視察してくるのだという。

「のう、佑一郎くん。わしら、別の道を行くけんど……目指す場所は同じじゃろうか」

「ああ。わしらは、あの仁淀川からずっと並んで走りゆうきのう。ほんならのう。万太郎」

「ほんなら！　佑一郎君。また！」


その後、万太郎は『日本植物志図譜』の新刊を出版し、国策によって喪われようとしている植物の生態を世に伝え、南方熊楠も神社合祀令への反対を訴え続けた。年が明けると、合祀令への反対運動が世論を動かし、神社の森の一部は保全されることとなった。


明治四十五年七月には千歳の婚礼が執り行われた。結婚相手は虎鉄だ。

万太郎は、嫁ぐ娘に思いを伝えた。

「千歳……今日までありがとうのう。ここまで、健やかに生きてくれて。わし、おまんが生まれた時は怖うてたまらんかって。おまんまで喪うたらと思うと、絵も描けんかった。ただひたすら、生きてくれ、生きてくれ、ゆうて――『千歳』と名付けるだけで精一杯じゃったき」

「……それが、いちばんの贈り物です。名付けてくださって、ありがとう、お父ちゃん」

大正十二年、六十一歳になった万太郎は相変わらずシャツに蝶ネクタイの正装に胴乱を提げ、植物との出会いを求めて野山を歩き続けている。髪には白髪が交じり着古した服がくたびれてはいるが、若き日と変わらない毎日を過ごしていた。

九月一日、空は厚い雲に覆われ、朝から蒸し暑かった。万太郎はついに、植物学図鑑用の原稿を完成させ、翌日神戸に発とうとしていた。早川逸馬の紹介で出会った永守徹との約束どおり、日本中の植物の標本を集め、植物画を描き、学者向けと一般読者向けの解説を書き上げたのだ。永守は既に、印刷所と版元の手配をしてくれている。神戸まで原稿を郵送することもできたが、万太郎は植物学者としての集大成を自分の手で届けに行きたかった。

この日、千歳と寿恵子が昼食の支度をしていた頃、地面が揺れ始めた。そしてドーンという音が響き、突き上げるような激しい上下動が起こった。

万太郎はその時、標本部屋にいた。本棚が倒れてきたが、部屋の隅に逃れてけがはせずに済んだ。揺れが収まると、標本の束が棚の下敷きになり、原稿が散乱していた。だが、まずは寿恵子の安否を確かめようと表に出た。すると母屋から寿恵子が出てきた。

「万太郎さん。びっくりしましたね……」

その時だ。先ほど以上の轟音と共に本震が来た。沸騰する湯のように地面が激しく波立っている。長屋の棟々がギシギシと音を立てながら揺れる中、万太郎は必死に寿恵子をかばいながら、井戸端のほうへ逃げた。そこでは千歳と虎太郎が必死に木戸にしがみついていた。

「そのまま！」

万太郎は千歳たちに手を離すなと叫び、寿恵子を抱いて守った。地響きと近隣の屋根瓦が落ちる音が耳をつんざき、激しい揺れが続いた。

揺れが収まり、辺りが静かになった。顔を上げると、長屋の家々は倒壊していた。砂埃が立ち込める中、万太郎たちはぼうぜんとし、声を発することもできなかった。

「危ねえぞ！　また揺れが来る！　逃げろ！」

「神社だ！　神社に逃げろ！」

木戸の外からそんな声がする。だが万太郎は、瓦礫《がれき》と化した長屋のほうへと足を向けた。

「……標本……、標本を救わんと……！」

「お父ちゃん！　やめて！　危ない！」

「千歳！　虎太郎連れて先に逃げなさい！　神社へ」

標本部屋の前に戻ると、屋根が崩れ、柱も大きく歪んでいた。いつ建物が崩れ落ちてもおかしくない状態だ。それでも万太郎は部屋の中に足を踏み入れた。

「万ちゃん！」

寿恵子も万太郎の後を追ってきていた。

「寿恵ちゃん！　来るな！　来たらいかん！」

「万ちゃん、崩れそう」

「ああ、できるだけ運び出すき」

万太郎は倒れた棚を持ち上げて標本の束を拾った。そうするうちに火事を知らせる半鐘の音が聞こえて来た。

「逃げえ、寿恵ちゃん！　頼む、逃げえ！」

だが寿恵子は逃げようとせず、万太郎から標本の束を受け取った。

「次！　どんどんください！」

その勢いに押され、万太郎は標本を寿恵子に手渡していく。そこに、千歳もやって来た。

「標本なんか……っ！　どうでもいいじゃない！」

それでも万太郎と寿恵子は必死で標本と原稿を救い続けた。

「――ああもう」

見かねて千歳も手を貸し、三人は出来る限り標本と原稿を持ちだして背負子《しょいこ》にまとめた。寿恵子が母屋から持ち出した貴重品も身に付けたところに、勤め先の百貨店の前掛けを付けたまま千鶴が帰ってきた。

「店、棚は倒れるし、ガラスが降ってくるし！　それよりお父ちゃん、みんな、避難始めてる。上野公園に大学も。人が詰めかけてた！」

「大学、そうじゃ、標本は大学に避難させたら――」

虎鉄がいる大畑印刷所や、百喜がいる役所、大喜が勤める新聞社はどうなっているかと皆で案じていると、虎太郎が万太郎の腕を引いた。

「ねえ、おじいちゃん。空、赤いよ」

「――あっちは……上野……その先は本所か両国……？　……大火事じゃ……！」

地震と同時に、東京市内、百三十四箇所で一斉に火の手が上がった。さらに突風で、本所や浅草では避難民四万人を焼き尽くす大火災となった。

万太郎たちは大学方面へ避難しようとしたが、日が暮れた根津の通りには火災を逃れてきた人々があふれていた。大荷物を背負った万太郎は、見知らぬ男に邪魔だとばかりに突き飛ばされ、千鶴は手荷物を略奪されかけた。地獄絵図のような光景の中、万太郎がつぶやいた。

「大学は無理じゃ」

すると寿恵子が叫んだ。

「渋谷です、万太郎さん！　渋谷に逃げましょう！」

火の粉が舞う中、渋谷へと歩き出すと、万太郎は警棒を振りかざした警官に詰め寄られた。

「そこ！　火が移る！　荷を捨てろ！」

「捨てれんき！　これは残すもんじゃ！　先の世に、残すもんながじゃ！」


懸命に歩き続けて渋谷に着いたころには、夜が明けていた。渋谷は火災もなく、『山桃』も無事だった。皆で座敷に上がって荷物を下ろすと、万太郎は虎太郎を抱き寄せた。

「みんなぁ……生きちゅうき。――よかった。標本も、守り抜いてくれて、ありがとう」

地盤と家屋の密集度の関係で、東京市外、特に渋谷の一帯に大きな被害は出なかった。

疲れ果てた万太郎たちのために、荒谷が握り飯や野菜の煮付けを作って持ってきた。

「にしても、根津からここまで、命懸けで枯れ草運んできたってなぁ……」

「……わし、もう一遍戻るき。皆ぁ、ここにおってくれ」

万太郎は、救い切れなかった標本と原稿を取りに行くという。だが、荒谷がそれを止めた。

「さっき畑に行ったとき、すれ違ったけどよ……市内から逃げてきてる連中、酷かったぞ。着物も——肌も焼けただれてよぉ。市内はまだ燃えてるかもしれねえ」

それを聞いて、千鶴と千歳が不安を口にした。

「お兄ちゃんたちは」

「……虎鉄さん……」


九月四日、百喜と大喜が『山桃』にやって来た。無事を喜ぶ万太郎たちに、百喜は外の様子を聞かせた。

「市内はめちゃくちゃです。本所にある陸軍省の被服廠《ひふくしょう》跡地が本当に酷かったそうです。避難してきた人が多すぎて、身動きできなくなったところに、火災が」

「ねえ、神田は？　虎鉄さん会えた？」

「いや……神田は見に行けてない。役所にも人が詰めかけてるけど、正直、被害が大きすぎて、まだ把握さえできてない」

万太郎たちの無事を確かめた百喜と大喜は、それぞれ役所と新聞社に戻ると言った。大喜によると、火事は収まったが、市内はさらに酷い状況になっているのだという。

「おととい——二日の夕方、慶応大学に避難してた連中が大学の武器庫に押し入った。自警団とか言い出しやがって。そんな奴らが、市内のあちこちに沸きだしてる。勝手に関所作り始めて、略奪から守るなんて題目で、あいつらが拳銃と刃物振り回してる。警官も軍人も出動して――まるで戦場です」

「……とにかく、火は収まっちゅうがじゃのう」

そう言って万太郎は立ちあがった。

「話聞いてたか、お父ちゃん！　めちゃくちゃなんだよ。もう、人間がおかしくなってるんだ。植物どころじゃないんだよ！」


それでも翌朝早く、万太郎は十徳長屋に向かうことにした。一緒に行くと言う寿恵子を、万太郎は抱きしめた。

「寿恵ちゃんはここにおってくれ。……わし、命より標本が大事じゃけんど。その標本よりずっと大事な人がこの世におる」

「――分かりました。……待ってます。でも、忘れないで。私がこの店を始めたのも、二人の夢をかなえるためです。いつか園ちゃんのところに行くときには、万ちゃんの図鑑、持っていくんだから。四十年間。二人で頑張ってきたんです」

万太郎は頷き、寿恵子の頬に触れた。

「私も、いつじゃち、同じ気持ちですから」

寿恵子の笑顔が、朝日を受けて輝いていた。

危険な状況の中、万太郎は何とか十徳長屋にたどり着いた。避難した後、火が回ったらしく長屋は倒壊した上に半焼していた。

絶望的な気持ちで中に入っていくと、井戸端に石版の欠片《かけら》が落ちていた。そこには、万太郎が描いた線が残っていた。手に取り握りしめると、万太郎はその場に崩れ落ち、嗚咽《おえつ》した。

そこに、瓦礫を踏みしめる足音が聞こえてきた。

「……先生……」

振り向くと、虎鉄が立っていた。

「……虎鉄……おまん……よう無事で……！　神田は……大将は……」

「大将もご無事ですき。──和泉町《いずみちょう》と佐久間町《さくまちょう》。焼け残りました。消防隊は来ませんでした。けんど町の住人らぁが何百人も一緒に立ち向かうてくれて。八時間、炎と戦うて、消し止めたがです。大将が、火をいつまでもにらみつけて。あのお年で。そのまま、印刷所の若い衆と大将を避難所に運んで──俺も眠り込んでしまいましたき」

「よう頑張ったのう。無事でよかった……虎鉄……！」

「……けんど……長屋が……」

「……ああ。……ちっとでも何か……探すき」

長屋の井戸端にあった小さな社の辺りは焼け残っていた。万太郎と虎鉄は、標本部屋や母屋から拾ってきたものをそこに集めた。園子の位牌や寿恵子の『八犬伝』の一部分、棚の下敷きになって焼け残っていた原稿と標本などを集めていくうちに、万太郎はふと気づいた。社の脇に、花が生き残っている。

「これは……ムラサキカタバミじゃ」

「……すごい生命力ですね」

「ああ。株が一つでも残っちょったら、すぐに子株を増やせる。来年もまたきれいな花を咲かすじゃろうのう」

震災から二十五日が過ぎ、渋谷の景色は一変した。住む場所を喪った百三十万人もの東京市民が、市外へと移ってきたのだ。

寿恵子が人であふれる表通りに買い物に出ると、どの店も繁盛し、品物が高値で売れていた。寿恵子はそこで相島に出くわした。

「寿恵子女将！　いやあ、この光景！　まさに、思い描いた景色ですよ。不謹慎ですが……我々の勝利ですね」

「――勝利？」

「こんなことになる前から、渋谷に目を付けていた。おかげで、開発した宅地が、毎日、倍々で値が上がっていくんです。それでも、どんどん売れていく。今度のことで、旧幕時代の江戸を一新し、東京は紛れもなく世界の一等国の都市として生まれ変わるんです。古い建物をいちいち壊す手間も省けましたし、立ち退きの問題も解決した。物資の輸送で、鉄道事業発展の機運も高まっています。その拠点となるのが、この渋谷です」

笑って話し続ける相島を前に、寿恵子は言葉を失《な》くしていた。

「それで女将、『山桃』はいつ再開するんですか？　女将の座敷がないと不便で困ります」

「すみません。今は家族が避難していて」

「……ご家族。家なら幾らだって提供しますよ。女将だって、この繁栄、腕が鳴るでしょう？　これまで渋谷を盛り立ててきたのは、他でもない、あなたなんですから」


　心に澱《おり》が溜まったような気持ちで、寿恵子は『山桃』に戻った。すると大喜が帳場におり、寿恵子に新聞記事を見せてきた。見出しには『社会主義者　大杉榮《おおすぎさかえ》殺さる』とあった。

「そこの、渋谷憲兵隊の大尉がやったらしい。大杉栄と伊藤野枝《いとうのえ》、あと、何の関係もないまだ六歳の甥《おい》っ子がやられたって話だ。その三人を九月十六日に」

　寿恵子は記事に目を通してがく然とした。

「――みんなが命からがら逃げてきて、やっと生き延びたって――そういう時に？」

「来月から、この大尉の軍法会議が始まるって。俺、陸軍のほうにも取材に行ってみる」

　そのために大喜はしばらく渋谷にいると言う。

「大喜、あんまり、危ない真似は」

「――憲兵隊も特高も、あの混乱の中でこういうことをしたんだ。今、報じないと、この先、みんなが危ない目に遭うかもしれない」

「でも……」

「大丈夫。俺は、お父ちゃんと違って要領いいから。お母ちゃんこそ、店開けるなら、変な客に気をつけて。渋谷はもう、東京市外の片田舎じゃない。あらゆる人間が押し寄せる。日本中の目が今ここに向いてるんだ」

そのころ万太郎は座敷におり、間に合わせの紙に描いた植物画に、説明文を書き添えていた。

お茶を持ってきた寿恵子は、そんな万太郎を見て胸を衝かれる思いがした。

「ああ、寿恵ちゃん。……ありがとう」

万太郎は寿恵子に原稿を見せた。

「……『ムラサキカタバミ』……『南アメリカ原産で世界に広く帰化し、日本へは徳川時代に渡来した多年草』

「……原稿も、おおかた焼けてしもうたきのう。ひとまず一歩ずつでも、始めようと思うて」

「……どうしてですか……どうしてできるんですか。……図鑑、私が必ず完成させてとお願いしました。あなたに約束していただいた。でも、こんなことになって。万太郎さんがまた書くの、もしかして、私のせいで無理してるなら」

「そんなことないいき。寿恵ちゃん。わし、今こそまた、やる気に満ちちゅうきのう。焼け跡で、見てきたがじゃ。人の世で何があっても、植物はたくましいゆうて」

「――それだけで、書けるっていうんですか？　万ちゃんだって、たくさん……たくさん傷ついたでしょう？　なのになんで……また書けるの？」

万太郎は寿恵子の手を握って答える。

「こんなときでも――いいや、こんなときやきこそ。生きちゅう植物を見たとき、ほんまにうれしかったがじゃ。心に光が差し込んだ。そのうれしさを、ただ誰かに渡していきたいだけながじゃ」

盲目になっても『八犬伝』を書き続けた馬琴も、同じ思いだったのではないかと万太郎は言う。

「頭の中に八犬士らぁがおって、犬士らぁの生き方も、辿り着く場所もはっきり見えちょった。ただ、その光景を皆に渡したかっただけながじゃないろうか。馬琴先生、違うたら、すまんけど」

「――万ちゃんも、四十年もかけてやってきたのに」

「取り戻すのは四十年も掛からんきのう。わし、一遍描いた植物のことは忘れんき。標本を集め直すがは大変じゃけんど、きっと、二十年、いや、十年で取りもどせるき」

「大した自信ですね」

「ああ。わし、草花の精じゃきのう。ひとまず、毎朝おひさんが昇れば元気になるき」

笑顔になった寿恵子は、万太郎に口づけをした。

「好きです。あなたが。心から。……万ちゃんは変わらない。出会った頃から。世の中はみんな変わり続けてしまうけど――うんと酷いことも起こるけど。あなたの心は明るいほうを向き続けてる。そういうあなたが、涙が出るほどいとおしいんです」

「――何言うがじゃ。そりゃあ、ぜんぶ、寿恵ちゃんがおってくれるき。わしの心を照らすがは、いつじゃやち寿恵ちゃんじゃき」

ある晩寿恵子は、百喜と大喜に、渋谷から離れた広い土地を探してほしいと頼んだ。

「地盤がしっかりした、穏やかで、のどかなところ。お父ちゃんが落ち着いて仕事できる場所がいいわ」

そして相島とフミを『山桃』に客として招待し、相島に、店を買い取ってほしいと切り出した。

「待合を続けて経営されるなら、こちらのおフミ姐さんに私のすべてを譲り渡します。商いをされなくても、土地をお好きにご活用ください。願いをかなえるために、この店を元手に、次の場所へ移りとうございます。相島さま、どうか、この店の今の値うち、正しくお見積りいただけませんか。私が店を売却する相手は、相島さま以外に考えられませんから」

後日寿恵子は、万太郎を郊外の村へと連れていった。そこには穏やかな農村の風景が広がり、優しい風が吹いていた。

「このあたりは、大泉《おおいずみ》村って言うんですって。練馬《ねりま》大根の産地なんですよ」

「練馬大根か。ほんなら、大根の根が地中深こう入らんといかん。この品種におうた土をしちゅうがじゃのう」

寿恵子は広大な空き地を前に足を止めた。

「この土地、私が買いました。あなたと、あなたの標本を守るために」

相島は『山桃』を五万円という破格の値段で買い取った。その金で寿恵子はここを手に入れたのだ。

青空の下、寿恵子は晴れやかに笑っていた。

第26章　スエコザサ

東京市外の大泉村の空き地で、寿恵子は万太郎に語りかけた。

「さあ、万ちゃん。思い描いてみて。まずは家族みんなで住める家。それから大きな標本館」

楽しそうに空き地を歩き回りながら寿恵子は続ける。

「あとは――見渡す限り、広いお庭。園ちゃんの、あらゆる草花が咲き誇る植物の園《その》、ここに作るの。万ちゃん。何を植えましょうか？」

植物園を思い描きながら、二人は頭に浮かぶ植物の名を挙げていく。

春はサクラの花吹雪。足元にはカタクリ、ニリンソウ。夏はヒメアジサイにウバユリ。秋はイロハモミジ、ノジギク。冬はヒトツバヒイラギ、ワビスケ。新春にはウメの花。そして、万太郎の母・ヒサが愛したバイカオウレン。園子のように愛らしいヒメスミレ……。

「――寿恵ちゃん。ありがとう。……ほんまに……なんてすごい寿恵ちゃんながじゃ……！」

「あなたと出会ったからです。こんな冒険、自分でもびっくりします。けど、あなたの傍《そば》にいて、あなたと一緒に駆け抜けたから。私も、自分の力で、思いっきりやれたんです。万ちゃん。私、……やり遂げました！」

時は流れて昭和三十三年夏。大泉の槙野邸に、一人の女性が訪ねてきた。彼女の名は、藤平紀子《ふじひらのりこ》。区役所の掲示板でアルバイトの募集を見てやって来た。

この屋敷を訪れるのは初めてだが、紀子は「槙野万太郎」の名は知っていた。生涯で一五〇〇種もの植物に学名をつけた世界でも高名な博士であり、皇居に参内して天皇陛下に植物学をご進講したことでも有名だ。

屋敷の門を開けると、そこは美しい庭だった。木々が影を作り、さまざまな花が咲いている。見惚れながら進んで行くと、母屋の縁側から老婦人が笑顔で礼をするのが見えた。

招き入れられた座敷には、家族の写真や肖像画が飾られていた。それらを眺めていると、老婦人が麦茶を出してくれた。

「槙野千鶴と申します。槙野の次女です。――これが私」

千鶴は、両親や兄姉から「つるちゃん」と呼ばれてかわいがられていた頃の自分を指した。

「履歴書、拝見しますね」

面接が始まり、紀子は千鶴の質問に答えていった。

紀子は以前、蚕糸《さんし》試験場に勤めていたが、結婚を機に退職。子どもを保育所に預けてから働けるところを探すうちに、槙野家がアルバイトを募集していることを知った。

「あなたにお願いしたいのは、父の遺品整理の手伝いなんです」

千鶴は紀子を標本館に案内した。そこは、万太郎が関東大震災前に集めたものと、震災後に集め直したものを合わせて四〇万点もの標本が保管されている。

「今度、この標本を都立大学に収めることが決まったんです。標本をここから出すんですけれど、その準備をしないとならなくて」

標本は一度の採集旅行で集めたものがひと束にまとめられ、新聞で包まれている。その表書きに大まかな採集地が書かれている。

「大学に収めるときには、この束を全部バラバラにして、植物の学名ごとに収蔵していくんですって。でも、今、この束をバラバラにしてしまうと、いつ採集したか、採集地がどこか、分からなくなるでしょう？　だから、ここから出す前に、この新聞の表書きになっている日付と地名を、標本一点一点に挟んでおいてほしいそうなの」

聞いているだけで気の遠くなるような作業だと、紀子は思った。

「それから、全国から送られてきたものも多くて。送ってくださる方がちゃんと書いてくださっているのもあるんですが、受け取った父が、ただメモを残しただけのものも本当に多くて。槙野の標本か、そうでない標本かも区別しておかなきゃならないそうなんです」

「そんなの……無理じゃないですか？　博士が手書きでメモされていたら、筆跡が同じですし」

「そうなのよ……手がかりになりそうなのが……父の日記なんです。関東大震災を生き延びて、そこからつけ始めたもので。行き先と会った相手はかろうじて。これと照らし合わせれば、槙野の標本でないものは分かるかもしれない。まあ、お願いしたいのは、こういうお仕事」

六十一歳で関東大震災に遭った万太郎は、喪《うしな》った分の図鑑の原稿を書き直し、植物画も描き直した。その間に全国から多くの標本が届いたため、日付と採集地を一点ずつ記録する余裕がなかったのだろうと千鶴は言う。

「都立大学の先生も一度見にいらして、ぼう然としてらしたわ。この標本にラベルをつけて収蔵するには、これから日本中の植物分類学者の力を借りて検定しないとならないって」

「え——槙野博士はぜんぶ分かっていたんですよね？」

「そう。自分だけは一目瞭然で間違えようもないもんだから。まったく。死んでからもお騒がせよねえ。藤平さん。引き受けてくださるかしら」

千鶴は、笑顔で紀子に問いかけた。

「——申し訳ありませんが——私……ただ片付けのアルバイトだと思って応募したんです。こんな重大な仕事、とても……」

そう答えて、紀子は標本館を後にした。


美しい庭を抜けて、門の辺りまで来たときに、紀子は何かに呼ばれたような気がした。振り返ると、群生するササが風に揺れていた。

紀子が標本館に駆け戻ると、千鶴が一人、標本の山に触れていた。

「……いま、気づいたことが。この標本……守ってきたってことですよね……？　関東大震災。それから、空襲も。……二十年三月の東京大空襲。私、十七歳でした。覚えています。どんなに恐ろしかったか……、あの地獄の中——炎の中を……、ご家族の皆さんがこれだけの量を、守り抜いてきたってことですよね？」

「ええ……」

「それを思ったら……私……、帰れません……！私も、戦争を生き延びました。……次の方に手渡すお手伝い、私もしなくちゃ……」

「……ありがとう。ありがとう。紀子さん」


槙野邸での仕事の初日、紀子は万太郎の日記を千鶴から預かった。そうして仕事を始め、午前中は、万太郎の書斎だった部屋で日記の日付ごとに訪問先を書き出していき、昼食は居間で千鶴と一緒に取った。

「ありがとうございます。お昼を出していただけるなんて、どれだけありがたいか」

千鶴が作った親子丼のおいしさに、紀子は感激していた。

「分かるわ。子どもがいるとねえ。毎朝、ひと苦労よねえ」

「千鶴さんも」

「ええ。うちは息子。もうとっくに所帯を持って、離れたところに住んでるんだけどね。私は結婚したけど、すぐに出戻ってきちゃって。まあ、この家で母と父を看取《みと》れたから、よかったんだけど」

食事が済むと紀子は、千鶴に日記と帳面を見せ、この先の仕事の進め方を話した。

「標本に手をつけるに当たって、まずは博士の行動を整理しようと思うんです。いつどこに採集旅行に行かれたか。それから地名の特定」

「地名は、新聞の表書きにあったでしょ？」

「それが……。たとえば、さっき、『日光山《にっこうさん》』って書かれた束があったんですけど」

栃木県の日光を連想させる地名だが、実は栃木にこの名前の山はなく、岩手県と山形県に『日光山』が存在する。どちらを指すのだろうかと紀子は迷ったが、幸い手がかりがあった。

「新聞です。博士は、その土地の新聞で標本を乾燥させていたんです！」

その標本束には、山形の新聞が使われていた。つまり、万太郎が表書きした『日光山』は、山形の日光山のことだったのだ。

「紀子さん、すごい！　名探偵！　明智小五郎《あけちこごろう》ね！」

千鶴に褒められ、紀子は照れながらもうれしかった。

「探偵さん。私が助手を務めるわ。頭はまだボケてないから、なんでも言って」

「ええと——とりあえず、博士の日記。それから標本の新聞。日付。ここから、博士の行動録を作ろうと。一人の人間の行動を追いかける——これが、調査の基本ですから」

「……あなたが来てくれてよかった。ほんとはね……ひとりっきり、途方に暮れてたのよ。お父ちゃんが亡くなって、一年もの間、なんにもできなくて。……残されたものがあまりに多すぎて……。でも、お父ちゃんは、これから先の人に活用してほしくて、標本も図鑑も、必死で創り上げたんだものね」

千鶴は棚から『槙野日本植物図鑑』を取り出し、紀子と共にページをめくった。

「……本当に、この一冊に、日本中の植物が載ってるんですものね。……どうしてこんなことができたんですか。小学校中退で理学博士となられて。こんな偉業を成し遂げられて。……さぞ、偉大な御方だったんですよね」

するとkey、千鶴が笑い出した。

「あのね――ちっとも。そりゃあもうダメなお父ちゃん。まわりの人たちを振り回して。それでもみんな、お父ちゃんが大好きだった。理学博士になったのもこの一冊が出来たのも、全部、お母ちゃんと皆さんのおかげなの。当の本人は、ほら、あの顔」

千鶴が指す先に六十代半ばの頃の万太郎の写真がある。その満面の笑みに、紀子は心惹かれた。

「お父ちゃんは、ただ一生涯、植物を愛しただけなの」


遡って昭和二年、当時六十五歳の万太郎と六十二歳の寿恵子は、嫁ぎ先から戻ってきた千鶴も一緒に大泉村に暮らしていた。

ある日、波多野と藤丸が槙野邸を訪ねてきた。万太郎も寿恵子も再会を喜び、二人を歓迎した。

沼津から上京してきた藤丸に、万太郎が尋ねる。

「いつ出て来たがじゃ？　竹雄とねぇちゃん元気かえ？」

「もちろん。沼津も大震災からやっと立て直せて。今年はちゃんと仕込めてる。醸造協会から清酒酵母も分けてもらったしね。きっと近々、お二人もここに来るんじゃない？　で、今日は俺一人、遅ればせながら、波多野の祝いに上京しまして」

波多野は、これまでの功績が認められて帝国学士院の会員に選任されたのだ。

「どうせならみんなで宴会したいでしょ。ねえねえ、この大日本帝国で、最も優秀な頭脳六〇人に選ばれた感想は？」

藤丸は宴会用に沼津名物の干物や黒いはんぺんを持参してはしゃいでいるが、当の波多野は遠慮気味だ。

「――僕のことより！　僕は、万さんに用があって来たんだよ。ねえ万さん。理学博士にならないか？」

「へ？　波多野、何言いゆうがじゃ……わし小学校中退じゃき。それで博士らあゆうて……」

「今の学位令によれば、なれる。大学や大学院を出ていなくても、論文の内容と本人の学識が、大学院を終えたのと同等だと認められれば、博士になれるんです」

帝国大学内のそれぞれの学部に審査機関があり、現在も徳永が在籍している。今ならば、徳永と波多野が万太郎を推薦することができるのだ。

「論文はこれまで万さんが書いてきたのをまとめるだけでいい」

「――万さんっ！」

「万太郎さんが理学博士……！　万ちゃん……！」

藤丸も寿恵子も感激しているが、万太郎は一人、動揺していた。

「――受けれんき。ありがたい申し出じゃけんど、わし、とても受けれんき。大学には、散々不義理をしてしもうた。今更そんな……博士号だけいただくらあて……。それにわし、成し遂げちゃあせん。日本中の植物を明らかにし、図鑑にする。……二十歳《はたち》の時に決めた、わしの仕事じゃ。その仕事さえ、まだ果たせちゃあせんき」

その後、寿恵子が台所で干物などを焼いていると千鶴がやって来た。

「いい匂い。これ、なあに」

「黒いはんぺんですって。藤丸さんのお土産。揚げてもおいしいって。どうしようかな」

そんな話をするうちに、寿恵子は菜箸を落とした。

「お母ちゃん？　大丈夫？」

「なあに。お箸落としただけよ」

寿恵子はそう答えたが、この日千鶴は万太郎から、近いうちに寿恵子を病院に連れていくと聞いていた。お茶を淹れている時に急須を落とすなど、様子がおかしいと万太郎も感じていたのだ。

「じゃあ、お母ちゃんはそっちお願い。干物は私が見るから」

千鶴は、さり気なく寿恵子を火から遠ざけた。


寿恵子たちが料理をしている間に、万太郎は波多野と藤丸を書斎に招き入れた。万太郎が書きためてきた図鑑用の原稿と植物画を見て、波多野は感嘆した。

「また増えてる。焼けた分、取り戻せたんじゃない？」

「いや、とても。頭の中に植物は次々浮かぶがじゃけんど、手が追いつかんき」

藤丸も原稿を手に取り、驚きの声を上げた。

「――それにこれ、震災の前とは別物じゃない？　だって俺、こんな植物知らない……」

「ああ、そりゃあ新種じゃき。論文を書き終わったき、やっと図鑑に載せられる」

「……信じらんない……万さん、植物採集どころか、一人で研究して論文書いて新種発表して。ものすごい時間かかるでしょうが！　気が遠くなる……」

藤丸が言うと、波多野も深く頷いた。

「そうなんだよ。国内だけでこれだけ新種発表してる人間なんて、古今東西、万さん一人だ。万さんは、事実として、世界最高峰の植物分類学者なんだよ。そういう万さんが、いまだに理学博士じゃないっていうのは、世界から、この国の植物学会の見識が疑われるんだ」

「けんど、理学博士とゆうたら、わしにとっては田邊さんと伊藤圭介翁じゃき。そういうお方らぁと肩を並べるらあて……せめて」

「仕事を果たしてから？　――傲慢だよ」

波多野の意外な言葉に、万太郎はハッとした。

「槙野万太郎は、自分の意志でここまで来たと思ってるんでしょ。槙野万太郎がここにいるのは、万さんだけの意志じゃない。時代なのか、摂理なのか――そういうものに呼ばれてここにいるんだ。この国の植物学の黎明期、誰も植物なんて気に留めなかった時に。槙野万太郎なんて変な奴が突然現れて」

波多野の言葉を、藤丸が引き継いだ。

「その変な奴が、一人で勝手に、日本中の植物調査を始めたんだ」

「こんな奴は、おそらく二度と現れない。理学博士になるんだ、万さん。植物学に尽くしたいんだろ？　だったら、骨の髄まで尽くしなよ」

「そのとおりですね」

皆が振り返ると寿恵子が入ってきた。料理が出来たと知らせに来て、話を聞いていたのだ。

「万太郎さん、勘違いしてますよ。図鑑を成し遂げてから？　遅いですよ。先に理学博士になっておけば、売れるじゃないですか。博士が満を持して植物図鑑を出すとなったら！　もう、売れて売れて。売り切れ御免の大増刷ですよ！」

「……寿恵ちゃん……！」

「万太郎さん。理学博士になってください。そうしたら、この国の植物学に、あなたの名前が刻まれるでしょ。あなたの名前が、永遠に」

万太郎は、黙って寿恵子を見つめている。そして、波多野のほうへ向き直ると両手をついた。

「波多野。理学博士の推薦――謹んでお願いいたします」


この年の九月、小石川植物園の広場で万太郎への博士号の授与式が行われた。

万太郎はモーニングコート姿で、寿恵子も式典にふさわしい着物に身を包んでいる。会場には波多野、徳永ら学術関係者と藤丸、そして一般の来場者たちも集まった。この頃万太郎はラジオ番組に出演し、大人から子どもたちにまで知られる存在になっていた。

皆の拍手に迎えられ、万太郎は演台に上がった。

「この度は、理学博士号の授与、まことにありがとうございます。徳永名誉教授、波多野名誉教授――ならびに東京帝国大学植物学教室の皆さま、限りない恩義とご厚情に感謝申し上げます。

――植物を追いかけてきました。植物は……面白い。一つとして同じものがなく、己という生命《いのち》を、懸命に生きております」

居並ぶ聴衆の中に、美しく装った寿恵子の姿が見える。この日を迎える前に、万太郎は寿恵子を病院に連れていった。医師からは、中期のがんと診断され、今はまだ原因も治療法も分からないと言われていた。

万太郎は壇上から、寿恵子に向かって語りかける。

「植物と歩む中、学者として大きな発見をしました。……あらゆる生命は限りがある。植物も人も。だからこそ、出会えたことが奇跡で——共に生きる今がいとおしゅうてたまらんがじゃと……。改めまして、どんな時も支えてくれた妻と——皆さま方に感謝申し上げます」

堂々と語る万太郎を見つめるうちに、寿恵子の視界が滲《にじ》んだ。寿恵子は涙を拭い、愛する人の姿をしっかりと目に焼きつけた。


授与式を終えて帰宅すると、寿恵子は自室に着物を着替えに行った。その間に万太郎は、子どもたちと虎鉄に、寿恵子の病状を伝えた。

「入院を勧められたけんど、入院したたち安静にするしかないそうじゃき、お母ちゃん、それやったらずっと家におりたいゆうて。……みんなぁでお母ちゃんを支えてくれんろうか」

「あたりまえです」

百喜が、皆を代表してそう答えた。

「わしも……間に合わせんと。なんとしたたち」

寿恵子との約束を果たすために、万太郎は手紙を書いた。

『この膨大な項目、一人では植物画を描ききれません。どうか、あなたの力を貸してくださいませんか』

これに応えて、野宮が槙野邸へやって来た。

「まさか、きみに……植物画を頼まれるなんて。この上のない誉れだ。槙野さん」

これ以降野宮は、座敷に用意された専用の机で万太郎の図鑑のための植物画を描きはじめた。

さらに万太郎は、虎鉄に図鑑の解説文執筆を手伝うよう頼んだ。

「わしも――えいがですか、先生」

「ああ。おまんやったら。頼む」

「……三代目の助手、務めてきてよかった……！」

「何言いゆうがじゃ。おまんこそが、わしの一番弟子じゃろうが」


その後も万太郎は、藤丸や、波多野が指導している大学院生、文通相手の理科教師たちに協力を頼み、図鑑の完成に向けて邁進した。協力者たちが集う槙野家の座敷は、まるで植物学の研究所のようになった。

寿恵子は自室で横になって過ごすことが増えていたが、ある日、千鶴から座敷に皆が集っている様子を聞いて起き上がった。

「……おにぎり作ろう。昔からそうだったの。差し入れ、お母ちゃんが作りたくて。そしたらお母ちゃんも研究の一員になれるでしょう？」

「――仕方ないなあ……」


そんなある日、槙野邸に佑一郎が訪ねてきた。万太郎が理学博士になったと知って、祝いの品を届けに来たのだ。

万太郎は佑一郎と庭に出て、図鑑の完成を急いでいることを話した。

「それは、なんとしたち間に合わせないかんのう。図鑑の項目はどればあになりそうながな？」

「今のところ、三二〇五種になっちゅう」

「三二〇五種――すごい量じゃのう。おまん、索引はもう作ったがか？」

「そうじゃ索引！　外国の本はそうなっちょったのう。アルファベットから項目が引ける」

自分の図鑑は誰でも手に取れるものにしたいので、学名だけでなく、和名でも引けるようにしようと万太郎は考えた。

「俺も手伝う。この夏は時間があるき」

「佑一郎君、仕事は？」

「帝都復興局の仕事やけんど、そろそろ手を引こうと思うて。教え子らぁがしっかり育ってきたきのう。隅田《すみだ》川も永代《えいたい》橋に続いて、今、工事しちゅう清洲《きよす》橋も、強うて美しい、橋になる」

「……佑一郎君は、大学の名誉教授になったち、ずっと普請場に出続けよったのう」

「『大学教授こそ普請場に出ろ』ゆうてのう。教授会じゃ相当煙たがられたが」

「それでこそ、我ら名教館門下じゃ」

「――結局、教授会が文部省の言いなりになるがは止められんかったがじゃ。……今じゃち許せんき。入試にも体格検査を加えるゆうがは」

「体格が優れていちゃあせんかったら、大学にはふさわしゅうない、らあてのう」

「酷い言い草じゃ。何よりわしは、実例を知っちゅうきのう。虚弱やった学生が、やがては理学博士になるゆうこともある、ゆうて」

そう言って佑一郎は万太郎に笑いかけた。

「……反対して辞表を出したところで、何ちゃあ変わらんかったけんど」

「それでも信念は貫いたき。教え子らぁも、佑一郎君の姿をちゃんと見よったがじゃろう」

「頼もしいき。もう……なんの憂いものう復興局からも手を引ける。この先は、生涯ただのエンジニアじゃ」

これを聞いて、万太郎も笑顔になった。

「ほんなら……佑一郎君。わしらぁ、やっと同じ道をゆくのう！」

二人は握手を交わし、佑一郎はまず、図鑑の索引作りに協力すると約束した。


その後も懸命に原稿を書き続ける万太郎のもとに、丈之助が訪ねて来た。シェークスピアの全作品の完訳という偉業を成し遂げ、全集を届けにやって来たのだ。この日は藤丸と波多野も槙野邸に来ており、丈之助を祝う宴が開かれたが、気づけば丈之助は、藤丸と波多野に丸め込まれて、万太郎の原稿の校正作業を手伝わされていた。

「なんで俺まで？　ちょっと万ちゃん、なんとか言って」

だが万太郎は執筆に集中しており、丈之助の嘆きが聞こえていない。

「……相変わらずだね、ほんと。こんな標本館までさ」

丈之助は、大量の標本の束を見渡した。

「……また深夜の戯《ざ》れ言《ごと》なんだけどさ。俺も作りたいな。……演劇の博物館」

「演劇の博物館……？　どうして？」

波多野が丈之助に尋ねた。

「この植物たちと一緒。消えてなくなるものだから」

万太郎は手を止めて、丈之助のほうを振り返る。

「演劇は元々、演じる者と観る者、人間の間にしか存在しない幻なんだよ。ならせめて、できる限りのものを、後の世に送りたいなあって。少なくとも俺たち――旧幕生まれの最後の連中が、何を考え、もがいたか、伝えておきたいじゃない？」

だが博物館を作るのは、容易なことではない。

「場所とるしね。早稲田に頼むしかないかなあ……。そうね……俺の教授としての退職金、それから俺が死んだら、自宅と敷地、財産は全部早稲田に寄贈する。あと……これから出す文学全集、印税の受取人も早稲田にする。そんなら博物館、建ててくれるかもしれないよねえ」

その計画に、万太郎たちは目を丸くした。

「無茶じゃき、丈之助さん！」

「万さんには言われたくないから！」


十一月、万太郎は北海道帝国大学から依頼を受け、マキシモヴィッチ博士の生誕百年を祝う式典で講演をすることになった。しかし、いざ北海道へ向かう当日になると、寿恵子のことが心配でたまらない。

「やっぱり断ろうか……ただでさえ北海道は遠いき。しかも、帰りにも依頼が」

「博士、学問への貢献と義務をお忘れですか？　いつも言ってるでしょ。うちを一歩出たら、私たちのことは忘れて。万太郎さんと草花だけ。私はここで、お帰りをちゃんと待ってますから」

何とか気持ちを切り替えた万太郎は、出かける前に寿恵子を抱きしめた。

「寿恵ちゃん。行ってきます」

「新種、見つけてきてね」


北海道へ向かった万太郎は、式典の後、東北帝国大学からの講演依頼を受けて仙台《せんだい》に立ち寄った。講演当日の朝にも植物採集をしようと、万太郎は案内人とともに山を登った。

森の澄み切った空気の中を歩くうちにかすかに風が吹き、サヤサヤと葉が擦れ合う音が響いた。足を止めて見渡すと、ササが小さく群生している。万太郎は膝を折ってササに語りかけた。

「……おまん……誰じゃ……？　アズマザサに似いちゅうけんど……どっか違う。葉のほとんどが、縁《ふち》を外側に巻き込むようにしちゅう。しかも中央が凹《へこ》み、先端は反り返っちゅう」

目を凝らすと、葉の表に白く細い毛が生えており、光に透けている。

「……光が、戯れゆうようじゃき。のう。初めまして……！」


翌年四月、甑倒《こしきだお》しを終えて、沼津から竹雄と綾が上京してきた。この頃にはほぼ寝たきりになっていた寿恵子も、竹雄たちとの再会を喜んだ。

「夢みたい。お義姉さんとお義兄さんの新しいお酒、飲めるなんて」

二人は、藤丸の協力を得て造り上げた酒を「輝峰《きほう》」と名付けていた。

「……えい名じゃ。峰乃月は、人の世を静かに照らす名前じゃったけんど」

万太郎が言うと、綾が頷く。

「うん。今日も生きて暮らしていく。そういう……人の営みと共にある名にしたかったがよ」

この日の晩は座敷に槙野家一同が集まり、竹雄と綾を歓迎する宴が開かれた。寿恵子も起きて来て皆で「輝峰」を飲むと、パッと顔が明るくなった。

「おいしい……このお酒、おいしい……！」

下戸《げこ》の万太郎も一緒に飲んで喜んでいる。

「旨いき……生まれて初めてじゃ……わし、酒がこじゃんち旨い」

「お義姉さん。こんなに明るいお酒、ありがとうございます。……まるで、晴れた空みたいな」

それは、まさに綾が目指してきた味だ。

「ありがとう……、……うれしい……ありがとう」

綾は目を潤ませながら輝峰を飲んだ。竹雄も、うれし涙を拭っている。

こみ上げてくる幸せと共に、万太郎はまた一口、輝峰を飲んだ。

「竹雄、ねえちゃん。カエルになる前に、これだけは言わせてくれ。新しい酒、ほんまにおめでとう！」

「ありがとう。――ああもうえいき、また木に登られたら困るきのう」

宴会の後も、万太郎は書斎で植物画を描いた。仙台で見つけた新種のササの絵だ。

そこに、竹雄がお茶を持ってきた。校正の入った図鑑の初刷りを見て、竹雄は驚いた。

「おまん、こんなに――こんなにようけの草花と出会うてきたがか。名前を知ったがか……」

さらにそこに新種のササも加えようと、万太郎は夢中で植物画を描いている。

「面白いササじゃき。葉の縁が巻いちゅうき、葉が波打って。おかげで光によう映える。葉の表には白い毛が生えちゅうけんど。――山で見たときこの細い毛が光に透けて、……きれいじゃった……」

「のう。この子、名前はなんてつけるが?」

「イネ科のササ属。学名は Sasa suwekoana Makino（ササ・スエコアーナ・マキノ）」

「万太郎、『スエコアーナ』ゆうがは……」

竹雄に問われて万太郎は頷く。新婚の頃、万太郎は早朝に寿恵子の寝顔を見つめていたことがあった。長い睫毛も、生え際の産毛が朝日に透ける様も、すべてが愛らしく、いとおしかった。

新種のササにスエコの名を永久に留めようと、万太郎は決めたのだ。


夏がやって来た。槙野邸の庭にはムラサキカタバミやヒルガオが咲き誇っている。

この日寿恵子は縁側で座椅子に寄りかかり、庭の花々を眺めていた。目を閉じ、眠りかけていると、万太郎の声がした。

「寿恵ちゃん。……出来たき。わしらの図鑑が」

万太郎は寿恵子の傍らに座り、ついに完成した図鑑を見せた。立派な装丁の表紙に、堂々と『槙野日本植物図鑑』とある。寿恵子はその文字にそっと手を触れた。

万太郎に支えられながら寿恵子がページをめくると、まずは、編集に関わったすべての人の名が記されていた。謝辞には、東京帝国大学植物学教室　田邊彰久教授、徳永政市名誉教授、波多野泰久名誉教授、また里中芳生先生、野田基善先生といった名が並んでいる。

いよいよ図鑑のページになると、寿恵子が声を上げた。

「わあ……」

ササユリ。ジョウロウホトトギス。バイカオウレン。ヤマザクラ。マルバマンネングサ。美しい草花が、寿恵子に万太郎との日々を思い起こさせてくれる。

「――きれいね。万ちゃん。……こんなにたくさんの草花……」

「――三二〇六種、載っちゅうき」

「……三二〇六。――万ちゃん……爛漫《らんまん》ですね」

「……ああ。爛漫じゃ」

万太郎は、新種のササのページを寿恵子に見せた。

「これが、最後に加えた新種じゃき」

「……『スエコザサ』……私の名前……？」

「ああ。……学名は『Sasa suwekoana Makino（ササ・スエコアーナ・マキノ）』……寿恵ちゃんの名じゃ」

「スエコアーナ・マキノ――じゃあ私、万ちゃんと永久に一緒にいられますね」

「……寿恵ちゃん……ありがとう。わしを信じてくれて。……寿恵ちゃんがいつじゃち……わしを照らしてくれた。……寿恵ちゃんが、わしのいのちそのものじゃ……」

「万ちゃんこそ……私のお日さまでした……！」

寿恵子は身を起こし、万太郎を見つめる。

「でもね、約束。私がいなくなったら……万ちゃん、いつまでも泣いてちゃだめですよ。万太郎さんと草花だけ。草花にまた会いに行ってね。そうしたら、また会えますから。草花と一緒に、私、そこにいますから」

「……寿恵ちゃん……愛しちゅう……愛しちゅうき……」

万太郎は寿恵子を抱きしめる。腕の中の寿恵子は幸せそうな笑顔だ。あふれてくる思いを言葉にする代わりに、万太郎はただ、寿恵子を抱きしめ続けた。


それから十年が過ぎた。

寿恵子との約束どおり、今日も万太郎は草花に会いに来た。一般市民による植物観察の会に呼ばれ、参加者たちからの質問に答えながら森の中を歩いている。

その最中にふと、懐かしい植物が目に留まった。

「ああ……オオキツネノカミソリ」

燃えるような鮮やかな色は、早川逸馬を思い出させる。見渡せば、キンセイラン、ヤマトグサ、ササユリ、ヒメスミレやシダの群れなど、懐かしく、いとおしい草花が万太郎を迎えていた。

「万太郎さん！」

懐かしい声に驚き振り返ると、そこに寿恵子がいた。若かりし日、一緒に横倉山に登った日の姿で草花を見ている。

「ねえ、万ちゃん、この子は誰？」

「この子はのう……」

答える万太郎も、あの日の姿に戻っていた。

「ねえ、日本中の植物、本当にこれで全部かしら」

「確かめにいかんと。風に乗って、新しい種が根付くこともある。環境が変わったら変化する子もおるきのう」

「じゃあ、まだまだ探しに行かないとね」

「ああ、寿恵ちゃん。草花が待ちゆうき」


――その時、万太郎を呼ぶ声がした。

「槙野博士！　これはなんですか」

ハッとして声のほうを見ると、少年が植物を指しており、観察会の参加者たちがこちらを見ている。老年に戻った万太郎は皆に笑顔で手を振り、植物に向かって歩いていく。

「やあ。おまんは誰じゃ？」

本書は、連続テレビ小説「らんまん」第十四週～第二十六週の放送台本をもとに小説化したものです。番組と内容・章題が異なることがあります。ご了承ください。

DTP　NOAH
校正　円水社

長田育恵（おさだ・いくえ）

劇作家・脚本家。１９７７年東京生まれ。早稲田大学第一文学部卒。07年に日本劇作家協会戯曲セミナーに参加し、翌年より井上ひさし氏に師事。09年劇団「てがみ座」を旗揚げ、以降、全戯曲を手がける。演劇作品において、15年文化庁芸術祭演劇部門新人賞、16年鶴屋南北戯曲賞、18年紀伊国屋演劇賞個人賞、20年読売演劇大賞優秀作品賞など受賞多数。ＮＨＫドラマの脚本として、19年特集ドラマ「マンゴーの樹の下で〜ルソン島、戦火の約束〜」、20年プレミアムドラマ「すぐ死ぬんだから」、21年ドラマ10「群青領域」、22年特集ドラマ「旅屋おかえり」など。21年特集ドラマ「流行感冒」でギャラクシー賞奨励賞・東京ドラマアウォード優秀賞を受賞。

ＮＨＫ連続テレビ小説　らんまん　下

２０２３年９月10日　第１刷発行

著者　作　長田育恵
ノベライズ　中川千英子

発行者　松本浩司
発行所　ＮＨＫ出版
〒150-0042東京都渋谷区宇田川町10-3
電話　0570-009-321（問い合わせ）
0570-000-321（注文）
ホームページ　https://www.nhk-book.co.jp
印刷　亨有堂印刷所、大熊整美堂
製本　二葉製本

Printed in Japan
ISBN978-4-14-005735-3 C0093